Los veranos olvidados

Novela

Andrea Longarela

Los veranos olvidados

Prólogo de Alice Kellen

CROSS BOOKS

Título original: *Valiente Vera, pequeña Sara*

Diseño de la cubierta: Booket / Área Editorial Grupo Planeta
Ilustración de la cubierta: Shutterstock
Primera edición en Colección Booket: enero de 2025

Depósito legal: B. 20.162-2024
ISBN: 978-84-08-29772-7
Composición: Realización Planeta
Impresión y encuadernación: Liberdúplex, S. L.
Printed in Spain - Impreso en España

Biografía

Andrea Longarela reside actualmente en su ciudad natal tras haber vivido en Salamanca, donde se licenció en Psicología. Durante un tiempo buscó su camino mientras escribía en sus ratos libres. Al final decidió atreverse a compartir sus obras, lo que rápidamente la llevó a hacerse un hueco entre las autoras románticas nacionales. Algunas de sus novelas más destacadas son *April, Adam y la trayectoria de los planetas* (Crossbooks, 2019), *Te espero en el fin del mundo* (Crossbooks, 2021), *El faro de los amores dormidos* (Crossbooks, 2022), *El color de las cosas invisibles* (Crossbooks, 2023) o *Juliette y las canciones perdidas* (Crossbooks, 2024). Además de escribir, le apasiona el cine, poner banda sonora a los momentos, el chocolate y, por supuesto, leer. No obstante, su mayor pasión es perder el tiempo imaginando que vive otras vidas, historias a las que ahora da forma y voz.

Encontrarás más información de la autora y su obra en:
@andrea_longarela

Prólogo

Hace años que leí *El Juego del Ángel* y aún recuerdo esta frase: «La única manera de conocer realmente a un escritor es a través del rastro de tinta que va dejando, que la persona que uno cree ver no es más que un personaje hueco y que la verdad se esconde siempre en la ficción». En cierto modo, así fue como conocí a Andrea, a través de ese camino de letras que ella ha ido creando con cada historia, como hormigas que siguen una línea recta, impertérritas, la «a» y la «g» y la «p», todo un abecedario encajando sin cesar para llevarnos a un mundo mágico donde viven personajes inolvidables, escenarios, emociones y finales perfectos.

Leer a Andrea Longarela es sentir.

Sus primeras novelas se asomaban entre las hileras de libros casi con timidez y fueron conquistando a las lectoras con esa frescura e inocencia de las primeras veces. Luego, el camino se fue volviendo más abrupto y estrecho, pero directo hacia la cima de la montaña. Yo tuve la suerte de transitar cerca de ella cada etapa: los inviernos y los veranos, el amor y el desamor, las miradas y las sonrisas, los duelos y los anhelos. Y, en un punto indeterminado de la ruta, aparecieron ellos: Sara y Alex. O dicho en otras palabras: el lago, los atardeceres eternos, las calles empedradas, la nostalgia y los recuerdos, la familia y las dudas. Andrea arriesgó y, cuando leí esta historia, supe que podría escribir todo lo que se propusiese porque, para una autora, la sensibilidad y la empatía son herramientas tan importantes como un bolígrafo o un lápiz, y Andrea va sobrada de ambas cosas. Así que gracias por regalarnos un pedacito de ti, pero, sobre todo, por ser un ejemplo de tesón, constancia y talento.

ALICE KELLEN

Para los valientes.
El mundo es vuestro

Estas noches te espero mirando al sol.
¡Venga, valiente, salta por la ventana!

JULIO MEDEM, *Los amantes del Círculo Polar*

0

El pasado

Doce años antes de la actualidad

La casa estaba a oscuras, excepto por un par de velas encendidas frente a las niñas y por la luz de la luna que entraba por la ventana. La brisa ondeaba las cortinas del salón, produciendo un sonido sibilante parecido al de una serpiente.

Sara estaba asustada. Sentía que nunca había tenido tanto miedo, ni siquiera aquella tarde en la que se cayó de la cubierta del velero de su padre cuando aún no había aprendido del todo a nadar, y se quedó flotando en mar abierto hasta que él se tiró a salvarla.

Vera, en cambio, se comportaba como si lo hubiese hecho miles de veces. En realidad, siempre parecía experta en todo lo que hacía, aunque no tuviese ni idea; irradiaba esa seguridad que solo poseen algunas personas de forma innata. Su pelo rubio, un poco más oscuro y largo que el de su hermana, se movía con el viento que entraba por la ventana, dándole un aspecto que a Sara le recordaba a un fantasma.

—Vera, ¿puedo encender la luz? —suplicó la pequeña en un susurro tembloroso.

—No, Sara. ¿Cómo vamos a invocar a los espíritus con la luz encendida?

—No sé si quiero hacerlo.

—¿No quieres hablar con mamá y papá? —replicó molesta la mayor de las dos.

—No creo que sea una buena idea. Están muertos, y la abuela siempre dice que no hay que molestar a los muertos.

—¿Tienes miedo, Sara?

Por supuesto que lo tenía, pero no se atrevía a confesárselo; si había algo que temía por encima de todo era decepcionarla. Vera era dos años mayor que ella y la admiraba tanto que no quería mostrarse cobarde, porque su hermana era de todo menos una cobarde y Sara ansiaba ser como Vera. Tan vivaz, tan atrevida, tan valiente.

Las niñas pusieron de nuevo sus dedos sobre el vaso de cristal. Vera con firmeza, deseando encontrar respuestas a todos los interrogantes que ya cargaba a las espaldas de su corta vida. Sara lo hizo temblando y con un sudor helado recorriéndole la espalda por debajo del vestido.

Tras unos segundos en el más completo silencio, la tabla de la güija le comenzó a parecer a Sara mucho más grande que antes, como si los números y las letras comenzaran a flotar alrededor de ellas por la habitación; como si los espectros tomaran forma. Notaba la respiración pesada, el corazón a punto de salírsele del pecho, las manos frías y la frente ardiendo.

—Vera... —susurró, presa del pánico.

Y entonces su hermana, al descubrir que la pequeña

estaba dejándose llevar por el miedo, volvió a ser esa capa protectora que siempre había sido para ella y la tranquilizó con dulzura, aunque también con una voz firme propia de las personas que van a conseguir grandes cosas en la vida.

—No importa tener miedo, Sara. El miedo es bueno. El miedo nos hace intentar ser valientes. Si no tuviéramos miedo, ¿qué tendría de valiente un acto? El miedo nos activa y nos ayuda a sobrevivir, no lo olvides nunca. El miedo te hace sentir viva, Sara. ¿No lo sientes ahora? ¿No te sientes más viva que nunca?

Sara afirmaba con la cabeza, porque era verdad; sentía cada parte de su cuerpo alerta, moviéndose, respirando, y supo que Vera tenía razón, que el miedo no la hacía débil, sino solo el no querer enfrentarse a él. Escuchó embelesada a su hermana, que, con catorce años, a Sara le parecía ya toda una mujer, y se prometió en aquel momento que nunca volvería a sentirse mal por tener miedo.

—¿Tú tienes miedo alguna vez, Vera?

—¿Alguna vez? Siempre tengo miedo, Sara. Estoy muerta de miedo, pero te tengo a ti para darme la mano y afrontarlo juntas, ¿verdad? —Sara asintió y apretó la mano de su hermana entre sus pequeños dedos; después sonrió, complacida al descubrir que, aunque sus padres no regresaran, nunca estaría sola—. Pues tú igual. Recuerda, siempre que tengas miedo, yo estaré a tu lado para cogerte la mano.

—¿Me lo prometes?

—Te lo prometo, Sara. Siempre estaremos juntas.

Un golpe de viento producido por la puerta de la casa abriéndose provocó que las velas se apagaran y que las niñas gritaran aterradas pensando que, en lugar de su abuela, había sido la respuesta de algún espíritu a sus sabias palabras.

Un grito que dieron ambas a la vez con las manos enlazadas.

El presente

Querida Vera:

Son las doce y media del primer domingo de julio y hace un sol de justicia.

Hoy he madrugado; como de costumbre, me quedé dormida en la hamaca del jardín y, en cuanto ha amanecido, me ha sido imposible volver a conciliar el sueño. Y sí, me quedé escuchando música con los auriculares mientras miraba a la nada con cara de tonta enamorada. Ya sabes cuál sigue siendo mi respuesta: la música produce los mismos efectos que el amor, con la diferencia de que ni te es infiel ni te abandona.

Tengo que decirte que la cara de enamorada era merecida, porque tenías que ver lo bonito que está el lago este año. Nunca me cansaré de despertarme cada día con estas vistas.

Antes de que te lo preguntes, sí, ese ha sido mi planazo de sábado: comprar pintura en la ferretería, comerme un helado y escuchar música en el jardín delantero de casa; el típico de una joven en este lugar. Puedo oír cómo te ríes de mí, a pesar de que te encuentres muy lejos de aquí.

Supongo que tú lo hubieras aprovechado mucho mejor; hubieses salido a bailar, a coquetear con los turistas que ya llenan cada rincón del pueblo y a beber piña colada como si no hubiese mañana, pero sabes que eso nunca ha ido demasiado conmigo.

Aunque te sorprenda, he dedicado el estar en activo tan pronto a adecentar un poco la casa. Lo que ha ocurrido es que he acabado cambiando un par de muebles de sitio y he decidido pintar de nuevo las paredes del salón.

¿Quizá en amarillo? ¿O tal vez dibuje unas enredaderas por la zona superior? Ya te contaré, pero sabes que, como se me meta en la cabeza, no pararé hasta verlo todo diferente a como está ahora. Y puedes estar tranquila, nunca la pintaré de un modo que sepa que a ti no te gusta. Nada de marrones ni naranjas, lo sé.

La abuela quiere que pinte la puerta de la entrada de color azul; dice que el rojo le da malas vibraciones y quizá esté en lo cierto, porque últimamente por las noches siento un escalofrío en la espalda que me desconcierta. Como si algo estuviera a punto de cambiar.

Llámame tarada, pero la abuela también lo nota y con que ella me entienda, ahora que tú no estás aquí para hacerlo, ya me vale.

Al atardecer hay una fiesta en el bar de Joe y es posible que me acerque a ver a Yago. Parece ser que la idea de comprar un karaoke ha sido todo un éxito, porque cada domingo lo tienen hasta los topes de turistas deseando demostrar sus escasas dotes musicales.

Iré allí, me tomaré un batido de fresa y te imaginaré dando brincos a voz en grito subida en el escenario versionando a los Cardigans y su *Lovefool*. Un domingo más que perfecto.

Poco más hay que contarte; por aquí todo sigue igual y julio se presenta caluroso, solitario y tranquilo.

Estés donde estés, no te olvides nunca de cómo brilla el sol en el lago a última hora de la tarde.

Prométemelo, Vera.

Te quiere,

Sara

S.

El pueblo transmite vida.

Es el verano, que consigue que se ocupen todas las casas alrededor del lago y que la señora Herminia se vea obligada a practicar un inglés inventado para poder vender su fruta a los turistas. Las calles empedradas y vacías el resto del año se llenan de terrazas, de puestos de comida, de artesanía de los lugareños y de risas, voces, de un ruido que altera la paz sosegada que siempre nos acompaña a los que vivimos aquí de forma permanente.

Aparco la moto en el primer hueco libre que veo y me quito el casco. Paloma me espera apoyada en una pared fumándose un cigarrillo.

—Sara, llegas tarde. El ferretero vuelve a estar en crisis con su mujer y lleva un rato amarrado a una botella de *whisky* versionando a Joe Cocker.

Me río y le doy un beso en la mejilla antes de entrar en el local.

No me mentía y el espectáculo resultaría lamentable, si no fuera porque pocas veces ocurre algo que se salga de la norma en el pueblo y que haga nuestra vida un poquito más interesante.

Nos sentamos en la única esquina libre de la barra y Yago se acerca con sus andares gatunos hasta quedar frente a nosotras. Paloma babea sobre la madera y tengo que darle un codazo para que se controle. Lo conoce desde hace diez años y sigue sorprendiéndose de que sea tan atractivo.

—¿Qué os pongo?

—A ti para llevar, por favor —dice mi amiga, señalándolo como si fuese un complemento de moda.

—¿Para regalo? —le sigue el juego él, encantado de haberse conocido.

—No soy quisquillosa. Para lo que me dura a mí el papel puesto...

—¡Paloma! —la reprendo.

Estallamos los tres en carcajadas; él se sube a la barra de un salto y nos deja un beso a cada una en el pelo. Yo le sonrío complacida; Paloma creo que ronronea.

—Yo quiero un vodka con limón. Cargadito, por favor. Si tengo que aguantar verte ir y venir con esos vaqueritos tan apretados, al menos que el alcohol me nuble el sentido.

—Vodka doble para la señorita, entonces. —Le guiña un ojo y Paloma se relame—. ¿Y qué va a tomar mi rubia favorita?

—Un batido de fresa.

—¿Con barquillos? —Le dedico mi mejor sonrisa y él sacude la cabeza.

Llevo pidiendo lo mismo, como mínimo, un día a la semana desde hace años y sigue preguntándomelo.

—Y con nata.

Cuando se va, y después del análisis exhaustivo que le hace Paloma a su retaguardia, se gira hacia mí y lanza la pregunta de cada domingo; la misma que yo siempre respondo con una negativa:

—Bueno, ¿cantamos o qué?

Después de ver cantar a un montón de turistas, a Paloma, al ferretero, a Paloma a dúo con el ferretero, me despido de ellos y conduzco la moto por la carretera que separa mi hogar de la civilización disfrutando del camino.

Me encanta el sonido de las hojas mecidas por el viento, el olor de la vegetación, la visión del lago en la calma de la noche, la soledad que me rodea y que nunca me hace sentir sola, porque esta es mi vida, la que yo elegí en su momento y la que me gusta.

Aparco la moto en un lateral de casa, entro y compruebo que la abuela ya está dormida. Me quito las sandalias y me pongo el pijama, antes de salir de nuevo y dirigirme al embarcadero.

La noche está despejada y la luna se muestra casi llena, aunque no del todo. Observo su reflejo en el agua y después tiro piedras hasta que esa visión desaparece un instante fugaz.

Siempre me ha gustado sentarme allí e intentar dejar la mente en blanco, pese a que rara vez lo consigo. Supongo que, por mucho que lo intentemos, hay cosas que no desaparecen.

Pienso en Vera y decido que quizá debería pintar su dormitorio en vez de volver a ponerme con el salón, como le explicaba en la carta escrita esta misma mañana. ¿Le gustaría si escojo un tono amarillo? A mí siempre me ha encantado ese color, a pesar de que dicen que no trae muy buena suerte.

Al final, no llegando a ninguna conclusión, desisto; ya lo pintaré en otro momento.

Me levanto, recorro el camino que me separa de casa y entro en ella, evitando continuamente prestarle atención a la vivienda vacía de al lado, que se alza imponente y sombría como un fantasma del pasado.

El lunes por la mañana, el sonido del timbre me sobresalta. Miro el despertador de la mesilla y veo que aún no son ni las ocho. Bajo las escaleras detrás del viejo Tango, aunque su artrosis no le permite descender tan rápido como le gustaría y lo adelanto con facilidad. Es un labrador negro que Yago se encontró abandonado merodeando la cafetería hace unos años y que yo adopté sin necesidad de que tuviera que pedírmelo.

Abro, aún en pijama, y me encuentro con dos pares de ojos masculinos que me observan de arriba abajo con curiosidad. Cuando me doy cuenta de mi atuendo, me cruzo de brazos en el acto tapándome el pecho. Tango ladra y después se tumba sobre la alfombra del recibidor.

—Buenos días, Sara.

Me fijo bien y averiguo de qué conozco al chico más joven; íbamos juntos al colegio en la primaria. Su padre tiene una tienda de muebles de segunda mano en el pueblo de al lado, a unos cincuenta kilómetros del lago; he ido allí alguna vez a buscar materiales para algún encargo. Lo que no comprendo es qué hacen en mi casa un lunes a las ocho de la mañana. Tampoco recuerdo cómo se llama y me siento fatal por ello.

—Buenos días... —carraspeo incómoda—, chicos. ¿Qué ocurre?

—Venimos a vaciar la casa de los Mauer.

Abro los ojos de golpe y siento como si me tiraran

un jarro de agua fría en la cara. Hacía años que nadie pronunciaba ese apellido delante de mí y escucharlo me produce un escozor desagradable.

—¿Qué? ¿Por qué?

—Ni idea. El señor Mauer nos llamó para pedirnos que la vaciáramos de todos los muebles de esta lista. —Me muestran un papel con una letra ininteligible—. Hay alguna cosa que se queda, pero casi todo es madera y diseño de calidad, y es para nosotros. ¿No es genial?

Parecen realmente entusiasmados, supongo que porque sacarán una compensación económica importante por ello, pero yo no entiendo nada. Principalmente, porque el señor Mauer lleva sin pasar por aquí cuatro años; en realidad, nadie ha pisado esa casa durante todo ese tiempo.

—Sí, genial. ¿Y habéis llamado a mi timbre para contarme esto?

—No. —Sonríen por mi reacción y mi antiguo compañero sin nombre me enseña su mano vacía—. Hemos llamado porque tú eres la única persona del pueblo que dispone de una llave.

¿Una llave? ¿Qué llave? ¿De qué están hablando? Yo no sé nada de esa casa, mucho menos tengo una llave. Si la hubiera tenido, quizá...

Noto que mi mente comienza a trabajar de forma atropellada, revisando en los recuerdos de aquella época, tan enterrados como he podido, si en algún momento una llave tuvo algún protagonismo, pero no. Veo baños en el lago, juegos con los pies descalzos, confidencias, primeras veces compartidas, sentimientos encontrados, dolor, lágrimas, soledad, manos llenas de pintura, una cueva con nuestros nombres escritos, bicicletas, olores olvidados... pero no, no hay una llave por ninguna parte.

Cierro los ojos con fuerza para bloquear todo eso que vuelve de modo inesperado y que no quiero recuperar.

—¿Qué? Eso no es cierto. Yo... yo nunca he vuelto a entrar en esa casa. Han pasado... ocho, nueve años de la última vez que estuve allí. Ni siquiera lo sé con exactitud.

Siete años, nueve meses y veintisiete días, Sara. Podrías decir hasta los segundos exactos, si te esforzaras un poco.

—Usted no, pero su abuela sí —me explica el que intuyo que debe de ser su padre, aunque hasta ahora no le ponía cara—. ¿Podría llamarla, señorita?

Me quedo boquiabierta y parecen hasta satisfechos por haberme sorprendido. Cuando vuelven a mirar mis piernas desnudas visibles por el corto pijama, reacciono de una vez y volteo la puerta lo justo para que entiendan que no son bienvenidos más que a esos escalones de la entrada.

—Aún está en la cama. Dadme un minuto.

El dormitorio de la abuela se encuentra acondicionado abajo desde que su cadera falló y subir las escaleras se convirtió en un auténtico suplicio. Entro sin llamar y me la encuentro sentada con las manos dentro del cajón de su mesilla de noche. Los cabellos blancos le caen por los hombros en una trenza y el camisón largo solo deja a la vista sus huesudos tobillos.

—Abuela, no te lo vas a creer. Hay dos tipos en la puerta pidiéndome... —Se gira y, al abrir el puño, me encuentro con un trozo de metal un poco oxidado atado a un lazo rojo. Se me corta la respiración al ser consciente de lo que es—. La llave de los Mauer. ¿Por qué la tienes tú?

La cojo por el lazo, como si el metal me quemase. La observo confundida y con una sensación en las tripas que ya creía olvidada. Trago saliva con fuerza y cierro los ojos de nuevo al aparecer en mi cabeza la imagen de una camioneta marrón alejándose por el sendero, y dos niñas rubias despidiéndose de ella con la mano.

—Sara, me la dio el señor Mauer el último año que vino. No sé por qué lo hizo en ese momento y no en otro. Quizá porque ya se sentía muy solo y viejo, y le daba miedo que le pasara algo estando dentro o qué sé yo. Tal vez él ya presintiese que este día llegaría.

—¿Por qué no me lo dijiste?

—¿Tú qué crees?

Porque no quería saberlo. Me negaba a oír nada que tuviese la más mínima relación con esa casa y con quien hubiera vivido dentro.

—Dame. Yo se la entregaré. Vístete, prepararé el desayuno y saldremos a pasear, ¿de acuerdo?

—¿No tienes trabajo? —me pregunta sorprendida.

—El trabajo puede esperar un par de horas.

Vemos cómo los dos hombres vacían la casa de los antiguos vecinos y van almacenando muebles dentro de un camión. Todos están cubiertos por viejas sábanas blancas llenas de polvo, pero conocí tan bien ese lugar que puedo ir nombrando cada uno de ellos por las formas que se intuyen. El escritorio del despacho con sus tiradores dorados, la mesita de caoba con una esquina golpeada, el zapatero de la entrada...

Una angustia desconocida me aprieta el pecho, como si se estuvieran llevando algo más que muebles, quizá recuerdos, momentos, instantes que habían quedado atrapados entre esas paredes.

—¿Hablaste con él? —le pregunto.

—¿Con Mauer? No mucho. Llamó a la puerta una tarde, poco antes de irse. Vera y tú habíais salido. Me dijo que si podía hacerle el favor de guardarle una llave para imprevistos y simplemente le dije que sí. —Miro a la abuela alzando una ceja, intentando averiguar si esconde algo más tras esa petición que me resulta como poco extraña, ya que el señor Mauer no era precisamente un buen conversador ni un vecino agradable; ella pone los ojos en blanco y me río por su respuesta—. Soy una buena vecina, Sara.

—Lo sé. —Rememoro aquel día de julio, hace ya siete años, cuando bajé las escaleras corriendo y al salir me encontré la vieja camioneta, y lo que sentí al ver descender de ella solo al señor Mauer, por primera vez sin rastro alguno del resto de su familia—. ¿Crees que...? ¿Qué piensas que les ocurrió?

—No lo sé. Pero ella no era feliz, tú lo sabes bien. —Asiento, porque todo el mundo conocía las desavenencias de aquel matrimonio—. Y después... ese hombre, desde que ella y el chico dejaron de venir con él, estaba cansado, triste, perdido y enfadado con el mundo, aunque sospecho que lo estaba mucho más consigo mismo. Quizá simplemente dejó de importarle esto.

—Quizá.

—O también es posible que sin ellos dos no tuviera sentido volver.

Sí, esa era la teoría que me había resultado más creíble todo ese tiempo. Esa casa eran ellos, su esposa y su único hijo, por mucho que el matrimonio tuviera problemas. Yo sabía que había sido un regalo para la señora Mauer por su cuarenta cumpleaños; un intento de su marido de comprarla con presentes, a cambio de aceptar en silencio sus infidelidades.

En el fondo, aunque lo sentía poco probable teniendo en cuenta cómo se había portado él con su mujer, me gustaba creer que así había sido, porque a mí me hubiera ocurrido lo mismo que al señor Mauer. ¿Qué sentido tenía esa casa si no estaba Alex en ella?

Siento que la mano invisible del dolor comienza a apretarme de nuevo dentro del pecho y bloqueo esos pensamientos, pero no puedo frenarme y le hago una última pregunta a la abuela, una que toda mi vida he llevado conmigo, pero que nunca me he atrevido a pronunciar por miedo a saber la respuesta.

Hasta ahora.

—Abuela..., ¿por qué todo el mundo se marcha?

—Porque pocos ven lo que vemos tú o yo, mi niña. Pocos lo ven.

Cuando volvemos al mediodía, la casa de al lado ya está prácticamente vacía. Han dejado la llave colgada del pomo de la nuestra y se han ido sin más, dejándolo todo igual en apariencia, aunque nosotras sabemos que algo ha cambiado. Que ese estremecimiento que nos acaricia por las noches nos ha estado avisando de esto.

La llave tintinea y se mece por una ligera brisa que se desliza en silencio y nos envuelve, y siento que la abuela tiembla agarrada a mi brazo y se queda mirando la puerta con los labios fruncidos en una fina línea. Tango se rasca una oreja a nuestros pies.

—Sara, cielo, creo que es el momento de pintarla de azul, ¿qué te parece?

—Me parece perfecto.

A.

El aeropuerto es un caos a principios de julio. Tardo cuarenta y cinco minutos en asumir que mi maleta se ha perdido, y otros cuarenta en conseguir que una señorita de la sección de quejas y reclamaciones me diga que va en un vuelo camino a Miconos. Perfecto. Mi ropa se va a pasar unos días ella solita a la maravillosa isla griega.

Alquilar un coche tampoco es tarea fácil. Me ofrecen un utilitario lento y pequeño con la excusa de que ha habido un problema con mi reserva y que el Land Rover que yo había solicitado ya no se encuentra disponible.

Decido olvidarme un poco de todo y aplacar la ansiedad que me producen los imprevistos parando a comer de camino en un restaurante decente. Incluso me permito disfrutar de una cerveza helada; aunque no más, ya que aún tengo que conducir otras tres horas hasta llegar a mi destino.

Siento que estoy en medio de ninguna parte.

Según el camino se acorta, observo los cambios que se producen en el paisaje, las diferentes tonalidades de verde que van modificándose y mezclándose hasta tornarse en uno que me resulta familiar y que me trae sensaciones pasadas.

Recuerdo los viajes con papá en la camioneta, con mamá tarareando música clásica y conmigo perdiéndome en mis pensamientos adolescentes con Kurt Cobain, Foo Fighters o Pearl Jam saliendo a todo volumen por mis auriculares.

Recuerdo a ambos señalándome y explicándome curiosidades de cada pueblo que íbamos dejando atrás, como si esas guías de lugares en los que nunca íbamos a parar fueran esenciales para mi vida.

Recuerdo la primera vez que vi el lago, tan grande, de un azul verdoso tan intenso, tan imponente a pesar de ser una masa de agua calmada.

Recuerdo las montañas que lo rodeaban, el pueblo bordeándolo en una de sus caras y la silueta de dos casas como dos puntos lejanos al otro lado de aquella gran superficie de agua dulce. Casi escondidas, aisladas de todo, formando parte de un rincón secreto.

—¿La ves, Alexander? Es esa de ahí. La grande. ¿No es genial? Tenemos el lago para nosotros solos. Somos unos privilegiados —me dijo mamá con orgullo.

—¿Y la otra? La casa blanca.

—¿La pequeña? Es de una señora mayor. Vive con sus nietas —me explicó papá, frunciendo el ceño; él sentía como un fracaso el que su casa perfecta no lo fuera tanto por ese detalle de tener que compartir espacio con una familia, por mucho que solo fuera una y que el lugar fuese tan enorme que la soledad estaba más que garantizada—. Aunque, bien pensado, igual hasta para ti mejor, ¿no? Así tendrás con quién pasar el rato.

Recuerdo la primera vez que paramos frente a la casa del lago y bajamos. El sol se imponía sobre las montañas y le daba al lugar un aspecto casi majestuoso. Todo olía a tierra mojada y a flores frescas. Mamá sonreía y yo lo hice inevitablemente con ella, porque, por primera vez en meses, parecía feliz, a pesar de que yo intuía que me iba a aburrir durante todo el verano estando allí perdido del resto de la civilización.

Qué equivocado estaba.

También recuerdo la primera vez que las vi.

Lo recuerdo todo, aunque me siga doliendo hacerlo.

Cojo el desvío que hace que la carretera se convierta en un sendero pedregoso. Según lo recorro, noto que se me asienta en la base del estómago una sensación intensa. Y es que todo sigue igual. Es la impresión de que este lugar ha sido congelado en el tiempo lo que provoca que me sienta así, como si el Alexander de antes se reencontrara con el de ahora de un modo que me desagrada.

Pienso en el motivo por el que estoy haciendo esto y me sereno un poco.

—¿Por qué estás nervioso, tío? —le digo a mi reflejo en el espejo del retrovisor, sintiéndome un loco por hablar solo—. Únicamente es una casa. En dos meses estarás de vuelta.

Dos meses, un permiso de trabajo especial y un plan; eso es todo lo que tengo.

Llego hasta la entrada y aparco frente a la puerta exterior candada de la valla blanca que rodea el terreno. Está descascarillada y tiene un par de tablas partidas por la mitad. El jardín parece una auténtica selva. Supongo que el tiempo pasa para todos, incluso aquí.

Saco la llave y entro, no sin antes mirar a la casa de al lado.

Está igual que la recordaba, incluidas las bicicletas apoyadas en un lateral, aunque ahora están cubiertas de polvo y de telas de araña. No hay luz, no hay ningún indicio de vida, no hay nada que me indique que aún queda algo de aquellos años en los que fui tan feliz.

S.

Paso la tarde en el pueblo encargando materiales. Tengo que pintar de azul la puerta de casa por petición expresa de la abuela y de sus dotes de bruja, para la que ha llegado la hora del cambio. También compro unos tiradores de cerámica y un par de moldes para restaurar un nuevo trabajo que me han encargado.

Cuando salgo, decido hacer una visita a Paloma. Es auxiliar dental del único dentista del pueblo y aprovecha un descanso entre clientes para tomarse un zumo conmigo en la cafetería de Joe y coquetear descaradamente con Yago.

Hablamos de todo un poco, pero omito contarles lo ocurrido en casa de los Mauer. No quiero hacerlo. Más bien, soy incapaz de hacerlo después de haberlo convertido en un tema tabú para mis amigos.

Vuelvo a casa al atardecer. Observo maravillada, mientras conduzco la moto, cómo el sol comienza a meterse dejando a su paso una estela anaranjada. Nunca veré una imagen más bonita en toda mi vida que la que tengo delante de mis ojos.

Cojo el camino de piedras que me lleva hasta casa y entonces, en una curva más pronunciada, giro bruscamente al ver frente a mí un coche que no esperaba ocupando casi todo el paso y deslumbrándome con sus faros. Derrapo y siento la gravilla arañándome las piernas desnudas. Quema. La sensación es como si me clavasen pequeñas agujas en la piel. Oigo el frenazo del coche y mi moto parando su trayectoria contra el tronco de un árbol. Me quedo tumbada en el suelo y gimo con los ojos cerrados, rezando por que la presencia de ese coche no signifique que algo le ha pasado a la abuela. ¿Por qué motivo, si no, iba a encontrarme con alguien a este lado del lago y a estas horas?

Siento una presencia a mi izquierda que me agarra por el torso y me ayuda a incorporarme. Estoy mareada y el olor a neumático quemado mezclado con el metálico de la sangre no ayuda demasiado.

—¿Estás bien?

Oigo la voz como si estuviera lejos, muy lejos. Como si fuera un recuerdo de la memoria que se va acercando pausado, regresando del mundo de los muertos al de los vivos.

—Quieta, no te toques la pierna. Hay que limpiarla primero.

Me quito el casco como puedo y la voz se acerca a toda velocidad hasta ocuparlo todo. Me clavo las uñas en la palma de la mano para bloquear lo que mi subconsciente me está intentando decir, pero yo no quiero escuchar.

No, no, no, no...

Sin embargo, no puedo hacer nada, porque la voz ya ha vuelto, como un flashback constante que viene para quedarse después de años intentando olvidarlo.

Abro los ojos y me cruzo con los suyos, asombrados, asustados, turbios, desconocidos en parte por el paso del tiempo y tan familiares que no puedo dejar de preguntarle en mi cabeza por qué lo hizo.

—Sara...

Su voz susurrando mi nombre.

Por mucho que haya querido enterrarla, nunca podría olvidarla.

—Alex...

A.

La sujeto por el torso y comienzan a temblarme las manos.

Atisbo un mechón rubio por debajo del casco y el contorno perfecto de sus labios. Sus piernas. El arco de su cuello. La cicatriz de su rodilla izquierda. Su olor a pintura y flores, por mucho que todo lo que nos rodea intente taparlo. Su forma entrecortada de suspirar.

Lo sé desde el instante en que me acerco y la toco, pero hasta que no se quita del todo el casco y me mira fijamente, no soy capaz de procesar que la tengo entre mis brazos.

—Sara...

La voz me sale débil. Sus labios se abren y dejan escapar un gemido doloroso al escucharme, pero no deja de observarme, como si tuviese un fantasma delante y fuera a disiparme de repente. Puedo ver en sus ojos la sorpresa, el miedo por el susto de lo que acaba de pasar y el dolor... Sobre todo, el dolor que lo llena todo. Y no es físico, sino que es mucho más interno y lleva mi nombre.

—Alex...

Hacía años que nadie me llamaba de ese modo.

La levanto pasando un brazo por debajo de su cuerpo, pero ella cierra los ojos y se suelta con rudeza, como si fuese yo el que la quemara y no la raspadura que tiene a lo largo de la pierna.

Se incorpora como puede y se queja al apoyarse en el suelo. Yo la miro anonadado, incrédulo por tenerla delante y no ser capaz de hablar siquiera.

Se acerca a la moto cojeando y maldice por lo bajo.

—Mierda..., la moto de Vera.

Es una vieja Vespa restaurada de color turquesa. Intenta levantarla, y yo por fin dejo de comportarme como un idiota y me acerco en dos zancadas.

—Déjame a mí. —La cojo sin esfuerzo y la enderezo. Ella observa preocupada el golpe delantero que tiene tras chocar contra el árbol y el retrovisor que cuelga. Lo toca y se balancea. Cierra los ojos y sacude la cabeza molesta. No ha vuelto a mirarme desde que ha descubierto quién soy—. Sara, lo siento mucho. Hablaré con el seguro y lo arreglarán sin problema. Te lo prometo.

Al escuchar las últimas palabras, se tensa, como si se le clavaran dentro. Después me ignora. Agarra la moto por el manillar y echa a andar costosamente por el camino pedregoso. Intenta arrancarla, pero le cuesta horrores. Creo que le duele un brazo por la caída.

—Espera. No deberías cogerla. Móntate en el coche, te acerco a casa y después vuelvo a por ella, ¿vale? Es lo menos que puedo hacer.

Empuja la moto y camina despacio por el sendero, clavándose en el sitio cuando la rueda choca con alguna piedra más grande que las demás. Esquiva el coche y sigue andando como si nada, observando el lago de vez en cuando. Lo hace para serenarse, en eso sigue siendo la misma.

Me paso asustado las manos por la cara. No sé qué decirle. Nunca pensé que ella estaría aún aquí. Que Vera podría también estarlo.

La alcanzo de una carrera y le toco el brazo al llegar a su lado. Ella se zafa girando bruscamente y, al hacerlo, la moto pierde un poco el equilibrio y está a punto de caérsele de nuevo. La cojo antes de que suceda y me planto delante, obstaculizándole el paso. No sé qué hacer; no estaba preparado para esto.

—Sara, de verdad, lo siento. Necesito saber si te duele algo. Iremos al hospital si es necesario, pero no seas bruta y deja que te ayude. No deberías forzar.

Alza el rostro y admiro la fuerza que transmite, aunque quizá sea odio. Sigue igual de bonita que siempre; puede que incluso más.

Ladea la cabeza, analizándome, y me intimida un poco, porque a pesar de que sé quién es, no tengo muy claro que aún sea la misma Sara que conocí hace tantos años. Al fin y al cabo, yo tampoco soy el mismo.

—¿Te duele? —insisto, al ver cómo le tiembla el brazo.

Entonces su expresión se ensombrece, como si estuviera escondiéndose bajo una máscara de desprecio que se me hunde en el pecho, por mucho que sepa que lo merezco.

—Nunca te importó si me dolía, ¿por qué iba a hacerlo ahora? —me susurra con una media sonrisa que no le llega a los ojos.

—Sara, yo...

Alza la moto con una fuerza que sé que le afecta en el brazo y me adelanta sin más, como si no acabase de tener un accidente, como si no le sangrase la pierna según camina aguantando el tipo para que no se note que cojea, como si no lleváramos casi ocho años sin vernos.

—No vuelvas a dirigirme la palabra. Estás muerto para mí.

Y en caso de que no tuviese razón, son sus palabras las que me matan.

S.

Según lo digo, me arrepiento.

No es verdad, no se puede matar lo que sigue latiendo en tu interior.

Camino lo más rápido que puedo y, aun así, voy despacio, porque me duele horrores el brazo al cargar con el peso y la pierna me arde. No puedo permitirme parar, ni aceptar su ayuda, ni nada que me obligue a tenerlo cerca, porque no puedo respirar.

Verlo, sentirlo, oír su voz... Tenerlo aquí después de tanto tiempo; después de todo.

No puedo. Necesito alejarme. Necesito llorar y ya no me permito hacerlo.

No oigo el coche venir detrás de mí, pero tampoco me giro ni una sola vez para comprobar qué está haciendo. Dejo la moto tirada de cualquier manera en la entrada y entro en casa, deseando sentirme a salvo. Deseando que lo que estoy sintiendo en este momento desaparezca.

—¡Sara! ¿Qué ha ocurrido, mi niña? ¿Estás bien? —me pregunta preocupada la abuela en cuanto me ve sin disimular ya lo que me duele el golpe.

Paso delante de ella y asiento con la cabeza; no puedo mirarla a la cara, porque, como lo haga, verá el tornado de emociones que me está azotando con fuerza. Tango se acerca y me huele la herida, intentando lamerla con la tierna intención de curarme. Tengo que hacer esfuerzos para no echarme a llorar, pero yo no lloro. Ya no.

—Un rasguño, abu. No te preocupes. Voy a darme un baño.

—Pero, Sara...

De repente advertimos el sonido de un motor y unas ruedas aparcando fuera. Me paro en las escaleras y se me ponen los nudillos blancos de tanto apretar la barandilla. Cierro los ojos hasta hacerme daño y cuento hasta diez en un intento por serenarme, por intentar olvidar lo que me provoca ese simple sonido proveniente de la casa de al lado.

Las anillas de las cortinas del salón abriéndose chocan unas contra otras. Es la abuela asomándose por la ventana.

Ahoga un grito de incredulidad.

—Alexander Mauer...

Subo corriendo el resto de las escaleras y me encierro en el lavabo. Echo el pestillo, me desnudo con rapidez y me meto en la ducha. Me siento, abrazándome las piernas, bajo el chorro de agua fría, hasta que se me encallan las manos y percibo que vuelvo a respirar.

Una hora después, salgo del baño y la abuela me desinfecta con mimo la quemadura. Debería dolerme, pero no siento nada, porque todo lo ocupa el dolor interno de los recuerdos que han vuelto en estampida y que me han dejado rota. Lo del brazo no es más que un golpe.

Me meto en la cama sin cenar. La abuela no dice nada, no pregunta, porque ya sabe por lo que estoy pasando. Al fin y al cabo, fue ella la que estuvo conmigo cada año cuando lo esperaba emocionada el primer fin de semana de julio, hasta que, al tercero, asumí que no volvería, que se había olvidado de mí. Fue ella la que me consoló cuando algo dentro del pecho se me rompió y no volvió a ser como era. Fue ella la que se quedó conmigo cuando el resto me abandonaba.

Pecas de duende

Querida Vera:

Alex ha vuelto.

Ni siquiera sé qué escribir, qué explicarte, qué decirte... porque no sé el motivo ni lo que siento al respecto más que un dolor escondido que él ha traído de vuelta.

Ojalá estuvieras aquí.

Ojalá pudieras abrazarme y decirme qué significa esto.

Ojalá tú tampoco te hubieras marchado.

Te quiere,

SARA

S.

Me paso dos días encerrada en mi habitación tumbada en la cama y mirando al techo. A veces, tendida sobre la alfombra. Otras, con las piernas apoyadas en la pared. Las más, con la cabeza enterrada en la almohada.

Me siento como un gusano de seda atrapada entre

las paredes de mi casa, a pesar de que la decisión de salir no es más que mía y no tiene que significar que vuelva a pasar nada, a cruzármelo o a verlo. Pero me puede más el miedo a hacerlo que cualquier otra cosa.

Al tercer día, el timbre suena y decido que ya es hora de poner los contadores a cero y volver a mi vida. Como un antes y un después marcado a fuego en mi bagaje emocional, una pequeña turbulencia, un recordatorio de lo que fui y nada más.

Aun así, cruzo los dedos para no verlo al otro lado de la puerta.

Al abrir, me encuentro a Yago y lo saludo como si viniera a regalarme un cheque en blanco.

—¡Hola!

—Qué contenta. Voy a tener que venir más a menudo.

En realidad, lo que estoy es aliviada de que sea él y no otra persona con la capacidad de alterar mi mundo solo con su existencia.

—Pasa. ¿Quieres tomar algo?

—No. Entro a trabajar en una hora y tengo que pasar por casa a cambiarme. Te dejo esto y me voy. ¿Qué hace un coche en casa de los Mauer? —pregunta curioso.

—Nada. Una tubería que arreglar. La abuela llamó al ver una fuga en alguna parte.

No sé por qué miento. Como si pudiera proteger por mucho tiempo el secreto del regreso del pequeño de los Mauer, viviendo en un pueblo en el que la crisis marital y alcohólica del ferretero está siendo el tema de interés local las últimas semanas. Ni siquiera comprendo cómo aún la noticia no ha llegado a sus oídos trabajando en el que se considera el único *pub*; aunque, bueno, supongo que el hecho de que Alex no haya salido de su casa, porque el coche no se ha movido de la puerta, hace que todavía el anuncio de su vuelta no haya corrido como la pólvora.

Yago entra con dos cubos de pintura, uno en cada mano, y se dirige a la parte de atrás que lleva al jardín con la familiaridad que solo dan los años. Ahí es donde está el viejo cobertizo que convertí en taller improvisado hace ya mucho tiempo y donde trabajo.

Lo observo y sonrío, porque es automático; verlo en casa me serena, hace que los nervios que me recorren la piel desde el lunes mengüen, o al menos que no sean tan visibles.

—Gracias, Yago. Te debo una.

—Tú nunca me debes nada.

Me da un beso en la sien y un ligero abrazo que hago más intenso sin poder evitar el impulso con los ojos cerrados. Hundo la cabeza en su cuello y aspiro su olor; ese aroma que me hace sentir protegida, cómoda, un poco más en casa.

—Eh, ¿qué te pasa? Mírame.

En vez de hacerlo, me encojo un poco más. Yago acepta mi silencio y me corresponde rodeándome y calmándome como solo sabe hacer él entre sus fuertes y cálidos brazos.

Porque, a veces, las explicaciones sobran.

Porque, a veces, solo necesitamos un abrazo.

Porque Yago es de las personas que saben que, cuando alguien te abraza de esa manera, tienes que corresponderlo en silencio.

Cuando consigo respirar de nuevo, me incorporo y le sonrío.

—¿Mejor? —pregunta con cautela.

—Sí. Gracias.

Me retira el pelo de la cara con delicadeza y sus ojos se enturbian un poco; sé lo que está pensando, siempre que me mira con tanta intensidad lo hace, así que me separo del todo y suspiro profundamente rompiendo la tensión que nos rodea.

—Vale, Sara. —Muevo los deditos de los pies descalzos, un gesto que hago continuamente, y se ríe, trayendo de vuelta al Yago de siempre—. Me marcho. ¿Cuento contigo para el cumpleaños de Paloma el sábado que viene?

—¡Cómo no! Paloma me mataría si no voy.

Antes de volver los dos al interior de la casa, siento un estremecimiento en la nuca y me giro, como si tuviera un imán en la espalda que me obliga a hacerlo de forma instintiva. Son los ojos de Alex, observándonos a ambos con una expresión neutra cuyo significado desconozco. Le devuelvo la mirada un solo instante, para después dejarlo con la imagen de la puerta cerrándose.

Cuando Yago se marcha, me siento aliviada por haberme puesto el peto vaquero pesquero y que no me haya visto la herida de la pierna. Lo que menos me apetece es tener que recordar aquel momento y darle explicaciones que no sé ni cómo plantear.

A.

La veo desaparecer en el interior de la casa con ese tío. El abrazo ha durado lo bastante como para saber que fluía algo entre ellos; algo importante. No debería molestarme que la pequeña Sara tenga novio, con veinticuatro años lo extraño hubiera sido lo contrario, pero no he podido evitar observarlos y recordar cómo era que me abrazase de ese modo.

No sé por qué lo ha hecho, pero, de repente, se ha girado como si algo la hubiera avisado de que otros ojos estaban siendo testigos de ese momento. Él no me ha visto; estoy seguro de ello. Sara apenas me ha mirado antes de seguirle los pasos.

Sacudo la cabeza y comienzo a arrancar las malas hierbas que inundan el jardín. Es demasiado trabajo para una persona sola, pero debo hacerlo. Además, trabajar es lo único que hará que el tiempo pase rápido y pueda regresar a casa cuanto antes. Estar aquí me asfixia por primera vez en mi vida.

Paso toda la tarde sudando bajo el sol, hasta que, cerca de las nueve, entro en casa a darme una ducha y a cenar algo. Me doy cuenta de que tengo la nevera vacía; debido a mi reencuentro único y especial con Sara, en el que ella acabó sangrando en el suelo, al final no me acerqué al pueblo a por provisiones y los otros dos días los he pasado subsistiendo con lo que compré por el camino durante el viaje. Me muero por una cerveza, pero ya es tarde para encontrar la tienda abierta, así que tendrá que esperar.

Confieso que he tenido otro motivo para apenas moverme de aquí, y es que he estado buscando el momento de cruzarme con ella y pedirle perdón por lo de su moto, pero no ha salido en todo ese tiempo e intuir que es por mi culpa me pesa demasiado.

Decido olvidarme de todo y actuar como un hombre por una vez. Me visto, salgo de casa y recorro los escasos metros que me separan de la suya, como he hecho antes miles de veces, aunque nunca con esta desazón interna que me come por dentro.

Llamo al timbre una vez, pero nadie contesta. Pruebo una segunda y, cuando voy a darme la vuelta y desistir, la puerta se abre y la abuela me recibe con una sonrisa inmensa y su mano temblorosa sobre la boca. Parpadeo sorprendido por el cariño tan puro que siento al verla y por descubrir que los años por ella han pasado con mucha más dureza que por los demás.

—Abuela..., perdón, Amelia.

Me río como si volviese a ser un crío idiota al llamarla de ese modo, pero ella me acaricia el brazo con dulzura y me dice con los ojos que no pasa nada. Que puedo llamarla abuela, porque de alguna manera lo fue también para mí.

—El pequeño Alexander, ¿cómo te ha tratado la vida?

Me abraza con su cuerpo delgado y débil, y yo le devuelvo el abrazo con un nudo en la garganta lo bastante intenso para que me tiemble la voz al hablar.

—Bien. Mal. De todo un poco, supongo.

—Como a todos, hijo, como a todos. —Me observa igual que lo haría una madre que lleva años sin ver a su hijo y me siento un poco así por un instante; me consuela que parezca estar complacida con lo que ve—. Estás hecho todo un hombre, pero tus ojos siguen siendo los de aquel niño.

No sé si me gusta o no que aún vea eso en mí. Ni siquiera sé si es cierto que queda algo de aquel Alexander en mi interior.

—Usted está estupenda.

—Oh, no seas engatusador. —Me palmea el pecho con fingida coquetería; sigue igual que siempre, pese a las arrugas—. Sabes que a mí ya me camelaste hace tiempo y esta vieja chocha ya no está para jovenzuelos.

Nos reímos y su mirada me dice que, al menos por su parte, no soy mal recibido en su casa.

—Amelia, me gustaría...

—No está. Después de cenar suele salir a pasear. Pero, Alexander, a veces es mejor dejar que pase otro año a no llegar en el momento apropiado.

—Solo quiero...

Niega con la cabeza y me mira como si supiera algo que yo aún desconozco. El tacto de su mano sobre la mía me calma.

—Permíteme darte un consejo. Deja que se vuelva a acostumbrar a ti. Lleva mucho tiempo intentando acostumbrarse a tu ausencia.

Me lo dice con una sonrisa dulce y comprensiva, pero eso no hace que sus palabras duelan menos, por mucho que sean verdad.

Me voy a casa, pero, antes de cerrar la puerta, distingo una silueta en el lago. El reflejo de la luna hace que esté levemente iluminado, permitiéndome ver un cuerpo sumergiéndose una y otra vez. Un cuerpo que, en algún momento de mi vida, sentí más propio que ajeno.

S.

Me pongo unas mallas cortas y una camiseta vieja, y salgo al jardín. Hace un sol de justicia, pero no puedo posponer el trabajo por más tiempo, me encuentre o no a Alex en la casa de al lado haciendo de jardinero.

Ayer tampoco me hizo falta asomarme a la ventana para saber que se pasó toda la tarde intentando convertir la selva que ha crecido durante los últimos cuatro años en un jardín decente; ha estado todo el fin de semana haciéndolo. Ahora parece un solar abandonado, pero supongo que va por buen camino.

Entro en el cobertizo, evitando mirar a mi derecha, y coloco la cómoda sobre una lona de plástico. Aún siento el brazo un poco resentido. Me sujeto el pelo con un pañuelo y preparo los materiales necesarios para convertir el recuerdo de un mueble clásico y antiguo en una preciosidad *vintage* con reminiscencias orientales.

Me encanta mi trabajo. Llevo pintando desde niña, pero cuando descubrí la posibilidad de recuperar perlas del pasado con mis manos y convertirlas en tesoros rehabilitados, supe que quería dedicarme a ello. Siempre he sentido algo mágico en poder ayudar a las personas a alargar la vida de aquellos objetos que para ellas son importantes. Como si al hacerlo las ayudase a conectar el pasado con el presente.

Quizá lo que yo siempre he querido lograr en mi vida sin ningún éxito.

Cuando supe que aquello podía ser un sueño que además me diera de comer, acondicioné el viejo cobertizo del jardín y lo convertí en un taller. Suelo abrir las dos puertas del todo y trabajar allí, dejando que el sol y el aire fresco me toquen, y permitiéndome respirar aire que no esté viciado por los productos químicos que utilizo.

Paso la mañana concentrada, olvidándome de todo, siendo capaz de dejar la mente en blanco por unas horas, como solo consigue que lo haga el crear con mis manos. Hago una parada para comer con la abuela y refrescarme, y vuelvo a desconectar.

Lijar, pulir, pintar.

El olor a disolvente se me cuela por la nariz, pero nunca me ha desagradado.

A media tarde, oigo pisadas y el sonido de una pala.

Tango levanta su peluda cabeza para ver quién ha osado despertarlo de su siesta al sol; después se vuelve a dejar caer sobre el césped. Yo siento calor en las orejas, pero, a diferencia del perro, no levanto el rostro. El intruso tampoco me dice nada.

No puede verme cuando estoy dentro del cobertizo, pero sí cuando salgo a lavar las herramientas en la palangana que tengo fuera, sobre la hierba.

Lo oigo respirar profundamente cada vez que clava la pala en la tierra y el sonido metálico cuando la posa sobre la valla. Puedo intuir sus movimientos sin verlo y sus suspiros, que apenas serían audibles para nadie más, se cuelan en mis oídos haciendo que me parezcan cada vez más fuertes.

Pum. Pum. Pum.

Es como si estuviera tocando un gong en mi cabeza en vez de cavar tierra.

Cojo el pincel y lo mojo en la pintura roja. Tengo que hacer unas flores japonesas en el lateral del mueble. Controlo la respiración y marco las formas sobre ese lienzo de madera. Noto que me tiembla la mano. Lo apoyo en el suelo, bebo agua y vuelvo a intentarlo, mientras me esfuerzo por ignorar los sonidos que proceden de él, intento no imaginármelo todo el tiempo y les digo a mis sentidos que se relajen, porque su existencia me es totalmente indiferente.

Agarro el pincel de nuevo, lo acerco a la superficie y la melodía que Alex comienza a silbar me hace dar un brinco y firmar con una línea roja, quebrada y horrible la madera.

—¡¡Noooo!! ¡Maldito seas! ¡¡¿Quieres dejar de hacer tanto ruido?!!

Salgo hecha una fiera, con las manos cubriéndome la cara, y me enfrento a lo que sea que me espere al otro lado de la cerca. Obviamente, por muy valiente que me crea, no estaba preparada para lo que me encuentro. Alex está con la boca abierta, una pala en una mano y los viejos guantes de jardinería de su padre puestos. Lleva unos pantalones vaqueros cortados por las rodillas, que a todas luces le quedan pequeños, y el pecho descubierto, que le sube y baja rítmicamente; una ligera capa de sudor brilla sobre su piel.

—¿Estás bien?

Le tiro un pincel y él lo esquiva con un movimiento rápido, reacción por mi parte que indica que no, que no estoy bien. Que nada lo está.

—¿Cuánto tiempo piensas quedarte?

Se queda callado mientras lo miro a los ojos sin pestañear, con los puños cerrados con tanta fuerza que siento que me araño la piel y evitando desviar mi mirada hacia abajo, incómoda al llevar él tan poca ropa.

En una especie de fogonazo, reconozco la canción que estaba tarareando y que tanto me ha cabreado. *Don't Speak*, de No Doubt, y recuerdo a Vera poniéndola a todo volumen en la camioneta del señor Mauer el último verano y cantando a pleno pulmón, cuando Alex ya tenía el carné de conducir y nos pasábamos el día los tres de aquí para allá, sintiéndonos libres, capaces de todo, juntos. Siempre juntos.

Y creo que lo odio como nunca lo he hecho antes.

—¡Te he hecho una pregunta!

—Cuando termine aquí. —Me señala la casa con un leve movimiento de cabeza, como si tuviese que entender, sin ninguna explicación más, la razón de su regreso—. Tengo disponible hasta el final del verano.

«Como siempre», pienso.

Las palabras se me quedan en la punta de la lengua. Como si fuera una jodida broma y él hubiera llegado al principio del verano para despedirlo otra vez cuando el otoño comience a acercarse. Como si todo esto fuese un intento de dejarme hecha mierda de nuevo.

—Qué casualidad, ¿no? —le digo en un tono cortante y afilado.

Traga saliva sin dejar de mirarme, pero no dice nada más. Tampoco sé si yo esperaba que dijera algo. Me quito el pañuelo de la cabeza y me marcho a casa, revolviéndome el pelo por el camino para que pierda la forma del moño. Necesito una ducha, un abrazo de la abuela y quizá hasta una cerveza.

Necesito a Yago.

A.

Recojo el pincel del suelo y lo muevo entre mis dedos. Me los mancha de rojo.

Apoyo la pala en la valla y me siento en la tierra con la cabeza gacha. El perro me observa, ahora tumbado bajo la sombra del cobertizo, y juraría que lo hace con el ceño fruncido, como si él también opinara que no debería estar aquí.

Sé lo que ha pasado por la cabeza de Sara; el sentimiento era tan nítido que ha sido fácil leerla.

Sin embargo, no estoy aquí por ella, soy tan cobarde que nunca me hubiera atrevido a volver si no hubiese sido por una promesa.

¿Cómo explicárselo? ¿Cómo hacerle entender a Sara que no era nuestro momento? ¿Que yo no era quién para pedirle que me esperase tanto tiempo o rogarle que se viniese conmigo a otro país cuando las cosas se torcieron? ¿Cómo decirle que de verdad la quería, pero que me daba miedo hacerlo de esa manera, cuando ni siquiera tenía la madurez necesaria para saber lo que eso significaba? ¿Cómo?

Suspiro y bloqueo mis pensamientos trabajando a pleno sol durante horas, hasta que siento que me duelen los brazos lo suficiente como para no poder seguir.

Me doy una ducha, me visto y conduzco hasta el pueblo. Aún es pronto como para encontrarme las calles repletas de gente trabajando, niños correteando y que la playa del lago esté llena de turistas.

Noto las miradas clavadas en mí. Algunas solo por curiosidad, otras con verdadero asombro; en las segundas es donde veo el reconocimiento en sus ojos. Saludo a un par de personas que recuerdo levantando el mentón, pero no me paro a hablar con ellas. No estoy preparado para el interrogatorio de rigor en un pueblo en el que todo el mundo se pregunta qué fue lo que pasó con la idílica familia Mauer.

Me limito a comprar las provisiones suficientes como para sobrevivir en la casa un par de semanas sin tener que volver a bajar al pueblo. No soporto las miradas de lástima ni los cuchicheos hablando de mis padres y de mí.

Cuando cargo todo en el coche y vuelvo a llamar a la compañía aérea a ver si saben algo de mis maletas, en la casa del lago sigue sin haber cobertura ni línea telefónica, regreso conduciendo despacio y con mil ojos, con miedo a cruzarme de nuevo con algo o alguien que no sea capaz de esquivar.

Al aparcar, veo que hay luz en la casa de Amelia y

me llegan voces de dentro. Un coche deportivo negro tapa la puerta de su verja. Oigo la risa de Sara y se me cae una de las bolsas al suelo. No había vuelto a oírla y la siento como un puñetazo en las entrañas.

Recuerdo a Vera bailando encima de una mesa con una boa de plumas enredada en el cuello y a su hermana riéndose a carcajadas hasta que las lágrimas le mojaban las mejillas. Tenía una de esas risas que contagian y que hacían que su hermana y yo también acabáramos desternillándonos.

La sigue teniendo.

Me gustaría preguntarle por Vera, saber si consiguió viajar a Los Ángeles, enamorarse en París y protagonizar un espectáculo en Broadway. Sonrío al recordarla dándonos lecciones de vida con quince años, con esa expresión en el rostro de las personas que saben que van a comerse el mundo.

Ojalá estuviera aquí y me ayudase a acercarme a Sara solo lo necesario para pedirle perdón.

S.

No he sido yo la que lo ha llamado, pero Yago entra en casa cerca de las ocho con la cara desencajada; para ser su día de descanso, no parece muy contento.

Tras soportar el encuentro con Alex, me puse el bañador y me fui al lago.

Después de un baño largo y de dejar el cuerpo muerto en la superficie con los rayos del sol rozándome la piel, conseguí relajarme y sentir que los latidos de mi corazón se acompasaban. Su agua fría, calmada y traslúcida, siempre consigue ese efecto en mí. Solo con zambullirme dentro y mantener la respiración unos segundos bajo el agua, todo se disipa, tanto lo bueno como lo malo. Todo. Consigue que deje de sentir y me creo libre, ligera, como una hoja que flota sin preocupaciones ni nada que le afecte.

Por eso no he llamado a Yago y, que esté ahora bufando frente a mí, solo puede significar una cosa.

—Así que una fuga de agua.

Que vivo en un pueblo muy pequeño como para que las noticias no vuelen.

—Ajá.

Me dirijo a la cocina y él me sigue. Sé que mi respuesta lo enfurece más aún, pero me sale sola, como si al creerme yo la mentira que le conté, pudiera convertirse en realidad y Alex fuera a desaparecer en una nube de polvo.

La abuela sonríe mientras pela patatas en silencio.

—Una fuga de agua en casa de los Mauer —repite. Yo me lavo las manos en el fregadero y cojo unos tomates mientras asiento, deseando que la vida pudiera ser tan fácil como chasquear los dedos cuando algo no te gusta para hacerlo desaparecer—. ¿Cuándo coño pensabas decírmelo?

—Esa boca, Yago —le riñe la abuela.

Él saca su cartera refunfuñando y mete una moneda en el bote de cristal que está sobre la alacena blanca. En nuestra casa las palabrotas suponen un castigo inevitable desde que Vera, a los catorce, comenzó a basar su lenguaje en palabras malsonantes.

—Lo siento, abuela —se disculpa; yo me muerdo el labio inferior para no reírme y sigo dándole la espalda cortando tomates sobre la tabla de madera—. Te estoy hablando, Sara.

Levanto el cuchillo y suspiro.

No lo sé, Yago.

Quizá cuando asuma que de verdad Alex ha vuelto. Quizá cuando sea capaz de pronunciar su nombre sin querer dar patadas a un árbol o ponerme a temblar. Quizá cuando su simple existencia deje de evocar esto que siento enredándome las venas y tirando fuertemente de ellas.

Quizá nunca.

—No lo sé. —Me giro y lo miro; creo que la tristeza de mis ojos es una respuesta en sí misma; la abuela sigue pelando patatas—. Supongo que cuando no hubiera más remedio.

—Sara... —Deja escapar el aire contenido y se acerca a mí mirándome con ternura; me acaricia la mejilla y, de repente, su mirada se desliza hacia abajo y se tensa—. ¿Qué cojones te ha pasado en la pierna?

El clic de una nueva moneda cayendo en el bote es lo único que rompe el silencio.

—¿Te apetece cenar con nosotras y te lo cuento? También necesito que me ayudes a arreglar la moto.

No me hace más preguntas, solo asiente, se pone un delantal y me ayuda a terminar de preparar la cena, mientras la abuela lo interroga sobre su familia y nos reímos cuando nos cuenta alguna que otra anécdota de sus turnos en el bar.

Escucho a la abuela explicarle a Yago la mejor manera de hacer una tortilla de patatas decente, mientras el sonido del aceite chispeando en la sartén, la música de la radio encendida en un rincón y el silbido de las cortinas ondeándose por la brisa que entra por la ventana lo envuelven todo. Eso y las risas de dos de las personas que más quiero en el mundo fusionándose en una.

Ojalá estuviera aquí mi tercera persona favorita para reírse de Yago por no saber ni freír un huevo, para agarrarme del brazo, darme vueltas sobre mí misma hasta marearme y obligarme a bailar descalza al sonar por los altavoces *A Thousand Miles* de Vanessa Carlton, como ahora, mientras la abuela se ríe a carcajadas y se le salta la dentadura postiza encima de la mesa.

Me encanta verla así, porque desde que éramos pequeñas Vera era la que hacía reír continuamente a la abuela y me da la sensación de que ya no lo hace tan a menudo. De que solo le salen sonrisas tristes.

Me guste o no, yo nunca he sido la divertida, sino la contenida.

Recuerdo los primeros años que pasamos en esta casa y cómo la abuela resaltaba lo poco que nos parecíamos. Ella la cal y yo la arena. Ella como una tormenta de verano y yo la calma que la precede. Siempre tan dispares, siempre tan unidas por esa contradicción tan extrema que, al morir nuestros padres, nos había hecho inseparables.

—Sara, tú y yo somos una, no podríamos existir la una sin la otra, ¿no te das cuenta? Sin luz no hay oscuridad, Sara. Es tan simple como eso. Cuando quieras gritarme, cuando estés enfadada o cuando creas odiarme, piensa en ello. No se te pasará de inmediato, pero aprenderás que es algo inevitable seguir juntas y aceptarás mis errores, como yo siempre aceptaré los tuyos.

Extremista hasta la extenuación, con esos discursos profundos dignos de algún manual de autoayuda, pero, en el fondo, cuando decía eso tenía razón. Siempre la tenía y yo había ido aprendiendo a cada paso de ella.

¿Por qué entonces te has largado, Vera? ¿Cómo hemos llegado a esta situación?

No lo comprendo, se escapa a mi control y a mi raciocinio. Y me duele tanto que a veces me azota con fuerza la sensación de no poder respirar.

Cómo te echo de menos, maldita sea.

Después de cenar, Yago y yo nos sentamos en el porche con una taza de té. Me da miedo, porque sé que sin la abuela las preguntas llegarán. Al fin y al cabo, él conoce mi pasado, enlazado con el suyo de un modo inevitable, y también es consciente de quién fue para mí Alexander Mauer, el hijo del alemán y la irlandesa, como es conocido en el pueblo. Por otra parte, lo necesito. Necesito que Yago me diga que todo va a salir bien, que yo estaré bien cuando Alex vuelva a marcharse, aunque sea mentira.

—¿Has hablado con él después del accidente?

—No creo que pueda considerarse hablar. Creo que lo insulté. Y le lancé un pincel, pero no le di.

—¿En serio? —Se ríe y me mira asombrado—. ¿Lo de insultarlo también? ¿Has metido dinero en el bote? No me hagas chivarme a la abuela.

Le agradezco el tono distendido que utiliza, pese a la importancia de la conversación para mí.

No estoy muy segura de lo que le dije en el jardín, pero lo que sí sé es que lo he insultado tantas veces en mi cabeza que con él sería capaz de convertirme en Vera por un momento y decir todos los tacos que conozco.

—Está de paso, así que solo tengo que soportar saber que estará aquí hasta el final del verano. Después, será historia.

—¿A qué ha venido?

—No lo sé. Tampoco quiero saberlo. No quiero saber nada de él.

Y la mentira suena demasiado bien en voz alta, a

pesar de que ambos sabemos que me muero de curiosidad por averiguar qué ha venido a hacer aquí después de ocho años. No obstante, me pesa más el orgullo como para pretender tener respuestas a esas preguntas.

Yago se abstrae un poco. Para él tampoco resulta sencillo pensar en Alex.

—Creo que lo odio.

—Ya lo sé. Yo también.

Nos quedamos en silencio y negamos con la cabeza con una sonrisa en los labios.

—Tú no eres capaz de odiar a nadie, Sara.

—Ya. Tú tampoco.

—Por si acaso, que no me ponga a prueba.

Qué fácil es desear odiar a alguien con todas tus fuerzas y que esa persona lo merezca, pero ser incapaz de hacerlo porque en un momento lo quisiste tanto que eso eclipsa cualquier otro sentimiento.

Aun así, el enfado está ahí, junto al dolor que lo llena todo, y me doy cuenta de algo que, aunque no tenga mucho sentido, lleva dando vueltas en mi cabeza desde que lo vi de nuevo.

—¿Sabes? Creo que lo odio más por haber vuelto en verano que por todo lo que hizo.

—¿A qué te refieres?

—Ha hecho que vuelva a asociar el sol, el verde, los baños cálidos y la imagen del atardecer que solo se disfruta durante días del año con aquello. Ha vuelto a hacerme revivir todo lo que sentía cuando llegaba el primer sábado de julio y él regresaba, y cómo me dejaba cuando se marchaba a primeros de septiembre.

Yago me acerca a su cuerpo y me abraza por encima del hombro. Apoyo la cabeza en él. Es reconfortante; siempre lo es. Sé que entiende lo que digo.

—No podemos echarlo a patadas, porque es su casa, pero no dejaré que cambie nada, ¿de acuerdo? Estamos juntos en esto. Cuando sientas que te supera, grita, y vendré corriendo.

—Lo sé.

Yago me deja un beso sentido en la mejilla, acaricia a Tango con mimo y se marcha con la promesa de que se ocupará de mi moto para evitar tener que depender del seguro de Alex para ello. Lo observo alejarse por el camino, hasta que la profundidad del bosque me impide ver la luz de los faros de su coche.

Pienso en lo afortunada que soy por tenerlo.

Me termino el té y después me levanto para entrar en casa. Antes de hacerlo, giro la cabeza y contemplo la luz que sale por el ventanal.

Está en la cocina.

Me vienen a la mente una tarrina de helado de vainilla, tres cucharillas y un juego; uno en el que tres niños acabaron con la cara llena de helado una tarde de verano. Uno en el que la pequeña Sara se quedó sin respiración al sentir la lengua traviesa de un Alex de quince años quitándole los restos de la punta de la nariz.

—*Te tapaba las pecas de duende, enana.*

Un juego en el que, acto seguido, aquella Sara le estampó su cuchara llena de helado en la cabeza bajo la risa explosiva de Vera, que le coló a su vez la suya por dentro del pantalón. Un juego que acabó con los tres castigados limpiando la cocina de los padres de él de arriba abajo.

Un juego que sigue formando el recuerdo de uno de los días más increíbles de toda mi vida.

1

El primer verano

Escucharon el ruido de una camioneta y ambas niñas se asomaron a la ventana de la habitación de una de ellas. Era un día de verano como cualquier otro en la casa de la abuela. El sol se alzaba intenso y la brisa húmeda hacía que la temperatura fuese cálida sin llegar a quemar la piel.

La camioneta era marrón, hacía un sonido que rompía esa calma siempre presente en el lago y se paró en la casa de al lado, la que por fin había quitado el cartel de «En venta».

Sara se subió a un taburete para poder ver mejor a quien fuese que hubiera podido pagar el alto precio de la majestuosa casa de la viuda del coronel. Llevaban un año viviendo definitivamente allí y, hasta entonces, nadie había ni siquiera visitado aquella parcela de amplios jardines, grandes ventanales e imponencia señorial. Al lado de aquella, la suya parecía un cuarto de herramientas.

Las separaban apenas diez metros y ambas vallas que cercaban las propiedades.

Sara pensó que desde la ventana de su dormitorio podría ver por primera vez vida en su interior, y no muebles cubiertos por sábanas roídas y polvo que parecían fantasmas vagando día y noche a sus anchas.

Vera pensó que el simple ruido de la camioneta ya hacía que el lugar oliese diferente.

—A lo mejor tienen un perro —dijo la pequeña entusiasmada.

—O un hijo.

Observaron cómo la puerta se abría y de ella bajaba un hombre grande de pelo rubio y una mujer morena con un vestido que a Vera le pareció el más elegante que había visto en su vida. Era rojo, con un fajín negro que hacía que su cintura pareciese de avispa y con unos zapatos de tacón del mismo color. Cruzó los dedos a su espalda para llevar puesto uno como ese algún día.

De la parte de atrás bajó de un salto un chico, cumpliendo los deseos de la mayor de ellas y provocando un aguijón de decepción en la otra al no ver un animal de compañía por ningún sitio.

Ambas contuvieron la respiración. Por fin algo interesante en aquel lugar perdido del resto del mundo, un lugar que costaba encontrar en los mapas.

—¿Cuántos años crees que tiene?

—¿Dieciséis? ¿Quince? Espero que no menos —contestó la mayor con una sonrisa ladeada.

—¿Por qué esperas eso?

—Por nada.

Sara, dentro de esa ingenuidad infantil que la caracterizaba poco propia de las muchachas de su edad, no entendía por qué su hermana quería que el chico no fuese más pequeño que ella. ¿Qué importaba? Lo importante era la posibilidad de hacer un amigo.

No se movieron de la ventana hasta que los tres, cargados con las maletas, desaparecieron en el interior de la vivienda.

Vera y Sara pasaban el rato descalzas en el jardín delantero. Intentaban hacer un móvil colgante con pequeñas piedras agujereadas por el agua que habían recogido del lago, cuando el chico salió de la casa de al lado. Llevaba unos auriculares colgados al cuello y se sentó en las escaleras del porche.

Desde su llegada, dos días atrás, no lo habían visto. Tenía el pelo rubio, como ellas, aunque no tan claro como Sara, y era alto. También sabían, gracias a la abuela, que el padre era alemán y respondía al apellido de Mauer. Estaba casado con una mujer irlandesa que había conocido en un viaje de trabajo y, circunstancias de la vida, habían acabado viviendo en un tercer país también por motivos laborales.

A Vera aquello le parecía de lo más exótico; a Sara, un dato como otro cualquiera sin la menor importancia, a la altura de saberse de memoria los ríos de la península ibérica.

Vera se quedó mirándolo pensativa, mientras Sara, sacando la lengua de lado, un gesto de concentración que le salía solo, intentaba pasar el hilo de pesca por un agujero minúsculo que le había hecho a una bellota. Al igual que a su madre, le encantaba todo lo que suponía crear con sus manos. Su hermana, en cambio, se aburría enseguida y solía hacer compañía a Sara en sus tareas mientras se pintaba las uñas, soñaba despierta con el chico de turno o leía revistas de moda que a la pequeña le resultaban absurdas y llenas de noticias tontas.

El grito de la mayor hizo que se desconcentrase y que clavara la aguja en el aire.

—¡Eh, tú, chico! —Él se giró y después miró a su alrededor, intentando averiguar si aquellas palabras iban dirigidas a él o a otra persona que anduviera cerca—. Sí, hablo contigo. ¿Te apetece ir al bosque del otro lado? Hemos encontrado una cueva donde escondernos de los adultos.

Él las observó sorprendido y un poco ruborizado; tenía quince años, era tímido y ellas eran chicas, razón de peso para ponerse colorado en el acto.

—¿Qué haces, Vera? —la recriminó Sara.

—¿No te apetece hacer algo divertido? Es la primera persona de nuestra edad que no tenemos al otro lado del lago. Además, es guapo —susurró con una sonrisa traviesa.

La pequeña lo meditó y asumió que tenía razón. No en lo de guapo, sino en lo otro.

La casa de la abuela se encontraba en un lugar supuestamente privilegiado, al borde del gran lago, entre bosques, en plena naturaleza. Sin embargo, para dos chicas que venían de una ciudad costera grande, ruidosa y llena de gente, aquello comenzaba a resultar aburrido. Los jóvenes que habían conocido vivían en la otra orilla, en el pueblo, y se tardaba en llegar media hora en coche, por lo que casi nunca lo hacían. Solo durante el curso escolar se relacionaban con otros de su edad.

—Hemos hecho pinturas rupestres.

Vera se rio ante el intento un tanto infantil de convencerlo de su hermana pequeña.

Era cierto, ese invierno habían pintado las paredes con escenas que les parecían divertidas, y jugaban a imaginarse que se trataba de las pinturas de una tribu de hacía miles de años. Sin embargo, Vera nunca reconocería que con quince años aún le gustaba jugar a esa clase de juegos, más propios de una niña que de una adolescente, y con su hermana pequeña.

—Vale, pero antes debo avisar.

—¿Tu mamá no te deja salir con niñas?

Él bajó la cabeza, avergonzado por el desparpajo de aquella chica rubia, pero hizo caso omiso a su provocación y entró en la casa para decirle a su madre que iba a dar una vuelta con las vecinas. Tenía que hacerlo, era una de las estrictas normas de su padre. Antes de desaparecer en el interior, la voz de la mayor lo frenó un instante.

—Por cierto, soy Vera. Y esta es Sara.

La pequeña levantó una mano y movió sus deditos con gracia.

El chico las observó bien antes de contestar.

Eran rubias, con el pelo largo, casi por la cintura. La mayor lo tenía oscuro, casi castaño, y la pequeña muy claro, dándole el sol la imagen de reflejos casi blancos. Ambas lo miraban expectantes, con sus dos ojos grandes y marrones. Llevaban pantalones vaqueros mal cortados y una sencilla camiseta. Vera, en rojo. Sara, en azul. Sus rodillas estaban cubiertas de heridas y sus pies, descalzos. No sabía qué edad tenían, pero parecían más pequeñas que él y que la mayoría de las chicas de su curso, como si las rodease un halo de misterio e ingenuidad por el hecho de criarse apartadas del resto del mundo, en aquel lugar excluido de todo lo demás. Más niñas; menos atrevidas y presumidas que las chicas de la ciudad.

Aun así, las vio bonitas.

Pensó que quizá ellas podían hacer de un verano

que se anticipaba como horrible algo un poco menos aburrido.

—Alexander.

—Alexander... —repitió Vera complacida con la misma sonrisa pícara de antes.

—Alex... —susurró Sara para sí misma.

Las niñas se pusieron sus zapatillas de loneta, cogieron una vieja mochila y esperaron a Alexander frente a la valla de su casa.

Cuando él por fin salió y las miró más de cerca, Vera asintió satisfecha y echó a andar agarrando a Alexander del brazo. Sara, en cambio, se quedó clavada en el color azul de sus ojos. Le recordó en el acto al mar que tanto echaban de menos desde que tuvieron que mudarse a vivir con la abuela y marcharse lejos de su auténtico hogar.

Le recordó a ese mar azul profundo y peligroso que les había arrebatado a sus padres.

—¡Alexander! ¡Venga, perezoso! ¡Te estamos esperando!

El chico se asomó a la ventana, aún con ojos somnolientos, y sonrió. Pequeñas piedritas habían golpeado la madera y caían por el borde del tejado; no habían cesado hasta conseguir despertarlo.

Vera estaba apoyada en la verja subida a su bicicleta y Sara, un poco más adelante, pedaleaba con rapidez en dirección al bosque. Era la más lenta de los tres, por eso siempre intentaba adelantarse a sus movimientos.

La mayor le sacó la lengua y se marchó también.

Se vistió todo lo rápido que su cuerpo le permitió y bajó las escaleras corriendo, hasta darse de frente con el cuerpo duro y rígido de su padre.

—¿Dónde vas con tanta prisa?

—Voy a salir. Con las vecinas.

—Sabía yo que al final te terminaría gustando esto. —Sonrió, satisfecho de ver a su hijo disfrutando de ese capricho en forma de casa perdida de la mano de Dios—. Tened cuidado y vuelve a las nueve para la cena.

Asintió bajando la cabeza y, cogiendo la bicicleta apoyada contra la valla de la entrada, salió pedaleando en dirección al bosque.

Llevaba un par de semanas en la casa del lago y debía reconocer que no se había aburrido ni un solo día, a pesar de que la vida allí era muy diferente a la que acostumbraba a hacer con sus amigos en la ciudad; sentía que pasar las tardes con las hermanas era como retroceder en el tiempo y volver a ser más niño que nunca y no el adolescente que se pasaba las horas pensando en videojuegos, chicas y temas que consideraba importantes y que allí carecían de sentido. Aquel día no fue distinto en ese aspecto, aunque sí en muchos otros que no descubrirían hasta pasados los años.

Ocuparon la tarde intentando enseñar a Sara a subirse a los árboles. Era la más pequeña, acababa de cumplir los trece y apenas se había desarrollado, así que sus cortos brazos no le hacían tener la facilidad que los otros dos ya poseían. Pasearon, rieron, tiraron piedras al lago, hablaron de sus vidas, del colegio, de la ciudad de la que venían, de los padres que las niñas habían perdido en un trágico accidente marítimo hacía un año. Jugaron como los niños que, en esencia, aún los tres eran, a pesar de que dos de ellos ya comenzaban a sentir, pensar e interesarse por cosas de adultos.

Tallaron sus firmas en la cueva del bosque, uniendo sus nombres, como si estuvieran enlazados.

Volvieron a casa media hora más tarde de la acordada por el padre de Alexander, riéndose a carcajadas y deseando repetirlo en cuanto fuera posible.

Y así pasaron los días, entre juegos, confidencias y anécdotas. Un verano en el que el chico descubrió que, sin pretenderlo, aquellos meses habían sido los más divertidos de su vida. Un primer verano en el que tres hilos se fueron trenzando y comenzaron a formar nudos, quizá irrompibles.

Alexander se marchó el primer viernes de septiembre.

Lo hizo con ganas de regresar a su vida real, de ver a sus amigos, a aquella chica de pelo rojo y pecas que tanto le gustaba, de volver a tener su ordenador, sus videojuegos, cobertura en su teléfono y sus cosas a mano. Se marchó con la ilusión que cualquiera tiene al final del verano de comenzar un nuevo curso lleno de novedades, de aprendizaje, de ser cada vez más adulto y menos niño.

Sin embargo, también lo hizo con cierta tristeza y con una sensación de pesar incómoda en la base de su estómago.

En el asiento de atrás de la camioneta, vio cómo Vera y Sara le decían adiós con la mano; su imagen se iba haciendo cada vez más pequeña según se alejaba, hasta verlas desaparecer.

Aquella noche, Vera se encerró en su cuarto sin cenar. Decía encontrarse mal, pero la abuela supo que su malestar no era físico, sino que aquel chico de mirada azul y pelo pajizo había conseguido traspasar su coraza y había hecho brotar esas alas que un día la empujarían a marcharse de ese lugar.

Sara sí que llenó el estómago, pero después se sintió mal y dio vueltas en la cama parte de la noche, sin saber que su dolor de tripa no se debía a la comida, sino a la tristeza de despedirse de alguien que se había convertido, irremediablemente y sin ser muy consciente de ello, en una parte esencial de su corta vida.

Y, a partir de entonces, llegaron las cartas.

Algo bueno

Querida Vera:

He agredido físicamente a Alex.

¿Ya te has reído? Pues es mentira, solo le tiré un pincel que ni siquiera le dio. Soy patética.

Seguramente tú le hubieras hecho una brecha en la frente. Imaginármelo me produce un ligero placer que me sosiega.

¿Te acuerdas de las veces que pensamos en qué haríamos si regresaba?

Tú querías depilarle con cera y raparle el pelo mientras dormía. Lo de la patada en su entrepierna también se convirtió en un deseo recurrente.

Yo te decía que no sería capaz de hacer nada por mucho que lo deseara.

Siempre me ha fascinado que tú seas como ese huracán que después de actuar deja todo en calma y, en cambio, yo sea todo lo contrario. Por eso sé que tú te habrías lanzado a su cuello y lo hubieras soltado todo, dejando escapar el dolor por la decepción, la tristeza y el orgullo herido, y al acabar lo hubieras abrazado fuerte, pidiéndole que nunca volviese a hacerlo. Prometiéndole cortarle la yugular si volvía a abandonarnos.

¿Y yo? Yo me siento como una piedra, incapaz de decirle nada, de expresar nada más que dureza en mis palabras y hastío por su vuelta. Incapaz de desahogarme, de preguntarle por qué y de odiarlo a gritos y no en silencio.

Y odiar en silencio es malo, tú me lo enseñaste el primer verano que apareció el señor Mauer sin su mujer ni su hijo. Le preguntaste por Alex, te dijo que te metieras en tus asuntos y después le lanzaste huevos a la ventana. La abuela sigue riéndose al recordarlo, por mucho castigo que te impusiera.

Yo también lo odié, pero hacia dentro, al igual que a Alex.

Tan adentro que todos esos sentimientos negativos, tristes y feos se me enquistaron en el pecho y ahora soy incapaz de sentir otra cosa.

Vuelve, Vera.

Quédate aquí conmigo, mirando el atardecer en el lago y enseñándome a deshacerme del odio a gritos.

Te quiere y te odia a ratos en silencio,

SARA

S.

La semana pasa sin imprevistos.

Recupero mi moto gracias a Yago. Termino encargos pendientes. Pinto la puerta de casa de azul. Hago el regalo de cumpleaños de Paloma, un cuadro forrado con piedras pintadas y un montón de fotos nuestras haciendo el idiota. Dedico todas las horas que puedo a trabajar, ignorando lo que no tenga que ver con pinturas, moldes y papel de lija.

Cuando se mete el sol, ceno con la abuela y después me baño en el lago.

Veo su luz por la ventana, pero me resisto a pensar en él, aunque no pueda dejar de sentir su presencia como la de un fantasma.

Vuelvo a utilizar el truco que ya he usado antes cuando quiero olvidar: trabajo tanto que, al llegar la noche, mi cuerpo y mi cerebro están exhaustos y caigo redonda en la cama.

Lo que no puedo evitar es soñar con recuerdos que se entremezclan traviesos y que me hacen despertarme con sensaciones extrañas; casi nunca son agradables.

El sábado por la mañana, después de una semana de silencio tenso y miradas furtivas, llaman a la puerta. Doy un brinco en el sofá que a la abuela le hace reír.

—Abre tú, cielo. Me duele la cadera.

Me levanto solícita, aunque no puedo evitar el desasosiego que siento ante la posibilidad de que sea él. Tampoco paso por alto la sonrisa de la abuela, a la que le parece de lo más gracioso, terapéutico y necesario que tenga que enfrentarme al Alex de mi pasado a través del que está en el presente. Como si fuese un puente extraño entre los que fuimos y los que somos ahora, dos desconocidos que un día compartieron algo.

Pero no es él. Es un chico con uniforme gris y gorra azul, una furgoneta naranja aparcada en la puerta y una maleta enorme a su lado.

—Buenos días, señorita. Siento molestarla. El señor Mauer no se encuentra en casa y le traemos su maleta.

—Maleta.

—Sí. —La señala como si yo fuera imbécil y no supiera a qué se refiere con ese término. Después de una pausa un tanto incómoda, vuelve a explicarse con voz monótona y aburrida, como si odiara su trabajo; posiblemente lo haga—. La empresa aérea la metió en otro avión en un imprevisto. Me gustaría saber si puede quedársela usted.

—No, lo lamento. Tendrás que volver por la tarde.

Voy a cerrar la puerta, pero su mano me lo impide, y entonces su expresión cambia y me mira con ojos suplicantes.

—Disculpe, señorita. Es sábado. —Alzo una ceja, insinuándole que me parece estupendo, pero que no sé qué tiene eso que explicarme a mí con relación a una maleta que no me pertenece; al instante, sus ojos se transforman en los de un perrillo abandonado—. Por la hora que es, ya no podría regresar de nuevo hasta el lunes. Y, sin ofender, este sitio está en el quinto pino.

—No me ofendes. En realidad, es uno de los motivos por los que amo este lugar.

Traga saliva y lo reafirmo: este chico odia su trabajo. Me ofrece un formulario impreso con un montón de datos y un bolígrafo.

—Solo tiene que firmar aquí y le dejaré un aviso en el buzón de que la tiene usted. ¿Sí?

Me imagino a Alex viniendo a casa. Le tiendo la maleta y sus manos rozan las mías sin querer. Sus ojos me dan las gracias. Su voz, su maldita voz, se cuela en mis oídos y araña lo poco de mí que aún está ileso.

—No... no... No puedo hacerlo.

Frunce el ceño y lee en mí algo más que la posibilidad de que sea una maleducada o una vecina incívica.

—Quién es el mal vecino, ¿él o usted?

—Él, créeme. Se merece que la tire al lago.

Sonríe y asiente. El brillo de sus ojos pícaros me provoca una sensación conocida en el pecho. Es el mismo que el de los ojos de Vera cuando se preparaba para hacer una de sus maldades de niña, como cuando tiró huevos al señor Mauer o pinchó las ruedas de la bicicleta de un chico que me insultó en el colegio.

—Si quiere, puedo hacer que se pierda el aviso. Volverá a llamar a la compañía y entonces le dirán que la tiene usted, pero se pasará mínimo el fin de semana, más lo que tarde él en insistir, sin ropa interior limpia.

Sonreímos cómplices, pero me recuerdo que yo no soy Vera.

—Solo por ese indicio de maldad, no voy a hacerte volver.

—Gracias. —Deja aliviado la maleta en la entrada; yo cojo el recibo y lo firmo sin pensar en lo que estoy haciendo para no echarme atrás; me da una copia y me guiña un ojo—. Pierdo el aviso, ¿o no?

—No será necesario.

Entonces me mira con gratitud y cierta ternura. Como si, de repente, el desconocido de la compañía aérea supiera toda mi historia y la comprendiese.

—Eres buena —me dice, dejándose de formalismos y tuteándome como los dos jóvenes que somos—. Seguro que él lo merecía. Que pases un buen día.

—Igualmente.

Una maleta. Una caja metálica forrada de tela negra con un asa y ruedas. Un objeto para almacenar cosas. Un artículo reemplazable.

Y aquí estoy yo, sentada en los últimos escalones que conducen al piso de arriba, con los codos apoyados en las rodillas y sujetándome la cara con las manos. Observándola. Analizándola. Imaginándome que guarda mucho más que un puñado de camisetas, pantalones y una bolsa de aseo.

Deseando abrirla, desordenarlo todo y volver a cerrarla. Cazar una mofeta en el bosque y meterla dentro un ratito. Hacerles agujeros a las camisas con una tijera en la zona de los pezones. O, simplemente, echar un vistazo a lo que hay dentro y descubrir si sus pertenencias podrían decirme algo del Alex que ha regresado. Si continúa llevando camisetas con logos de grupos de música, como en su adolescencia. Camisas de cuadros. Gorras oscuras. Si sigue sin usar más colonia que la de su propia piel o quizá un perfume caro. Si lleva libros. O la foto de alguna chica.

Quizá debería prenderle fuego.

—Sara, ¿lleva explosivos dentro?

La interrupción de la abuela me hace dar un salto en mi sitio y a ella reírse de mí. No la juzgo. Parezco idiota.

—¿Qué? No... es... no importa. —Suspiro y me doy la vuelta para subir las escaleras y encerrarme en mi habitación—. Tengo que arreglarme para el cumpleaños de Paloma.

—Es suya, ¿verdad?

Me paro a mitad de camino y se lo pido, aunque, conociéndola, sé que no servirá de mucho y que soy yo la que tengo que enfrentarme a esto.

—Sí. ¿Se la darás?

—¿Y por qué no lo haces tú? —Cierro los ojos y me muerdo la lengua para no decirle que no puedo, que me da pánico hacerlo, porque verlo me afecta de un modo que no es normal teniendo en cuenta el tiempo que ha transcurrido de todo aquello; me siento débil y me odio por ello—. No es más que una maleta.

—Ya. Una maleta.

Me doy una ducha rápida diciéndome que sí, que no es más que una maleta. Que puedo hacerlo, que tengo que mostrarme fuerte y valiente, como Vera intentó enseñarme siempre antes de largarse.

Ojalá me resultara tan fácil como a ella.

La noche es cálida, así que escojo un vestido de flores y sandalias. El pelo me cae hasta la cintura en suaves ondas que se me secan al aire. Cojo el regalo de Paloma, envuelto con un lazo fucsia de organza, y espero a que llegue a buscarme impuntual, como es habitual en ella, a pesar de que se presente tarde a su propia fiesta de cumpleaños.

Tres minutos después, en los que me he mordido dos uñas, bajo las escaleras para esperarla fuera y, al abrir, me choco con un cuerpo masculino que reconocería en cualquier sitio solo por el olor que desprende. Por su familiaridad. Por el reconocimiento de mis sentidos, que se activan al instante.

Duda un momento, pero, al no verme dispuesta a decir nada, habla. Hay duda en su voz mientras me muestra un papel que reconozco enseguida.

—Hola, yo... Esto estaba en mi buzón. Supongo que la maleta no entraba en él.

Lo dice con una media sonrisa traviesa con la que pretende romper la tensión que nos envuelve, pero yo me tenso todavía más al observar los hoyuelos que le salen en las comisuras de los labios.

Me había olvidado de ellos. De la necesidad apremiante de tocarlos que siempre me producía verlos. De lo bonito que era hacerlo reír para que los mostrase. Y me doy cuenta de que no lo había visto sonreír desde que ha regresado.

—Supongo que no. Aquí la tienes.

La levanto, porque el pequeño banzo de la entrada no me permite hacerla rodar, y la saco al porche. Pesa tanto que enseguida él pone sus manos en el asa junto a las mías para ayudarme. Nuestros meñiques se rozan y la suelto de sopetón.

—Gracias. Llevo días sobreviviendo con ropa vieja que aún quedaba en un armario. —Eso me explica el que no entrase en los pantalones vaqueros con los que le vi en el jardín y que posiblemente pertenecieran al Alex adolescente; frunzo los labios para no sonreír—. No preguntes.

—No iba a hacerlo —contesto a la defensiva.

—Ya.

—Bueno, que te lo pases bien con tu maleta.

Salgo de casa y cierro la puerta, con él aún paralizado en mi porche, rezando interiormente para que Paloma llegue de una maldita vez y me saque de aquí.

—Espera, Sara.

—Tengo prisa.

—Me gustaría hablar contigo.

Me giro y leo la súplica en su mirada rasgada y azul. Comparo el tono de la puerta recién pintada que está tras él con el de sus ojos, y me digo que no es igual, que no tiene nada que ver.

Que el suyo es más intenso.

Más suyo.

Más azul.

—Pensé que ya lo estábamos haciendo.

—¿Qué tal tu pierna?

Ambos dirigimos la vista a la herida que luzco orgullosa con las piernas desnudas y, por un momento, me avergüenza que me mire tanta piel sin ropa. No entiendo por qué, ya que nos pasábamos la vida en bañador, pero ahora me incomoda; como si también pudiera también atisbar debajo de todas esas capas de protección que he ido creando con los años.

—De otro color, pero no pasa nada. Los colores son lo mío.

—¿Te apetece dar un paseo? Me gustaría decirte algo.

—No tengo tiempo. He quedado. —Sonrío aliviada al escuchar el sonido del coche de Paloma adentrándose por el camino—. Mira, salvada por una patata.

—¿Una qué? —Alex observa el coche que se cae a cachos de mi amiga; tiene treinta años, le falta un retrovisor, las ventanas ni suben ni bajan y es de color amarillo limón—. Ah, entiendo. Podemos hablar mañana. No hay prisa.

Entonces sí que le estudio el rostro con calma, intentando descubrir qué es lo que pretende y espera de mí después de tanto tiempo. Sus ojos, las arrugas que se le forman en la frente al fruncir el ceño y otras nuevas alrededor de la mirada que le han regalado los años, su nariz espigada, sus labios finos pero perfectos, las pecas que ya apenas se ven en sus mejillas, la sombra de un comienzo de barba clara.

Siento que lo conozco, que sigo teniendo ante mí a ese Alex que tantas veces observé, tan guapo, tan reservado para muchas cosas y tan espléndido para otras, pero también más maduro, más imponente de entrada y más roto.

Me vienen a la mente una conversación en una cueva y una promesa. Una promesa que no le costó mucho romper.

—¿Te he dicho que no tenía tiempo? Lo que no tengo son ganas.

A.

Sara se sube al coche, le da un beso a la chica que la espera dentro y se marchan. La reconozco, es Paloma, y por su expresión de perplejidad sé que ella también me recuerda, aunque no la hayan puesto al corriente de mi regreso. No sé cómo me hace sentir eso, si mal, porque significa que no tiene la suficiente importancia para contarlo, o bien, porque tiene demasiada.

La Sara que conocí siempre era muy directa, aunque también hermética, como una caja fuerte.

Me dan ganas de mandar una cesta de frutas a la compañía aérea por ayudarme a provocar un encuentro con ella, pese a que no haya servido de mucho.

Entro en casa y guardo mi ropa en el único armario que conservo, el de mi madre. Después ceno en el salón sentado en el suelo. No tengo mesa, ni sillas, ni televisión, pero tampoco lo echo en falta.

Observo las paredes vacías, los techos altos, el piano de la esquina y el aparador con la vieja vajilla de porcelana. No hay mucho más.

Es increíble que una sola persona pueda estropear un hogar tanto como para conseguir que hasta los muebles que lo llenaban te duelan y tener que deshacerte de ellos.

Saco el teléfono y leo el último mensaje de mamá. Lamento no poder llamarla ahora mismo por la ausencia de cobertura, pero este lugar sigue estando en medio de ninguna parte. Un punto negro en un mapa. Un agujero que te absorbe y te mantiene ajeno a la realidad.

Alexander, no merece la pena. Es
mucho trabajo por un capricho
estúpido. Valoro tu esfuerzo y te
quiero aun más si cabe por ello, pero
solo es una casa.

No, no es solo una casa. Es lo único que ella tuvo la posibilidad de escoger y donde fue verdaderamente feliz. En aquellos veranos en los que se sentía libre de ser quien de verdad era, leyendo en el porche, tocando el piano o paseando por el bosque. Fue lo primero que mi padre quiso arrebatarle, porque sabía que era lo único material que ella deseaba.

Suerte que él ya no esté aquí para hacerlo.

S.

—Pero mírate... —Me subo al coche y Paloma me mira con admiración—. Que es mi cumpleaños, no el tuyo, y vas a llevarte todas las miradas del Joe's. —De repente, su rostro se pierde por encima de mi hombro y se lleva una mano a la boca—. Oh, joder... ¡¿Ese no es el cretino de Alexander Mauer?!

—Arranca. No es nadie.

Me obedece, pero dura callada diez segundos antes de ponerse a despotricar y a gesticular como una loca, separando de vez en cuando las manos del volante. Yo pongo los ojos en blanco y miro por la ventana.

Me sorprende que no se haya enterado en el pueblo, aunque, según ella, últimamente tienen tanto trabajo en la clínica que no dispone de tiempo para mucho más.

—¿Cuándo pensabas contármelo? Menuda decepción. ¡Encima el día de mi cumpleaños! Eres la peor amiga del mundo. ¡La peor! Verás cuando se lo cuente a Yago... —Me encojo un poco en el sitio; ella ahoga un gemido y golpea el volante con fuerza—. Oh... ¡¡no, no, no!! ¡¿Yago lo sabe?! ¿En serio? ¡Eres peor aún de lo que pensaba!

Me fulmina con la mirada, pero, al observar la expresión de mi rostro, se relaja en el acto.

—Paloma... de verdad, yo... —intento explicarme, pero no consigo más que titubear con voz temblorosa, porque sigue siendo demasiado difícil—. No... esto no... es...

—Eh, tranquila. —Me coge la mano y me deja un besito en la palma—. Estaba bromeando. Estoy contigo, ¿vale?

—No puedo hacerlo. No puedo hablar de él sin...

—Lo sé. Ahora consigue que Yago me regale un poquito de su amor y te perdono. —Curva los labios de forma lasciva—. Del amor que le cuelga. Se ha entendido, ¿no?

—Lo he captado.

Parlotea el resto del trayecto sobre chorradas para hacerme reír y lo logra. Es el poder de Paloma, consigue que veas los colores que tiñen la vida cuando para ti todo está un poco gris.

Ya con el motor apagado, me giro y le tiendo el paquete envuelto que tengo en las manos.

—Toma, loca. Feliz cumpleaños.

Lo abre con la ilusión de una niña y me mira emocionada.

—Es... es alucinantemente bonito. ¡Gracias, Sara!

Nos abrazamos y entramos agarradas del brazo en el bar de Joe, cuyo nombre no es real, pero al que todo el mundo conoce así desde que abrió el bar. Yago está en la barra trabajando, y Paloma aprovecha que es su día para pedirle ciertos regalos de cumpleaños que escandalizarían a cualquiera, si no fuera porque a él le encanta seguirle el juego.

La celebración es un éxito.

Charlamos, bailamos, reímos. Paloma se lo pasa en grande sintiéndose el centro de atención. Nos hacemos fotos para preservar instantes. Disfruto y consigo por unas horas olvidarme de esa neblina de apellido alemán que su vuelta ha traído y de la que no logro desprenderme.

¿Cómo una persona puede ocuparlo todo de este modo? ¿Cómo los recuerdos pueden volver con tanta fuerza que te hacen sentir como si los estuvieras viviendo de nuevo en tu piel? ¿Cómo es posible que, después de ocho años sin saber nada de Alex, aún pueda existir dentro de mí una Sara que quiere abrazarlo muy fuerte y pedirle que nunca la suelte?

—¿Estás bien?

Yago sale de la barra y se sienta a mi lado. Frente a nosotros, Paloma nos dedica un baile de lo más sensual enredada al torso de uno de sus amigos sin dejar de reírse a carcajadas. Sonreímos sin remedio; es el punto de alegría y locura que ambos necesitamos.

—Claro.

Choca su cerveza con mi zumo de naranja y se bebe la mitad de un trago; sé que finjo fatal.

—¿Piensas en él?

Continuamente, porque, haga lo que haga, invade todos mis recuerdos. Está en todos de un modo u otro, y odio que tenga ese poder sobre mí.

—En realidad, estaba pensando en los veinte de Vera —le miento, esforzándome por encontrar en mi cabeza algo que sea solo mío.

Veo a Vera retándome a hacer una estupidez como regalo de cumpleaños para ella. Veo a Yago abrazándola por la espalda y apoyando los labios en su pelo. A Paloma aplaudiendo encantada de la vida. Me veo bebiendo un trago largo de una botella de tequila y quitándome el vestido sin pensar, sintiéndome por una vez valiente, despreocupada, libre; sintiéndome un poco menos Sara y un poco más Vera.

Revivo el frescor del agua en mi piel desnuda y las miradas de asombro de mis amigos, y me entra la risa. Yago me acompaña hasta que acabamos los dos llorando entre carcajadas.

Hacerlo es casi catártico.

—Fue divertido. Recuerdo tu cara cuando te quitaste la ropa. Nadie creía que la pequeña Sara sería capaz de aceptar el reto de bañarse desnuda en el lago.

—Primera y última vez, pero sí, fue divertido.

Nos quedamos los dos pensativos, un poco hipnotizados por la mención de aquel día, hace seis años ya, pero de pronto su expresión cambia y sé que he perdido al Yago de sonrisa fácil en algún punto de ese pasado que hemos evocado

—¿Qué ocurre, Yago?

—Yo... Sara...

Se pasa las manos por el rostro y se me parte el corazón. Lo sé antes de que me lo pida y me doy cuenta de que me moría de ganas de que lo hiciera; de que hoy, no sé si por los recuerdos que últimamente me acosan, si porque me siento sola o porque Alex se ha colado de nuevo en mi vida sin ser invitado a hacerlo, yo también lo necesito.

—Duerme hoy conmigo —me suplica en un susurro ronco.

—Estaba deseando que me lo pidieras.

Abro los ojos y observo la pintura de acuarela sin enmarcar que cuelga de la pared. Es una chica bailando. Su pelo castaño claro le cae por la espalda como una cascada y sus pies descalzos parecen flotar en las aguas verdosas del lago. El vestido es rojo y tiene los ojos cerrados.

Recuerdo la expresión de Yago cuando se lo regalé y se me humedece la vista un instante; aun así, me resulta fácil controlarlo.

—¿Qué hora es?

—Las once —me dice con la voz ronca por el sueño. Al menos sé que hoy ha dormido algo.

—Tengo que irme.

—Vale.

Retira su brazo de mi estómago y me incorporo. Llevo una camiseta suya que me llega por la mitad del muslo e intuyo que tengo el pelo revuelto por su manía de meter la mano entre los mechones continuamente. Voy al servicio, me lavo la cara y me peino con los dedos. Cuando me visto, él ya está sentado en un taburete de la cocina con un café en la mano. No lleva camiseta.

Nos miramos un poco cohibidos; no es vergüenza, es... es otra cosa que no sé explicar, pero que ambos compartimos.

—Gracias por venir, Sara.

—No me des las gracias —niego con la cabeza—, pero tenemos que dejar de hacerlo.

—Ya lo sé.

Me lleva a casa en el más absoluto silencio y nos despedimos con un abrazo rápido. Cuando me giro para cruzar la valla, me encuentro con los ojos de Alex clavados en mí. Está sentado en el porche con un montón de folios entre sus piernas y un rotulador detrás de la oreja.

Después de unos segundos incómodos en los que nos estudiamos sin pestañear, comparte una mirada tensa con Yago antes de este último desaparecer por el camino llenándolo todo de polvo a su paso.

A.

La veo bajar del coche negro que estuvo aparcado aquí hace días. Está preciosa, con el mismo vestido que llevaba ayer, pero con el pelo revuelto y las mejillas coloradas. Me escuece que mis suposiciones sean ciertas, pero resulta obvio que ese cretino de pelo engominado es su novio y que ha pasado la noche con él.

«Vamos, Alexander, es normal que salga con alguien», me digo, aunque el consuelo no llega.

Cuando arranca el coche y pasa a mi lado, me fulmina con la mirada y me quedo a cuadros, porque reconozco ese rostro. Ha cambiado, ha crecido y lo ha endurecido, como todos, pero sigue teniendo la misma mirada que el Yago de hace años.

Joder...

Estaba colado por Vera. Coqueteaban sin cesar y se

besaban a la mínima oportunidad, ¿y ahora sale con su hermana pequeña? No puedo creerlo.

Me quedo tan perdido en mis pensamientos que, cuando miro hacia la casa de al lado, Sara ya está recorriendo a paso firme el jardín de su entrada.

—Mierda.

Me levanto y corro detrás de ella, pero es rápida y se escabulle con facilidad. Cierra la puerta cuando yo aún estoy subiendo las escaleras de su porche. Llamo al timbre y abre en el acto con cara de pocos amigos, los brazos cruzados sobre el pecho y suspirando con cansancio.

—Hola.

—¿Qué quieres? —me dice con hastío, mirándose una uña.

—Te dije que quería hablar contigo.

—¿Otra vez con eso? Y yo te dije que no me daba la gana.

Hace amago de cerrar de nuevo, pero levanto las manos pidiéndole solo un segundo más para explicarme.

No sé qué pretendía decirle, porque es verla y nublarme, además de sentirme un capullo egoísta por querer saber de ella y que me perdone después de todo, pero, de repente, recuerdo una conversación que escuché en el pueblo sobre a lo que se dedica, su voz susurrando «los colores son lo mío» y la imagen de su cuerpo lleno de pintura en el viejo cobertizo de su jardín, y se me enciende la bombilla. No entiendo cómo no se me ha ocurrido antes.

—No es lo que piensas, es... es por trabajo.

—¿Qué?

Por primera vez desde que he vuelto, sus ojos muestran interés real, sin cubrirlos con esa máscara de desprecio y desdén que solo me dedica a mí, por lo visto. Es mi oportunidad, no puedo joderla ahora.

—Me han dicho que eres la mejor por esta zona.

—Siendo honesta, soy la única.

—He visto alguno de tus encargos, sé que igualmente serías la mejor.

Pone los ojos en blanco y torea mi halago como si no le afectara lo más mínimo.

—Es igual, la respuesta es no.

—¿Ni siquiera vas a escucharme? —Es tan tozuda que comienza a desesperarme; ella lo nota y se crece.

—¿Por qué debería hacerlo? Yo elijo mis trabajos y el tuyo no me interesa.

Entonces decido ser sincero, porque con ella me sale solo; porque esto no es una simple reforma por capricho o por necesidad, sino que se trata de una promesa. Y porque, de pronto, sé que ella es la única que puede ayudarme.

—Sara, ni siquiera es para mí. Escúchame, por favor. Después niégate, si quieres.

Verla caminar por mi salón es extraño, aunque reconfortante. Lo estudia todo con los ojos abiertos de par en par, acariciando las paredes, las superficies, como si ella viera otra cosa diferente a lo que vemos los demás.

Yo aprovecho su concentración para observarla a ella. Su pelo rubio se balancea a cada paso que da. Su vestido, a pesar de que me incomoda saber que es el mismo que Yago habrá acariciado entre sus manos, la envuelve como una segunda piel. Sus piernas, bronceadas, torneadas de tanto caminar y nadar en el lago. Sus pequeños pies, posándose livianos por el suelo de mi salón... Me doy cuenta de que sigue siendo la misma

Sara que pasó conmigo la última noche que estuve aquí hace años. Más mujer, más adulta, pero la misma en esencia. Con esa candidez que transmite al mirarla, con esa naturalidad, sin ningún artificio, sin necesidad de ni siquiera arreglarse el pelo para ser absolutamente preciosa. El modo en que la tela de su vestido se pega a su pecho y después cae por sus caderas, bailando con cada movimiento. Un vestido de flores, como no podía ser de otra manera. La niña a la que le arrebataron un hogar y le regalaron otro en este lago. La joven que se fusionó tanto con este paisaje que ya forma irremediablemente parte de él. Del agua que nos rodea, de los árboles, de la tierra, de las flores.

Mi Sara...

—Alex, esto es... Ni siquiera consiste en hacer solo mi trabajo —se justifica, interrumpiendo mis pensamientos, unos que hacía años que no me golpeaban con tanta fuerza, unos en los que siento que mi cuerpo me pide acercarme a ella. Carraspeo y le presto atención, porque por primera vez me está hablando como lo haría con cualquier vecino y tengo que aprovecharlo—. Yo no soy decoradora. De hecho, mi casa parece un mercado hippie y estamos hablando de tu madre. Pendientes de perlas, zapatos de firma y la elegancia de Grace Kelly, ¿recuerdas?

—Por eso mismo quiero que lo hagas tú. Necesita color, alegría y vida entre estas paredes. Y nada que le recuerde quién vivió también en esta casa después de la separación. —Asiente con la cabeza y me mira compasiva; supongo que, a pesar de que mi padre no volvió a relacionarse con nadie del pueblo, era demasiado obvio que el matrimonio se había roto para siempre—. Mi madre no es la que tú conociste, entonces solo era una sombra de lo que mi padre quería que fuese. Era infeliz, tú lo sabes bien.

—Contigo no.

Trago saliva y ella me retira la mirada, levemente avergonzada por su respuesta. Una calidez de lo más placentera me llena el pecho al pensar que esa afirmación es cierta. También al saber que Sara lo cree.

—No. Por eso quiero que hagas algo bonito aquí. Yo... esto me viene grande. Restaura, rehabilita, compra, tira una pared... ¡lo que tú quieras!, pero que al entrar se respire algo bueno. Solo tú puedes hacerlo, Sara. Por favor. Y no te preocupes por el dinero. No me supone un problema.

Mi arranque de sinceridad nos sorprende a ambos, pero lo cierto es que aquí todo es diferente, hasta yo mismo. Es este lugar, esta casa, los recuerdos que abarca y también es Sara.

Sus ojos castaños me atraviesan, me estudian sin cesar y eso me da esperanza, porque sé que lo está meditando. Algo es algo.

—Yo... tengo que pensarlo.

—No tengo tiempo, Sara.

Y eso sí que es verdad. Tengo menos de dos meses para crear un hogar aquí en el que mi madre vuelva a sonreír. No me lo ha pedido y no importa si no lo consigo, pero yo no me lo perdonaría nunca después de todo. Ya ha sido infeliz durante demasiado tiempo.

—¿Por qué te has deshecho de tantas cosas? Apenas has dejado nada —pregunta, dando una vuelta completa con los brazos abiertos y señalando el vacío que la rodea.

—Me he desprendido de lo que me recordaba a él. Sé que no queda mucho, pero aún hay algo de ella en esta casa. Ayúdame a recuperarlo.

Y entonces frena y el bajo de su falda se mece una última vez antes de pararse del todo.

Me mira. La miro.

Quiero gritarle «perdón». Quiero abrazarla y susurrarle que la he echado muchísimo de menos. Quiero decirle que la quise.

Sin embargo, no hago nada de eso; solo la observo, hasta que respira profundamente, como si necesitara aire para lo que va a ocurrir a partir de ahora, se encoge de hombros con gracia y habla, con su voz suave.

—¿Sabes si le gusta el amarillo?

Tengo que morderme los labios para no confesarle que creo que aún la quiero. Que sería imposible no hacerlo.

Mi trabajo, mis reglas

Querida Vera:

No me puedo creer que haya entrado en esa casa de nuevo. Ha sido como viajar en una máquina del tiempo. Aunque confieso que, con él aquí, últimamente todos los días son así.

Según Alex me explicaba el motivo de su regreso y asumía que ni tú ni yo estamos incluidas en él, nos veía a los tres en ese sofá viendo una película o en la cocina merendando los dulces de cereza de la señora Mauer. ¿Recuerdas lo que nos gustaban? O a mí en pijama subiendo las escaleras con Alex detrás, antes de compartir con él la primera y la única noche que pasé en su cama.

He aceptado arreglar la casa para su madre. Quiere amueblarla entera, decoración incluida, para que ella pueda recuperar lo más parecido a un hogar que tuvo nunca.

Es triste. Siempre te dije que ella lo era.

Voy a ganar el suficiente dinero para no tener que trabajar hasta el año que viene, pero, en el fondo, sé que tampoco he aceptado por eso. Lo he hecho porque no he sido capaz de decirle que no cuando he visto en sus ojos lo importante que es para él. Porque soy una blanda y una idiota.

Tú lo hubieras mandado a paseo, lo sé. Pero yo no.

Soy incapaz de ver dolor en los ojos de alguien y regodearme en él.

Soy incapaz de ver los suyos y no ahogarme en ellos.

Vera, ojalá estuvieras aquí para decirme qué hacer, porque sigo sintiéndome a ratos esa niña pequeña que un día fui y que necesita los consejos, el apoyo y la fuerza de su hermana mayor. Sigo siendo la niña que de vez en cuando necesita que le des la mano y le digas que es normal tener miedo, pero que también es capaz de superarlo.

Que lo es incluso cuando tú no estás a su lado.

Te quiere,

SARA

S.

Me tapo los ojos con el antebrazo para que no me deslumbre el sol. Suspiro con pesar. Me muevo de nuevo y me coloco de costado. Observo a Paloma tomar el sol con un bikini que parece hilo dental. Valoro meterme con ella para así conseguir pensar en otra cosa, pero seguramente lo que para mí es un insulto fácil para ella sea un halago. Me giro sobre mi cuerpo, chasqueo la lengua y al final vuelvo a la carga.

—Soy estúpida.

—Eres buena.

—Y una blanda.

—Eres compasiva.

—Y facilona.

—En tu casa solo ha habido una facilona y no está aquí. Tú no serías facilona ni con una botella de tequila entre pecho y espalda.

Resoplo y me doy por vencida; mis patéticos razonamientos para asumir por qué he aceptado la propuesta de Alex no tienen ninguna lógica.

—No hables así de Vera —la recrimino molesta.

—Será mentira.

Paloma se incorpora, mete un pie en el lago y me salpica las piernas. Yo me doy la vuelta una vez más para esconder la cara en la toalla. Está bromeando y por eso sonrío sin remedio contra la tela, a pesar de que sí que es cierto que Vera recibió ese apelativo ofensivo en varias ocasiones cuando aún vivía en el pueblo.

Estamos pasando la tarde en el lago. Es martes y, después de salir del trabajo, Paloma ha venido en esa «patata andante» que ella llama coche a consolarme y a aguantarme como solo son capaces de hacer las amigas de verdad cuando estás en crisis contigo misma, con tu pasado al completo y con tu vecino de al lado.

—Sara, es normal que hayas aceptado. Es un buen trabajo. Es el curro de meses reducido a una sola casa. Hasta podrías irte unos días de vacaciones. Además, tú conociste a su madre. Seguro que lo has hecho por una razón de peso.

La señora Mauer.

La primera vez que la vi pensé que era bellísima, pero solo por fuera. Como si llevase permanentemente un disfraz de princesa.

Vera soñaba con ser ese tipo de mujer al crecer, con adquirir esa elegancia que siempre la acompañaba, con sus vestidos de firma, sus tacones, sus gestos y su porte de cristal. Yo, en cambio, siempre pensé que era tan triste que me aterraba acabar como ella.

Y que el cristal acaba rompiéndose.

Alex se parecía a su madre. Había heredado los ojos y el pelo de su padre, pero cuando veías a los tres captabas rápido que había un lazo que los unía a ellos dos de un modo innegable. Era su sonrisa, su modo de abrir los ojos cuando algo los sorprendía, su manera de cerrarlos cuando escuchaban música; Alex con sus cascos, ella al tocar el piano. Eran iguales en esos detalles que hacen que las personas tengan un brillo especial.

—Siempre nos trató bien. Sonreía poco, pero le encantaba que formáramos parte de la vida de Alex.

—¿Ves? Ahí lo tienes —dice complacida; después su tono se vuelve más serio—. ¿Sabes qué les ocurrió?

—Se separaron. Él volvió cuatro veranos más. Siempre solo. Después..., simplemente, no regresó.

Recuerdo aquellos años. El señor Mauer llegaba y se encerraba en la casa durante los dos meses. Apenas lo veíamos más que haciendo la compra en el pueblo o sentado frente al lago, pero únicamente al amanecer, cuando los demás dormíamos.

Nunca cruzó una palabra conmigo. Tampoco con Vera después de ese altercado el primer año. Dimos por hecho que, aunque él pudiera decirnos por qué su hijo no lo acompañaba, nunca nos podría explicar por qué nos había abandonado. Porque aquel año la diferencia era abismal. Alex ya no era un crío; ya era un joven de diecinueve años que podía haber viajado por su cuenta, haber enviado una triste postal desde dondequiera que estuviese o una simple señal que nos dijera que seguíamos siendo los mismos de siempre, pese a la distancia, a la excusa de que allí no teníamos teléfono y de que quisiera o no tratar con su padre. Y aquello lo cambiaba todo.

Paloma me coge la mano y susurra con dulzura.

—Nunca hablas de él, Sara. Y lo entiendo, pero ahora que está aquí ¿no crees que quizá sea el momento? Conmigo, con Yago, con tu abuela o... con él. ¿No crees que te mereces pasar página de una vez por todas?

—Yo ya pasé página.

—No. Nunca lo has hecho. Deja de engañarte o te estancarás. Vive, Sara.

Vivir. Ni que no lo hubiera hecho ya.

¿En qué consiste vivir? En viajar, experimentar, errar, aprender, conocerse... es posible.

No obstante, la vida también se resume en sentir; lo bueno, lo malo, lo que nos toque. Sentir mucho, intensamente, hasta que te desgarre por dentro. Y en ese aspecto, yo, con mis veinticuatro años, me siento como si ya hubiera vivido demasiado.

Percibo que, con la vuelta de Alex, los sentimientos son de nuevo tan agudos y profundos que comienzan a tocar hueso.

De repente, un ruido nos hace girarnos a las dos y nos devuelve a la realidad. Alex aparece en nuestra visión con un bañador azul y una toalla colgada del hombro. No nos ve, está pensativo, observando el lago, y se sienta un momento cerca de la orilla con la mirada perdida en el agua.

Paloma levanta una mano y desliza las gafas de sol hasta la punta de su nariz para verlo en todo su esplendor.

Maldito Alex, qué guapo ha sido siempre; Vera lo supo desde el primer instante.

—Sí, quizá haya llegado el momento de que me

cuentes qué hay debajo de ese bañador, porque me niego a creer que no llegaras a averiguarlo.

—Oh, vamos, Paloma.

—¿Qué? Es impresionante. Alta calidad alemana, sin duda. ¿Cumplirá también eso de la efectividad? —E, inexplicablemente, suelto una carcajada.

Nuestras risas captan su atención y nos saluda alzando el mentón y levantando una mano. Paloma le devuelve el gesto moviendo los deditos de la suya con coquetería. Yo solo lo miro, admitiendo que sí, que es impresionante, que siempre lo fue, pese a que su cuerpo dista mucho del de aquel chico de quince años del primer verano, incluso del que yo conocí desnudo por primera vez a sus dieciocho.

Cierro los ojos al recordar la visión de su rostro acercándose al mío, de su pecho contra mi piel desnuda, de nuestras piernas enredadas y de la sensación electrizante de sentirlo dentro de mí.

Asumo que da igual el rencor que le guarde, porque Alex siempre será hermoso, con una belleza de esas clásicas de los actores de cine antiguo. Con su pelo rubio oscuro, su mirada azulada, sus ojos rasgados, sus facciones perfectas, rectas, con su espalda ancha y su altura. Con esa manera de andar, aunque fuese en pijama, que a Vera y a mí nos recordaba a los duelos del salvaje Oeste de las películas. Con su soltura al conducir. Con su risa, abierta y franca. Con ese modo de mirar tan intenso que siempre sentía que era capaz de mirarme por dentro.

Nunca hablé con nadie de lo sucedido, solo con Vera. Supongo que no por pudor u orgullo, sino porque, en realidad, era la única que podía comprender lo que estaba sintiendo. Porque era la única que sabía lo que significaba Alex para mí. Quizá porque significaba lo mismo para ella. O quizá no lo mismo, pero sí que formábamos un triángulo extraño unido de forma inevitable.

Nos queríamos, y eso bastaba.

Sin embargo, después de ocho años y teniéndolo apenas a unos metros de distancia, me doy cuenta de que Paloma tiene razón. Contárselo, de repente, se me presenta casi como una necesidad de intentar que alguien me diga que es normal sentirme así, que es lógico desear odiarlo, aunque tenga que esforzarme por hacerlo continuamente. Así que comienzo a hablar; clavo la vista en el lago y dejo que las palabras fluyan por primera vez en mi vida delante de otra persona ajena a aquella historia de tres que en algún punto se rompió.

—Alex llegó y nos convertimos en el trío que tú recuerdas. Lo hacíamos todo juntos; éramos inseparables. Vera se enamoró de él. Nunca me lo dijo, pero lo descubrí con el tiempo. Yo también lo hice. Creo que lo estuve desde el primer día, pero era aún muy pequeña para saberlo. Fue el primer amigo, el primer amor, el primer todo; porque, en nuestro mundo, solo existíamos Vera, Alex y yo. Después Vera se retiró del juego. Fue muy noble por su parte, aunque siempre creí que intentaba todo lo contrario, pero estaba equivocada. Me acosté con él, Paloma. Perdí la virginidad en esa casa y al día siguiente se marchó prometiéndome que volvería.

—¿Y? —me pregunta, con los ojos como platos y la piel de sus brazos erizada por mi confesión.

—Y nada. No lo hizo. Nunca regresó. Fin de la historia.

Lo mira de nuevo y veo en su rostro mil emociones

distintas: sorpresa, orgullo, decepción, tristeza, dolor, ira...

Alex se levanta y se zambulle en el lago, rompiendo con su chapoteo esa calma que nos rodeaba. Como si hubiéramos tenido un paréntesis en el que él y yo pudiéramos estar en el mismo espacio sin afectar en nada al otro. No obstante, solo ha sido una farsa, porque a estas alturas sé que es imposible que Alex y yo podamos respirar el mismo aire sin dejar al otro con los pulmones secos.

El silencio de Paloma comienza a ponerme nerviosa.

—¿Qué piensas?

Se gira hacia mí con determinación y prácticamente gruñe cuando habla.

—Que deberías quemar esa casa. Quizá con él dentro.

Sonrío. Ojalá fuera tan fácil como un homicidio.

—¿Verdad? Vamos. —Me incorporo de un salto y le ofrezco mi mano—. He hecho limonada.

La levanto de un tirón y nos alejamos hasta mi casa sin mirar atrás. Bueno, Paloma se gira antes de entrar para disfrutar de la experiencia sin igual que supone ver al Alexander Mauer adulto saliendo del agua.

Antes de cerrar la puerta, lanza una pregunta en la que he preferido no pensar demasiado y me estremezco.

—¿Te ha preguntado por Vera?

A.

Estoy nervioso. Cuando llama al timbre, me siento más asustado que la primera vez que estuve a solas con una chica en mi casa. Y eso que aquella chica pretendía montárselo conmigo y no parecía querer descuartizarme cada vez que me miraba, como hace Sara, pero no puedo evitarlo.

Abro con la mejor de mis sonrisas y me encuentro con una expresión neutra de la que no sé qué esperar. El perro la sigue, me olisquea las piernas y se tumba en un rincón.

—Buenos días, Sara. Pasa. ¿Te apetece tomar algo? ¿Has desayunado?

Se planta frente a mí con los brazos en jarras y se me borra la sonrisa.

—Punto número uno. Esto es trabajo, mi trabajo, así que yo pongo las normas. Nunca me comporto de este modo con mis clientes, pero tú no eres uno cualquiera, así que esta vez tengo mis propias reglas. —Disimulo una sonrisa; saber que le afecto tanto como para hacer una excepción me agrada—. No te emociones, ese matiz no es precisamente algo positivo.

Suspiro y me armo de paciencia. Intuía que no iba a ser fácil, pero tampoco imaginaba que fuese un reto tan grande.

—Habla.

—No me gusta ver a nadie revolotear a mi alrededor cuando trabajo. Menos aún, si se trata de personas que preferiría no volver a ver en la vida. —Tenso la mandíbula, asumiendo que va a ser difícil de la hostia estar con ella de esta manera; que si la Sara adolescente tenía carácter, la adulta y dolida es un arma de destrucción masiva; sorprendentemente, me gusta y me hace querer más que nunca conseguir derribar esa coraza—. Sé que los arreglos los haces tú y que a veces tendremos que trabajar a la vez; si sucede, te ruego que me ignores. Cada uno a lo suyo cuando estemos en la misma habitación o cojo mis cosas y me largo. Esto es trabajo, Alex. No pienses que estoy dispuesta a hablar contigo sobre nada que no sea estrictamente profesional, así que olvídate de eso de: «¿Sara, quieres desayunar?» —me imita poniendo voz grave y tengo que hacer esfuerzos para no sonreír; parece una pequeña dictadora, con su vestidito azul y sus pies descalzos; siempre me ha encantado su alergia a los zapatos—. Conmigo te puedes ahorrar la cortesía. Qué más... —Se toca la punta de la nariz mientras piensa, un gesto que conserva desde niña—. ¡Ah, sí! Yago es el que se encarga de traerme el material, no sé si te acordarás de él. Es...

—Sé quién es.

Mi respuesta es más hosca de lo que pretendía y ella tuerce la boca en un gesto de desagrado, pero no he podido evitarlo. Quiero que este proyecto sea solo nuestro. Es algo tan mío que únicamente soy capaz de compartirlo con ella.

—Estupendo. Presentaciones que me ahorro.

—Puedo hacerlo yo.

—No, no puedes. Al menos, no lo mío. Si necesitas encargar cualquier cosa, apúntamelo y lo añadiré a mi lista sin problema. —Por fin asiento y parece complacida, así que me callo; no puedo permitirme presionarla en nada o saldrá corriendo—. He estado organizándome un poco; creo que, para tenerla lista para principios de septiembre, necesitaré echar más horas de lo habitual, pero eso no es un inconveniente. Vendré a las ocho de la mañana y me iré cuando lo necesite. Odio ponerme horarios fijos; si estoy concentrada en algo, prefiero hacerlo del tirón. —Lo recuerdo, era capaz de dibujar durante horas sin ni siquiera levantarse para ir al servicio o comer. Mira de reojo al perro y asiento antes de que diga nada sobre él—. Y Tango viene conmigo. Eso es todo.

—Vale.

Alza una ceja, expectante. Creo que sospechaba que yo no se lo iba a poner todo tan fácil, como si esperara una provocación por mi parte. Como si de algún modo esperase que yo también expusiera mis propias reglas. Lo que desconoce es que yo no tengo ni una maldita regla. Solo quiero hacer esto con ella.

—No es una negociación. O lo tomas o lo dejas.

—Acepto.

Me mira con suspicacia una última vez y mueve la nariz en un gesto que me parece adorable. Sigue transmitiéndome la ingenuidad de una niña a ratos, a pesar de su edad, pero por otra parte nunca he conocido a nadie que llene tanto una habitación como Sara en este instante.

Tan grande. Tan intensa. Tan todo.

—Ah, una última cosa.

—Dime.

Entonces se muestra tímida; percibo vulnerabilidad en todo su cuerpo, en su voz, en su pose, en sus gestos. Esto no es una norma, esto es una petición.

—Necesito música. Para trabajar. No es imprescindible, pero... ayuda.

—Moveremos el equipo de mi cuarto.

—Gracias.

—Gracias a ti. —Se da la vuelta dando una palmada al aire con energía y abre la puerta.

—Bueno, pues mañana a las ocho estoy aquí. No hace falta que te levantes tan pronto si no quieres, aún tengo la llave.

Noto incomodidad al confesar ese detalle, como si

se le hubiera escapado sin querer, pero lo cierto es que no me molesta. Fui yo el que llamó cuando me enteré de la existencia de esa llave. Necesitaba sacar ciertas cosas antes de llegar, más que nada para no verlas y hacerles añicos a puñetazos, y me pareció una buena opción que Amelia fuera la encargada de entregársela a la empresa de muebles.

—Sobre eso...

—No, Alex. No tengo nada que ver. Tu padre se la dio a mi abuela y no lo supe hasta que llegaron los del camión preguntando por ella.

—No pensé que tú siguieras aquí, quiero que lo sepas. Por eso pedí que la vaciaran en mi ausencia. Nunca te habría molestado.

—No importa —sonríe sincera, pero al instante vuelve a mostrarse implacable, como si luchara contra sí misma continuamente por darme una imagen que no corresponde con la realidad—, pero no deberías romper las reglas antes ni siquiera de que haya empezado a trabajar para ti.

—Perdona. Hasta mañana, entonces.

—Hasta mañana.

La observo bajar las escaleras dando saltos; cuando desaparece en el interior de su casa, me doy cuenta de que estoy sonriendo como un niño.

S.

Nunca creí que llamaría un día a esta puerta con una carpeta bajo el brazo y mi caja de herramientas. Siento que estoy viviendo un sueño extraño en el que cada paso que doy me parece un poco más irreal.

Alex me abre con los ojos aún medio cerrados, el pelo aplastado y una taza en la mano.

—Buenos días.

—Buenos días.

Entro con un Tango emocionado por poder dormir la siesta en un lugar nuevo. Alex le acaricia las orejas y a mí ni me mira, lo cual es perfecto. Parece que a su versión adulta le sigue costando lo mismo levantarse que a la adolescente. Recuerdo que Vera y yo siempre teníamos que esperarlo cuando hacíamos planes temprano o incluso acabábamos lanzando piedras a su ventana.

Dejo la llave sobre la primera superficie que encuentro. No me ha parecido oportuno utilizarla ni tampoco tiene sentido ya que siga en mis manos.

El salón huele a café recién hecho y a magdalenas. Dejo mis cosas sobre una alfombra que ha colocado en el centro y comienzo a organizarme. He traído unos planos para dibujar bocetos de cada estancia, plasmar en ellos todo lo que se puede hacer con los muebles que aún quedan o las ideas nuevas que no han dejado de pulular en mi cabeza desde que tomé esta decisión.

Descubro en una esquina el equipo de música y la vieja caja de vinilos que la señora Mauer coleccionaba. Recuerdo que pasábamos las horas muertas escuchando viejos clásicos que se alejaban mucho de la música que encandilaba a la gente de nuestra edad. También hay discos de Alex.

Me pilla mirando el equipo, mientras una voz femenina comienza a rodearnos y se me pone la carne de gallina. Habla de llevar a alguien muy dentro, hasta la raíz. Como yo. Como nosotros. No sé por qué reacciono así; quizá por sentir su presencia en mi espalda, por la belleza de la canción y el significado que esconde, o por ser consciente de que la casa retiene otro olor que no había sabido reconocer hasta ahora. Y es que también huele a él.

—He puesto uno de mis discos, pero puedes poner lo que quieras. A mí me da igual.

—Así está bien.

Paso la mañana tomando medidas, dibujando, apuntando en un listado todo lo que es necesario comprar e imaginándome todas las posibilidades que tiene este lugar.

Alex se dedica a arreglar la puerta de la cocina que da al jardín (siempre cerró mal y parece ser que su padre nunca le puso remedio), a cambiar unos cuantos enchufes por otras clavijas nuevas y a ayudarme sin necesidad de pedírselo cuando medir alguna superficie se me hace imposible sola.

Sujeta la tira métrica por un lado y yo tiro de ella; después la suelto con delicadeza y él la deja a mi alcance, volviendo enseguida a sus tareas. En silencio. Como si hubiéramos ensayado antes el modo de hacerlo. Y, gracias a ese silencio respetado que yo le había pedido, a que consigo concentrarme y a que empiezo a disfrutar de lo que estoy haciendo, las horas se me pasan en un suspiro.

A media tarde, con Alex desaparecido desde hace una hora, me siento en el suelo del salón con todos los planos alrededor y observo con orgullo lo que me rodea.

Sin embargo, ya no veo una sala vacía y sucia con un par de muebles viejos y un piano. Ahora soy capaz de ver el color arena de sus paredes. El azul aguamarina de las ventanas y de la puerta. Una vitrina blanca con tazas de té floreadas. Una alfombra jarapa blanca y turquesa a juego con los cojines y con la manta que cubre una mecedora de madera. Un sofá en tonos tierra. Un perchero de pie en la entrada con sombreros de paja. Una vieja lechera transformada en una maceta con flores frescas.

Pienso en el piso de arriba y lo veo todo. El despacho del señor Mauer convertido en sala de lectura. Su cuarto, con una cama con suaves sábanas blancas, paredes color melocotón y cortinas de encaje. Rincones con detalles. Fotos de familia. Olor a hogar. Un lugar en el que sonreír al levantarse.

Lo veo todo y me encanta.

El sonido de sus pasos bajando las escaleras me saca de mi ensimismamiento. Alex aparece en el salón con el pelo húmedo y una sencilla camiseta blanca sin mangas. Lleva un bañador negro y chanclas.

—¿Cómo va?

Se pasa los dedos por el pelo poniéndolo de punta, y no puedo evitar sonreír, porque da igual lo que él me hiciera, quiero ocuparme de esta casa más que de cualquier otra cosa en este momento.

—Bien.

—¿Tienes una idea ya de lo que vas a hacer?

—Sí. Quiero que esta noche le eches un vistazo a esto. —Le señalo la carpeta donde guardo los bocetos—. He marcado cada habitación y he dibujado una idea de lo que creo que podría encajar con lo que me has pedido. También te he dejado indicaciones de lo que voy a rehabilitar yo. Si me das el visto bueno, mañana mismo me ocuparé de encargar lo que falta. He partido de muebles o materiales que sé que puedo encontrar con facilidad, teniendo en cuenta el poco tiempo del que disponemos; también me pasaré por el mercado de antigüedades a ver qué consigo. Conozco a gente que suele guardarme cosas interesantes.

Se acerca y, sin esperármelo, lo tengo agachado a mi lado. Huele a limpio, a un jabón de lavanda. Coge una de las hojas y la analiza con calma, sin expresar nada que me diga que le gusta lo que ve o que la he pifiado. Se sienta con las piernas cruzadas y ojea las demás con interés. Su rodilla desnuda roza la mía en un acto que parece descuidado.

Aprovecho para observarlo y, de repente, la realidad me golpea y me falta el aire. Una realidad en la que Alex ha vuelto y yo he aceptado trabajar para él. Por otra parte, su estupor comienza a ponerme nerviosa. Me he dejado llevar por lo que me pedía la casa y no estoy segura de haber valorado sus deseos.

—Si no te gusta, puedo empezar de cero. Nunca he hecho algo así y quizá esto no sea lo que tú esperabas. Sé que me pediste color y todo eso, y que quizá mi propuesta sea demasiado sencilla, pero creo que lo que de verdad necesita esta casa es armonía, serenidad, sensación de calma.

—Como lo que transmite el lago.

Su voz es apenas un susurro, aún con la mirada perdida en los papeles. Sin embargo, algo dentro de mí se despierta, porque es justamente lo que yo he pensado en todo momento.

Deseo que la señora Mauer, al sentarse a tocar su piano, cuando desayune en el porche o lea en la butaca del antiguo despacho, se sienta del mismo modo en que lo hago yo cada vez que me sumerjo en estas aguas. Que deje atrás todos los recuerdos, el dolor del pasado, y se sienta en paz consigo misma y con lo que la rodea.

Que se sienta bien. A salvo.

Un poco como me he visto obligada a hacer yo.

—Sí. Es posible.

—Es perfecto.

Sus ojos encuentran los míos y leo en ellos una inmensa gratitud.

—¿En serio?

Traga saliva con fuerza y acerca su mano a la mía, pero al final se contiene y siento alivio. Me parece un sentimiento estúpido, pero sé que si me toca ahora mismo me echaría a llorar.

—No podría ser mejor. Gracias, Sara.

—De nada. —Me levanto, recojo mis cosas y me pongo las chanclas—. Hasta mañana.

Abro la puerta y me marcho corriendo, aunque sus palabras me llegan como una canción de fondo antes de que esta se cierre.

—Hasta mañana, Sara.

Cuando llego a casa, me doy cuenta de que me he dejado a Tango.

A.

Los días pasan.

Sara se dedica a ir y venir del pueblo en su moto con un montón de catálogos de pinturas, papeles pintados, bocetos, notas pegadas a su carpeta a rebosar de ideas, y a tomar medidas, deshacerse de lo que no le gusta y bailotear descalza por la casa cuando no sabe que la estoy mirando.

Descubro que, de entre todos mis discos, tiene una predilección especial por la música francesa y que, cuando no encuentra dónde apuntar algo, se lo escribe en las manos y en los brazos, llegando a tener borrones de tinta en la piel sin importarle nada. También que al trabajar se evade hasta tal punto que se le olvida comer, ir al servicio y, si me apuras, en qué día vive, al igual que cuando era una niña que garabateaba en sus cuadernos, pero que es absolutamente feliz. Disfruta tanto con lo que hace que es un placer observarla y la admiro por ello.

Me hace recordar lo que odio mi trabajo.

Suele llevar vaqueros rotos con camisetas viejas para estar por aquí, a pesar de que el resto del tiempo usa vestidos cortos y sueltos de mil colores diferentes. El pelo siempre suelto, excepto cuando le resulta molesto, que lo recoge en un moño con lo que pilla, sea una horquilla, una cinta o un pincel. Una vez la he visto hacerlo con una brida de plástico.

Yo me ocupo de los arreglos pertinentes sin molestarla.

Al principio mi intención era ir hablándole poco a poco, provocando un acercamiento, pero he descubierto que contemplarla en silencio es fascinante. Como si estuviera conociendo a una nueva Sara que sigue moviendo los dedos de los pies sin saber que lo hace cuando está inquieta, y que estira los de la mano al enumerar algo, pero que además me explica con sus gestos, con sus miradas perdidas, con sus movimientos, que se ha transformado en otra que es más increíble si cabe.

Llaman al timbre y la veo sonreír subida a una escalera. Está arreglando los rieles de las cortinas del salón. Creo que sería capaz de hacer con sus manos cualquier cosa que se propusiera.

—Alex, ¿puedes abrir? Tiene que ser Yago.

Me tenso al momento, pero obedezco y me dirijo a

la puerta secándome el sudor de la frente. Cuando abro, su sonrisa al esperarla a ella en vez de a mí recibiéndolo se transforma en una mirada tensa y desafiante.

—Hola. Vengo a...

—Está dentro. Pasa.

Ni siquiera dice mi nombre. Se comporta como si no me conociese, como si no hubiéramos compartido él y yo también momentos hace años bajo la luz de una hoguera.

Al verla, se acerca decidido y le acaricia las piernas desnudas como saludo. Ella se ríe; que Yago conozca las cosquillas que tiene Sara detrás de las rodillas hace que quiera empujarlo contra la pared para apartarlo.

Recuerdo pillarla desprevenida cuando nos bañábamos en el lago, meter la mano bajo el agua y pellizcar ese punto exacto que le hacía retorcerse de risa. Me resultaba adictivo hacerlo y a Vera también; de hecho, fue ella la que me lo enseñó.

Tengo que apartar la vista, pero soy incapaz de hacerlo.

—¡Hola! ¿Conseguiste eso que te dije?

—He tenido que sobornar a mi tío, pero el espejo es tuyo.

—¡Ese es mi chico! Sabía que no me decepcionarías.

Se agacha, lo abraza y noto un sabor amargo en la garganta. Que sean pareja no debería hacerme sentir nada, pero me quema.

—Yo nunca haría eso, lo sabes bien. —La indirecta de Yago me dibuja una sonrisa incómoda—. Voy a sacar las cajas.

Sara se dirige a mí con una expresión más tranquila

de lo que es habitual entre nosotros, como si la presencia de él la hubiera relajado.

—Alex, ¿te importa ayudarlo?

Joder.

—Claro.

Yago parece igual de encantado por su inocente proposición.

Lo sigo y, cuando abre las puertas traseras de una vieja furgoneta blanca escondiéndonos de Sara, se enfrenta a mí con una mirada glacial. Lo tengo tan cerca que puedo ver el odio que desprenden sus ojos verdes.

Recuerdo al Yago que conocí, un chico divertido, despreocupado, siempre con una sonrisa en la boca y con buenas palabras para todo el mundo. Un tío legal y humilde que bebía los vientos por una chica de mirada traviesa llamada Vera. Un chico del que no queda apenas nada cuando observo ante mí al Yago duro, amenazante, de ojos tristes y cuerpo tenso que comparte la vida con Sara en el que se ha convertido. Es como si cargara un peso sobre sus hombros que se percibe enseguida, pese a que sea invisible.

—Voy a ir al grano. Como vuelvas a hacerle daño, te mataré. —Su voz, apenas un susurro, es tan intimidante y sincera que sé que habla desde el corazón; solo por eso ya lo respeto, aunque haya acabado siendo él quien la toca, la besa y la consuela cuando lo necesita, y no yo, como un día me imaginé—. Por ella lo haría, así que termina con esto cuanto antes y después lárgate por donde has venido. Déjala vivir en paz de una jodida vez, ¿me has entendido?

Asiento y me esfuerzo por encontrar las palabras precisas para no estropearlo más.

—Yago, no voy a decir que nunca le haría daño porque ya lo hice una vez, pero no es mi intención. Aunque no lo creas... me importa. Nunca ha dejado de hacerlo.

—No me jodas con ningún discurso de arrepentimiento. —Se ríe con desprecio—. Llevo ocho años a su lado y tú no. Eso es todo lo que sé.

—Lo sé. Y, aunque te parezca una broma, te lo agradezco.

Pese al rencor de su mirada, yo no aparto la mía, hasta que él la retira y, cogiendo una caja y estampándola contra mi pecho, pone fin a ese enfrentamiento que sé que merezco con las palabras más dolorosas de todas las que me ha dedicado.

—Nunca te las mereciste, Mauer. Ni a ella ni a Vera.

«Pero nos elegimos», quiero decirle.

Sin embargo, no lo hago, porque él nunca lo entendería.

2

El segundo verano

—¡Sara, corre! ¡Ya están aquí!

Sara dejó a medias los deberes y bajó las escaleras. Nunca había corrido tanto. Vera ya estaba fuera, con los brazos en jarras y una sonrisa inmensa.

La camioneta paró en la casa de al lado.

El padre bajó, la madre lo hizo después con un vestido amarillo y unos zapatos de tacón muy poco apropiados para ese terreno.

Vera cruzó los dedos a su espalda para de mayor parecerse solo un poquito a ella.

Sara lo hizo para no tener que hacerlo nunca; parecía una muñeca de cristal, intocable y un poco triste. Y a ella le gustaba andar descalza.

Ambas contuvieron la respiración cuando la puerta de atrás se abrió y vieron bajar a un Alexander de dieciséis años más alto y desgarbado de lo que lo recordaban. Con el pelo un poco más corto y oscurecido que el último verano, sus auriculares gigantescos colgando del cuello y una camiseta negra de un grupo de música que ninguna de las dos conocía.

Les sonrió un poco cohibido y con las mejillas sonrojadas. Su madre se rio por lo bajo y su padre sacudió la cabeza, pensando en las tonterías que se hacen en la adolescencia.

Ellas corrieron a su encuentro sin pudor alguno, encantadas de que su amigo estuviera de vuelta dispuesto a pasar un nuevo verano de risas, confidencias, secretos y horas muertas a su lado.

Lo habían echado de menos, a pesar de que habían establecido cierto contacto a través de cartas esporádicas obligados por Sara y que Alexander odiaba escribir, pero aquello no había sido suficiente.

Durante el curso ambas tenían sus amigos en el colegio e instituto, pero, cuando volvían a cruzar la carretera que bordeaba el lago y llegaban a casa, se sentían un poco solas, como si les faltara esa tercera parte de la ecuación que habían descubierto que encajaba con ellas a la perfección.

Vera también había cumplido los dieciséis y estaba más interesada en otro tipo de juegos que su hermana pequeña. Le gustaba ponerse los viejos vestidos de su madre que guardaban polvo en el desván y pintarse los labios de rojo, mientras simulaba frente al espejo ser otra, una chica mayor, experimentada y con un futuro prometedor por delante. Se pasaba el día soñando despierta con chicos, con la mujer que sería algún día y con todas esas cosas que planeaba hacer en cuanto consiguiese escapar de ese pueblucho pequeño y de vida sencilla.

Su hermana se quejaba de que ella ya no quería salir con la bicicleta, correr por el bosque o pintar, pero es que a Vera aquello, de pronto, le aburría.

Sara tenía catorce. Sentía que la diferencia de edad

entre ellas cada vez era más lejana. Como si en vez de dos años estos se hubieran multiplicado y las comenzara a separar un abismo. No comprendía por qué Vera se maquillaba los ojos en exceso cuando la abuela no la veía, ni por qué se subía un poco la falda cuando pasaba delante de los chicos mayores en el pueblo. Ni por qué estaba obsesionada con el futuro que estaba por venir, en vez de disfrutar del presente.

El chico se sintió nervioso al verlas de nuevo. Le daba vergüenza y nunca lo diría en voz alta, pero las había echado de menos. Había pensado en ellas desde su casa, había recordado anécdotas vividas y no había podido evitar sentir ilusión cuando su padre había anunciado que volvían a pasar el verano en la casa del lago.

—Dime qué es lo que más miedo te da en el mundo.

Estaban tumbados sobre la arena mirando cómo unos jóvenes se bañaban, gritaban y se reían a carcajadas en la orilla de enfrente que bordeaba el pueblo. El resto del año deseaban poder cruzar el agua y relacionarse con ellos, pero estando con Alexander ya no les importaba, porque siendo tres ya tenían más que suficiente.

Sara había comentado que parecían pequeños insectos saltando de tan diminutos que se veían y Vera, como le gustaba hacer últimamente, se había metido con ella contándole a Alexander que a Sara le daban miedo las arañas del desván. De ahí la pregunta maliciosa de su hermana.

Habían estado bañándose y tirándose al agua desde el árbol caído que sobresalía en uno de los caminos. Se había partido por un rayo en una tormenta hacía un par de veranos, y ahora una de sus ramas quedaba tres metros por encima del agua haciendo la función de un trampolín improvisado. Incluso habían atado una vieja cuerda para colgarse y balancearse antes de caer. Era divertido, aunque no para todos.

Vera y Alexander trepaban por la rama y se tiraban una y otra vez, pero a Sara le daba miedo y, como su hermana lo sabía, había apostado con ella que no sería capaz. Finalmente, no lo había sido, por eso la mayor de las dos tenía derecho a hacerle una pregunta; era un juego al que se habían aficionado hacía tiempo, el problema era que la pobre Sara siempre se picaba por el deseo de ganarlos por una vez y ellos se aprovechaban de su orgullo.

—¿Por qué siempre me toca a mí?

—Porque siempre pierdes, enana.

—No me llames así —contestó molesta.

Odiaba ese mote que, si bien siempre había sido cariñoso, últimamente iba acompañado de un tono burlón en la manera en que Vera lo decía. Se sentía en medio de una competición que no comprendía y de la que no quería formar parte.

—Venga, Sara.

La voz del chico, que solía mediar entre ellas, la sosegó por un momento, pero aquella vez la pequeña se enfadó demasiado al escuchar la risa contenida de su hermana y se levantó.

—No quiero. ¡Dejadme en paz!

Salió corriendo en dirección al bosque, hasta toparse con la cueva que habían compartido con él el año anterior y que sentía que les pertenecía.

Su propio refugio.

Pensó en Vera, en lo rara que estaba desde que Alex había regresado y en lo que echaba de menos a esa hermana con la que siempre se sentía segura. Pensó en cómo buscaba momentos para estar sola con él, que le hiciese caso y que la dejaban a ella de lado. En su obsesión por las faldas cortas y los pintalabios.

Estaba enfadada. Y asustada.

—Sara.

El chico apareció en su campo de visión y ella resopló, aunque no pudo evitar sentirse agradecida por que hubiera ido a buscarla.

—Déjame, Alex. Siempre os estáis metiendo conmigo y estoy harta.

—No nos metemos contigo.

Se acercó a ella y se sentó a su lado.

Alex olía al lago y al frescor de la hierba. A Sara le gustaba ese olor, porque se había convertido en el de su hogar, por mucho que echase de menos el de sus padres.

—Nunca entiendo las bromas de las que os reís. Hacéis que me sienta pequeña y rara.

—Es que eres...

—Ni se te ocurra decirlo —escupió, fulminándolo con la mirada.

Alex contuvo una carcajada.

Le encantaba el carácter de Sara, aún tan pequeña, con esa apariencia de muñeca, tan dulce, tan ingenua en muchos aspectos, mucho más que las chicas de su edad, pero que, de pronto, se mostraba la más dura de los tres. A veces le daba la sensación de que esos dos años que los separaban eran insalvables y él tenía la necesidad de protegerla, pero otras que Sara y él se entendían mucho mejor que con el resto del mundo. Sin embargo, lo que más le gustaba de todo era que fuese tan diferente, no solo a sus amigos, ni a las chicas con las que había salido, ni a Vera, sino a cualquier otra persona que él hubiera conocido.

Aun así, necesitaba saberlo; lo intrigaba. Tenía la corazonada de que Sara se parecía más a él en ese sentido que Vera, que, a diferencia de ellos, parecía tan valiente que asustaba.

—Y si te digo yo lo que más miedo me da, ¿me lo contarías tú?

La pequeña lo observó con suspicacia. Parecía nervioso y lo acompañaba ese halo de timidez que siempre hacía que sus mejillas se tiñeran por el rubor. Él ladeó el rostro y recorrió el de Sara con sus ojos. El pelo largo enmarañado le caía en ondas por delante y tenía los ojos muy abiertos, analizándolo, como valorando si podía confiar en él y si, de confesárselo, Alex fuera a reírse también de ella por mostrarse más débil que su hermana. Lo que desconocía era que él nunca lo haría, nunca sería capaz de reírse de los sentimientos de Sara; de los de ninguna de las dos.

—¿Por qué quieres saberlo?

—No lo sé. —Carraspeó y apartó la mirada de esos ojos castaños que lo intimidaban—. Para saber de qué protegerte, supongo.

Sara observó al chico, que había clavado la mirada en el suelo y jugueteaba con una piedra entre sus dedos. Su gesto desconfiado se transformó en una sonrisa inmensa al darse cuenta de que, quizá con Alex en su vida, su miedo sí que tuviera solución.

—Tengo miedo a... —dudó, pero después cogió aire y, simplemente, lo soltó—. Me da miedo quedarme sola.

Entonces le devolvió la mirada de nuevo y Alex vio ese miedo confesado reflejado en sus ojos. Vio la pérdida de sus padres y el tener que abandonar todo lo que conocía por ese hogar tan distinto al otro; vio el pánico que a Sara le daba la posibilidad de la soledad.

—¿Por qué? Tienes a la abuela, a Vera... y me tienes a mí.

—También tenía a mis padres y los perdí.

—La chiflada de Vera nunca se irá a ninguna parte sin llevarte con ella. Lo sabes, ¿verdad? Y yo... yo vendré siempre a veros. —Reflexionó en silencio antes de confesar algo que nunca había dicho en voz alta—. Me gusta estar aquí.

—A mí también me gusta que estés.

Ambos asintieron con la cabeza, como si acabasen de hacerse una promesa implícita con esa confesión y comprendieran, pese a su juventud, que la vida los haría mantenerse unidos de algún modo.

Sara no le preguntó; no necesitaba nada a cambio después de comprobar que él la tomaba en serio, que no la había tratado como la niña que siempre se sentía al lado de ellos dos. Aun así, fue Alex el que sintió que podía compartir con ella algo que había comenzado a crecer dentro de su pecho en relación con muchos aspectos de su vida.

—Me asusta sentir.

—¿Qué? —susurró incrédula, porque no entendía a qué podía referirse con eso.

—Sentir cosas... hace daño.

Se tiró de las pielecillas que le rodeaban la uña en un gesto nervioso que ya le había visto en otras ocasiones. Su expresión estaba endurecida, afilada; su mandíbula, tensa. Alex, por un motivo que desconocía, había comenzado a sentir cosas malas y Sara quiso pegar una paliza a quien pudiera hacerle daño.

—¿Qué sientes, Alex?

—Siente unas ganas de invitarme a un helado que no puede con ellas. ¿No es verdad?

Vera entró dando saltos y se sentó al lado de su hermana. La abrazó por encima de los hombros y le dio sonoros besos por la cara y el cuello, hasta que Sara estalló en carcajadas que también hicieron sonreír al chico y que significaban que aceptaba su perdón. Rara vez conseguía estar enfadada con ella durante mucho tiempo.

—Sí, claro. Mi madre ha comprado un montón de helados. Volvamos a casa.

—¿Dónde está Sara?

—Le dolía la cabeza. Se ha quedado pintando con sus acuarelas.

Alexander apareció caminando por un lado del sendero. Llevaba sus pantalones cortos negros y una camiseta blanca. Vera lo esperaba allí, sentada en una roca, exactamente donde lo había citado lanzándole una nota por la ventana de su cuarto.

Se había puesto un vestido blanco y se había pintado los labios de un color rosa brillante. La abuela le había escondido el maquillaje; según ella, aún era demasiado joven para usarlo, pero Vera lo había encontrado al fondo del armario y hacía tiempo que había decidido que las normas estaban para saltárselas.

—¿Quieres que vayamos a bañarnos?

Frunció el ceño. No se podía creer que Alexander no se hubiera dado cuenta de que se había vestido más acorde para cualquier otra cosa que para ir al lago. No obstante, lo que Vera no sabía era que él estaba nervioso, porque había algo en aquel encuentro que le hacía dudar de que aquello estuviese bien.

—No me apetece.

—Podemos buscarle a Sara hojas para sus *collages*.

—No.

—¿Bajamos al pueblo en bici?

—Ay, Alexander —bufó un poco decepcionada—, ¿es lo único divertido que se te ocurre hacer cuando estás a solas con una chica?

El joven se quedó sin voz.

Pasearon por el sendero. Vera parloteó sobre moda, sobre todos los planes que tenía pensados para el año siguiente y mil cosas más que Alexander no captó con todos los sentidos, porque solo podía pensar en la mano de ella rozando la de él cada vez que daban un paso. En las formas de su cuerpo. En cómo sería probar su boca.

La tela de su vestido era liviana y se le pasó por la cabeza la idea de que dentro del agua se le transparentaría todo. La había visto en bañador mil veces, pero no era lo mismo. Por supuesto que no lo era. Lo azotaban pensamientos que cualquier adolescente de su edad tendría y tampoco era la primera chica que se le insinuaba, pero con Vera le resultaba un poco incómodo tenerlos, porque era su mejor amiga, la apreciaba y no quería verla de ningún otro modo. Aunque en aquel instante no podía dejar de fantasear con hacer con ella un montón de cosas.

Además, también estaba el hecho de que Vera lo intimidaba; era demasiado impulsiva e impredecible la mayor parte del tiempo, y eso lo asustaba.

—¿Tienes alguna chica esperándote en casa, Alexander?

—No.

La mano traviesa de ella agarró la suya y ya no pudo prestar atención a nada más que a la sensación de su piel suave entre sus dedos. A la curva de su pecho subiendo y bajando con cada respiración. Al movimiento de sus labios al hablarle. Hubiera sido incapaz de recitar las tablas de multiplicar sin trabarse, porque el olor a fresa que ella desprendía comenzó a llenarlo todo y sintió vergüenza al pensar en que Vera pudiese percibir el bulto que crecía cada vez más dentro de su pantalón.

No era un crío. Ya había salido con algunas chicas y se había besado con ellas; incluso con una había llegado a palpar sus curvas con torpeza por debajo de la ropa, pero con Vera era diferente. Por ella sentía cosas. A Vera la quería, aunque de un modo interno, como se quiere a esas cosas que son para siempre, que de alguna manera ya son parte de ti.

—Yo comencé a salir con Yago las navidades pasadas, pero se terminó en primavera. ¿A cuántas chicas has besado, Alexander?

Sara terminó el dibujo y sonrió satisfecha. Había plasmado a la perfección tres figuras conocidas sentadas en el embarcadero del lago. Solían sentarse allí los tres a ver atardecer cuando el calor daba tregua y le había parecido un regalo bonito para que Alex se llevase a su casa cuando tuvieran que despedirse de nuevo. Un regalo que le hiciese acordarse de ambas.

Se lo imaginó colgado de la pared de su habitación y suspiró complacida.

Incluso lo había dedicado, pese a que le daba un poco de reparo hacerlo, pero su madre decía que siempre había que firmar cualquier creación que fuese para alguien en particular. Decía que, si no lo hacías, los sentimientos volcados al crearlo se perdían.

Para Alex, por ayudarme a no tener miedo.

SARA

Lo dejó sobre su escritorio y se asomó a la habitación de Vera. Estaba tan desordenada como siempre y vacía.

Bajó las escaleras y se encontró con la abuela remendando uno de sus pantalones en la sala de estar.

—Abu, ¿has visto a Vera?

—Verla, no, pero me gritó antes de salir que iba a dar un paseo con Alexander. —Sara asintió, le dio un beso en la mejilla y salió corriendo.

Le parecía raro que su hermana no la hubiera avisado de que habían planeado hacer algo juntos, pero no quiso darle mayor importancia; al fin y al cabo, ella había estado entretenida con sus dibujos y odiaba que la molestasen cuando estaba concentrada.

Fue bordeando el lago por el camino, pero no los vio. Se acercó a la cueva y tampoco encontró a nadie. Decidió continuar un poco más adelante, por un pequeño sendero más escondido entre la vegetación por el que a veces paseaban, y frenó en seco cuando, a lo lejos, vio una escena que nunca se hubiese imaginado.

La mano de Vera agarraba la camiseta de Alex entre sus dedos. Las de él estaban tiesas, con los puños apretados a ambos lados de su cuerpo, como si el gesto de ella lo hubiese pillado desprevenido. Los ojos de los dos cerrados.

Sus labios unidos.

Sara observó escondida que él se relajaba y colocaba una mano en la cintura de ella y otra en su nuca, acercándola con firmeza. Después vio los pies de su hermana alzarse de puntillas para profundizar un contacto que ambos parecían desear y que ella no comprendía.

No era estúpida, tenía catorce años y sabía perfectamente lo que estaba sucediendo, de hecho, la mitad de las chicas de su clase ya habían dado su primer beso, pero lo que ocurría era que Sara aún no deseaba que ningún chico la besara, solo quería disfrutar de las cosas buenas de la vida con Vera y Alex.

De repente, Sara sintió un aguijón clavado en sus tripas.

Sintió que, por primera vez, ella sobraba en ese trío que hasta el momento había sido perfecto.

Sintió que la promesa de Alex se desvanecía entre sus dedos.

Volvió a casa y se acostó sin cenar, excusándose con un dolor de cabeza fingido. Necesitaba estar sola, pensar en qué estaba ocurriendo e intentar disolver ese nudo desconocido que se le había formado en la garganta y que le gritaba que aquello no estaba bien, que el hecho de que Alex y su hermana se besaran de esa manera le dolía.

Oyó que la puerta de casa se abría y que Vera llegaba canturreando. Un rato después, la de su dormitorio chirrió y una presencia cálida se metió en su cama. Olía al perfume de fresa de Vera y también a Alex. Tuvo que hacer esfuerzos para no chillar.

Intentó hacerse la dormida ralentizando su respiración, pero no sirvió de nada.

—Sara..., ¿estás dormida? Sara, tengo que contarte algo...

—Es tarde, Vera. Deberías dormir.

La pequeña cerró los ojos, esforzándose por esconderle a su hermana esa ira que no había dejado de bullir desde que había descubierto su secreto. Al principio había sido dolor, después decepción y tristeza, y al final se había convertido en un enfado que su mente, aún demasiado ingenua, no comprendía.

—Es importante. Eres mi mejor amiga y necesito contártelo.

Entonces los abrió y se encontró con la mirada soñadora y llena de ilusión de su hermana mayor. Sara sabía lo que le iba a confesar, pero escucharlo de su boca le resultaba incómodo y, de algún modo, ese sentimiento también se debía a haber sido testigo de un secreto que no le pertenecía.

—Me han dado mi primer beso.

—Tú ya te habías besado con chicos antes, Vera —le soltó con fingida indiferencia.

—No me refiero a eso, sino al primero de verdad.

—¿Qué diferencia hay?

Vera ignoró la pregunta de su hermana y suspiró encantada por la experiencia vivida. Era de las que pensaban que existían muchas clases de besos, que no eran todos iguales, y ella había recibido el primero con el que había sentido mariposas revoloteando dentro de su estómago. El primero de alguien a quien ella quería.

—Ha sido alucinante.

Sus ojos brillaban tanto que incluso lo podía notar estando a oscuras. Sara pensó que habrían servido para iluminar la casa entera.

—¿Quién?

—Un chico del pueblo. No lo conoces.

Y Sara sintió que el aguijón que esa tarde se le había clavado en las tripas al verlos lo hacía mucho más profundamente, abriendo una fisura que desconocía si algún día podría sanar del todo.

Al día siguiente, Alexander se marchó.

Vera se despidió de él con una sonrisa ladeada que escondía lo que había ocurrido entre ellos la tarde anterior.

Sara levantó su mano y dijo adiós al chico levemente, casi como si le costara. Alex le escrutó el rostro carente de emoción desde el cristal de la camioneta; tragó saliva e intuyó que había algo en la mirada de la pequeña Sara que no comprendía, pero que no le agradaba.

Le hubiera gustado hablar con ella a solas antes de irse y compartir un momento de esos tan suyos, pero había estado demasiado bloqueado después de besarse con Vera y su padre había decidido repentinamente que debían irse al día siguiente temprano por asuntos laborales. Y nadie se atrevía a cuestionar su autoridad; menos aún él.

Aquella noche Vera cenó como nunca, puso la mesa y hasta fregó los platos sin que la abuela se lo tuviera que ordenar. Estaba exultante.

Sara apenas probó bocado.

Subió a su habitación nada más terminar y guardó el dibujo que había hecho el día anterior junto con todas sus pinturas en el viejo baúl de debajo de la cama.

Se sentía terriblemente triste y se prometió a sí misma que él nunca sabría de la existencia de esa hoja de papel firmada por ella.

También se dijo que nunca nunca compartiría su primer beso con Vera, por mucho que le costase no hacerlo.

Haces magia

Querida Vera:

Julio, teniendo en cuenta lo mal que empezó, está siendo toda una sorpresa. La casa está quedando preciosa y tengo que confesarte que nunca me he sentido tan bien realizando un trabajo. A pesar de todo. A pesar de que sea con él. A pesar de tener que reconocer que parte del mérito es suyo, porque está esforzándose como nunca lo vi hacerlo antes.

Trabajar con Alex al principio fue incómodo.

No necesitaba girarme para comprobar que estaba en la misma habitación, simplemente lo sabía. Como si compartir el aire con él me costara, como si mi espacio y el suyo no pudieran ser el mismo sin sentirlo.

Creo que es el lado negativo de la intimidad que, cuando está tan formada, cuando esa persona y tú habéis sido en algún momento solo uno, cuando ya todo se ha roto, es complicado obviarlo sin que duela.

Han pasado ocho años, pero sigue colándose en la cocina y metiéndose una pastilla de chocolate en la boca de vez en cuando, como un completo adicto. Sigue pasándose la lengua por el labio inferior antes de hablar y sigue silbando canciones cuando está concentrado. Aunque también ha dejado de bajar la cabeza cuando está incómodo. Ahora te mira fijamente a los ojos sin dudar, con una seguridad nueva, quizá aprendida en estos años de vacío que nos separan. Tampoco se muerde las uñas, sino que tiene las manos cuidadas, Vera, haciendo que las mías parezcan horribles, siempre llenas de heridas, de pintura, secas y agrietadas por el trabajo.

Sin embargo, en algún momento dejó de incomodarme y la sensación se transformó en una serenidad que me desconcierta.

Han pasado más de dos semanas desde que entré de nuevo en esa casa y aún no puedo evitar irritarme cuando está tan cerca que siento su calor, pero ya no lo hago al trabajar con él, en silencio, pasándonos las herramientas sin necesidad de pedirlas, sino simplemente porque nos damos cuenta de que el otro las necesita. Coordinados, haciendo de esta casa un sueño cumplido para una mujer a la que el amor le destrozó la vida.

No hemos vuelto a hablar de nada que no esté relacionado con el trabajo.

No me pregunta por Yago, aunque no soy tonta y sé que le desagrada que él se pase de vez en cuando a buscarme.

No me pregunta por mi vida actual ni por nada que tenga que ver con lo que un día fuimos.

No me pregunta por ti, Vera.

Que un día lo haga me asusta, pero que ni lo intente me confunde, porque me lleva a pensar que aquel puzle extraño que fuimos sí que se destruyó del todo.

Y que me abandonase a mí lo acepté hace tiempo,

pero que no te eche de menos a ti me entristece como nada más lo hace.

Ojalá estuvieses aquí para decirle: «¡Que te den, Alexander Mauer! ¡Nunca te necesitamos!».

Pero no lo estás y creo que tampoco lo dirías, porque ambas sabemos que eso no es cierto.

Que te den a ti, Vera, por haber seguido sus pasos.

Te quiere y te necesita,

SARA

S.

Cuelgo el último cuadro y sonrío complacida. Miro a mi alrededor y se me hincha el pecho por la satisfacción del trabajo bien hecho.

Ha quedado precioso.

El que un día fue el despacho gris y sobrio del señor Mauer, en el que siempre tuvimos prohibida la entrada, se ha convertido en un rincón donde perderse.

Una butaca bajo la ventana donde sentarse a leer, las paredes cubiertas de estanterías para llenar de libros, un escritorio, fotos de familia por los rincones y una alfombra suave y esponjosa de color lavanda bajo mis pies. Todo en tonos blancos, dorados y violetas.

Un escondite para ella, su propio espacio, lo que nunca tuvo.

Me acerco a una de las fotos que adornan las paredes y paso la yema del dedo por encima.

Hace un par de días, Alex me tendió una vieja caja de madera con fotografías; algunas más antiguas y otras de la época actual, pero solo de ella y de él. Desde un Alex bebé rechoncho y sonrosado en los brazos de su madre, hasta la imagen de una graduación en la que ambos posan orgullosos birrete y toga en mano.

Me cuesta aceptarlo, pero tengo que admitir que llevármelas a casa con la excusa de escoger algunas para la decoración fue más una necesidad de saber que por trabajo. Las de su infancia las observé con ternura. Las de su adolescencia, con ese Alex desgarbado, me traían recuerdos sin remedio. Las de después me producían un sentimiento agridulce; por un lado, el dolor por no formar parte de ninguno de esos recuerdos creados en esos ocho años de silencio, pero, por otro, un gozo que me sorprende al descubrir que él ha vivido momentos felices dignos de ser recordados.

De todas las que he elegido para este cuarto, la que tengo delante es la que más me gusta. Un Alex de unos once años está sentado sobre la hierba y sujeta la cabeza de su madre en su regazo. Ella mira hacia arriba y le saca la lengua; él se ríe. Me encanta por la complicidad y el amor que desprende la imagen siendo solo un trozo de papel.

—Vaya...

Me giro cohibida por que me haya pillado observando la foto tan cerca y me encuentro con un Alex sonriente.

—¿Te gusta?

Lo miro expectante. Él suspira profundamente y pasa los dedos por las superficies que nos rodean. Se para junto a la butaca y la observa. Creo que aún lo conozco lo suficiente para saber que se está imaginando a su madre allí sentada con un libro sobre sus piernas. Se acerca a la ventana. La vista es espectacular; las montañas, el verde, el lago. Asiente, porque es lo que ella vería cada día si quisiera. Es el regalo que Alex pretende hacerle.

—Me encanta, Sara. Ni siquiera recuerdo ya cómo era antes. —Se gira y se queda frente a mí, mirándome con gratitud. Me lo imagino alargando el brazo y rozándome la mejilla, y desear que lo haga me enfurece—. Haces magia.

—No es para tanto.

Rompo el contacto visual y comienzo a recoger un par de cosas que están por el suelo. Él sigue con los ojos clavados en mí el tiempo suficiente para que me inquiete. Después se dirige a la fotografía que yo estaba observando cuando entró.

—Estábamos en el campo haciendo un pícnic. Mi padre se tuvo que ir por trabajo y nos dejó solos, como hacía siempre. Nos dio igual.

—Es muy bonita.

Mueve la cabeza levemente, afirmando mis palabras y, cuando voy a salir, me frena. Levanto la vista y su forma de escrutarme me detiene. Es intensa, cálida, llena de tantas cosas que ni siquiera soy capaz de ponerles nombre. Nadie me ha mirado así desde hace ocho años. Y fue en esta misma casa.

—Sara, ¿puedo preguntarte algo?

—No lo sé. —Alza una ceja; quizá le sorprende que no me haya negado, pero es que, por primera vez desde que ha vuelto, siento curiosidad por saber qué pasa por su mente cuando nos cruzamos; necesito saber si a él le afecta tenerme cerca del mismo modo que a mí—. Hasta que no lo hagas, no sabré si me arrepentiré o no de habértelo permitido.

Da dos pasos y asiente con lentitud. Su proximidad me agita por dentro. Muevo los dedos de los pies descalzos en un acto reflejo, pero solo sé que lo he hecho porque él aparta la mirada hacia abajo y sonríe.

Entonces habla, con la voz más rota, y da otro paso hacia mí. Yo ni pestañeo, observando sus labios curvándose en una mueca de dolor, antes de abrirse y poner voz a una pregunta que lleva sobrevolando su cabeza desde que puse un pie en esta casa de nuevo.

—¿Cómo puedes hacer algo así por alguien que odias? ¿Cómo puedes ayudarme a levantar un hogar roto, cuando yo destrocé el tuyo?

No lo sé, Alex.

Tal vez, porque soy una buena persona. Puede que porque sea el mejor proyecto que me han encargado hasta la fecha y conseguirlo se haya convertido en un reto. Es posible que me seas tan indiferente que aceptarlo no me haya supuesto más que un trámite como con cualquier otro cliente. Probablemente, en el fondo, sea una tarada emocional a la que le guste sufrir viendo a su primer amor pasear sin camiseta, día sí, día también, a su alrededor sin poder tocarlo.

Quizá hacerte feliz siga siendo un motivo en sí mismo.

—Esto solo es trabajo, Alex.

—Me imaginaba esa respuesta. —Parece molesto por mis palabras. Casi decepcionado.

¿Qué esperabas, Mauer? ¿Que te confesase que sigue importándome lo que te pase? ¿Que el saber que esto es para tu madre me ablanda tanto que te hubiera dicho que sí incluso si te hubieses regodeado en lo que me hiciste? ¿Que soy una idiota a la que aún tienes el poder de hacer temblar solo con sentarte a su lado? ¿Que quererte es un vicio horrible del que nunca he logrado desengancharme?

Cierro los ojos, frustrada por haber tenido ocho años para olvidarlo y no haberlo conseguido.

Cuando los abro, además, estoy enfadada; conmigo, por ser tan tonta, y con él, por desestabilizar mi mundo cuando por fin había logrado mantenerme en equilibrio.

—Y no creas que tenías tanto poder sobre mí —le escupo con desprecio—. Me decepcionaste, sí, pero no me destrozaste. Aquí sigo, Alex. Maldita sea, ¡todo siguió sin ti! Ni el mayor amor es capaz de hacer que el mundo deje de girar.

Salgo deprisa para poner distancia entre ambos y me llamo estúpida por haber utilizado la palabra amor al hablar de nosotros.

Sin embargo, antes de bajar las escaleras, me agarra del brazo y me giro sorprendida, aunque por una vez no me aparto ante el roce de su piel.

—No quería decir eso, pero te hice daño y tú me estás dando algo que no merezco.

—En eso estamos de acuerdo. —Mira sus dedos sujetando mi codo y después lo hago yo.

Es una sensación extraña; los humanos a menudo sentimos placer ante aquello que nos hace daño. Como arrancarse una costra o acariciar una cicatriz. Eso es lo que siento cuando las yemas de sus dedos, en vez de retirarse, aprietan mi piel y se deslizan por la parte interna del brazo hasta acabar jugueteando con la punta de los míos.

—¿Cambia algo si te digo que lo siento?

Y el contacto desaparece. Dejo caer mi mano del todo y sus dedos ya no me tocan. Tengo frío después de disfrutar de una sensación tan cálida. Es como si no pudiera evitar castigarlo tras haber sentido algo bueno a su lado. Como si llevarle la contraria fuese el único modo de defensa que conozco cuando se trata de él.

Me pongo a la defensiva y lo nota. Alex sabe antes de hablar que, sea lo que sea lo que acaba de ocurrir, ya no está, pero sí todo lo demás que ambos arrastramos.

—Respóndeme tú a mí una cosa, ¿lo dices porque de verdad lo sientes o porque la culpa te pesa tanto que vivir con ella te resulta insoportable?

—Sara...

—Tengo que irme.

Bajo las escaleras corriendo y me sigue, pero no me paro, no me giro, no quiero verlo, porque comienzo a asfixiarme.

—Espera...

Intenta cogerme de nuevo, pero me aparto y levanto una mano en señal de advertencia. Recojo mis cosas con rapidez y me dirijo a la puerta principal, haciéndole una seña a Tango para que me siga; no me perdonaría volver a dejármelo dentro.

—He quedado y llego tarde. Sé que mañana es domingo, pero me pasaré a terminar de pintar el baúl de la entrada.

Ahora mismo no quiero ni dirigirle la palabra, pero me cuesta parar de hablar. Quizá sea un modo de llenarme la boca para no decirle que llegué a odiarlo por quererlo tanto. Para no gritarle que sí que me destrozó y que aún no he recuperado todos los pedazos. Para confesarle que no fue el único que lo hizo.

—Sara...

—No, Alex.

Abro la puerta y salgo a la calle. Con la primera bocanada de aire fresco y con el sonido del lago y su visión de fondo, siento que vuelvo a respirar.

Antes de atravesar la valla que cerca su casa, su voz

me llega alta y clara, y pienso que ojalá me hubiera tapado los oídos como una niña pequeña para no escucharlo y así evitar el peso que soporto en este instante dentro del pecho.

—Te lo digo porque no decirte las cosas que siento por ti para mí ya no es una opción. Te perdí porque quise, Sara, soy consciente, pero al menos aprendí algo de ello.

A.

Espero a Sara en casa durante todo el domingo, pero no aparece. Me importa una mierda el baúl sin pintar, pero me servía de excusa para verla y pedirle perdón una vez más.

Tengo la sensación de que disculparme es lo único que he sabido hacer desde que he llegado, pero soy incapaz de frenar mis intentos, como si cada «lo siento» tonto llevara también una disculpa implícita por lo que ocurrió hace ocho años.

El sonido del coche de Paloma rompe la quietud de la tarde. Estoy sentado en el jardín y al instante miro a la casa de al lado, de donde veo salir a Sara con un vestido blanco. Lleva los hombros al aire y pequeños flecos se balancean en la parte baja con cada paso. Su piel bronceada por el sol de esta época hace que la tela brille y se la vea aún más, si es que eso es posible. El pelo rubio suelto le cae por la espalda de un modo hipnótico. Sus pequeños pies están cubiertos por unas sandalias de tiras que se enredan en sus tobillos hasta acabar en un lazo en sus gemelos. Está preciosa, y tengo que sacudir la cabeza y pensar en programas de contabilidad del trabajo para dejar de recordar la imagen de su cuerpo desnudo bajo el mío.

Paloma apaga el motor y baja dando saltitos ridículos. Desde mi posición no pueden verme y, tal vez, debería levantarme y dejarles clara mi presencia para no escuchar nada que no quieran, pero sigo siendo peor que ella en todos los sentidos. Además, la esperanza de oír mi nombre es demasiado fuerte.

—¿Qué haces?

—Sara, si no meo en tu casa, me lo hago en el coche. Dame un segundo.

—He quedado con Yago a las nueve, sabes que odio llegar tarde —replica ella, fingiendo estar enfadada.

—¡Serás ingrata! La próxima vez vas en esa bici con motor que tú llamas Vespa.

Sara abre los ojos ofendida y su amiga se ríe, esperando un ataque por su parte. Me gusta verla así, bromeando y siendo ella misma, en vez de forzando una imagen como hace conmigo.

—Vaya, yo que pensaba hoy cantar contigo en el karaoke..., pero si te metes con mi moto, creo que ya no me apetece.

—¿En serio?

—No.

Se echa a reír al comprobar que Paloma ha caído en su juego. Esta le da un azote en el trasero al pasar y se dirige al interior de la casa.

—Por cierto, Yago se va a caer de culo cuando te vea con ese vestido. ¿No era de Vera?

—Sí, pero ya está acostumbrado a verme con su ropa.

—Sigo creyendo que no es buena idea.

—Solo es un vestido. ¿Por qué no iba a darle uso?

Desaparecen las dos dentro y yo me quedo congelado, con la mirada perdida en el lago, aunque lo único que veo es la imagen de él abrazándola, besándola y tocándola por debajo de ese trozo de tela.

Me enerva, me enfurece y me entristece. Quiero partirle la cara a Yago y me siento un imbécil y un hipócrita por ello. No tiene sentido. Más aún, cuando las duras palabras que intercambió conmigo eran ciertas y ha sido él todo este tiempo el que le ha servido de apoyo y no yo.

El que no la ha abandonado.

El que cumple sus promesas y no huye de lo mejor que le ha pasado en la vida.

Pienso que regresé a este lugar solo por una promesa que le hice a mi madre. Ni siquiera se me pasó por la cabeza que alguna de las dos pudiera estar aún encerrada en este pueblo. Tenían tantas posibilidades que, simplemente, el hecho de pensarlo me parecía una ofensa para ellas.

Vera estaba destinada a comerse el mundo a bocados, con su rebeldía, su irreverencia, con ese magnetismo natural que irradiaba y esa picardía especial. Y Sara... ella era diferente; tenía tanta fuerza, tanto potencial y talento, que era un disparate pensar que no estaba destinada a brillar y a que el mundo lo viese.

Al principio todo había parecido fácil y no tenerla a mi lado hasta soportable. La universidad, nuevos amigos, las fiestas, la despreocupación de las responsabilidades del hogar. El comienzo de una vida que por primera vez era solo mía. No hice nada por ponerme en contacto con ellas. Nada. No tenían teléfono, pero podía haberlas llamado al Joe's o haber conseguido el móvil de alguno de sus amigos, Yago incluido. Podía haberles escrito una carta, sobre todo teniendo en cuenta que Sara era una enamorada de ese medio de comunicación y que las suyas siguieron llegando a casa de mis padres durante un tiempo. Recuerdo que me quemaban en las manos cuando las leía, llenas de palabras bonitas y promesas. Hasta que dejaron de hacerlo, algo que a mi lado egoísta le pareció que sucedió demasiado pronto, y supe que aquello solo significaba que Sara nunca me perdonaría. En aquel momento, podía haber cogido un coche y haberlas visitado, pidiéndoles disculpas por ser tan inmaduro y cobarde. Sin embargo, me asusté y decidí olvidarme de quien yo había sido hasta entonces y empezar de nuevo.

Dos meses después de convertirme en un Alexander distinto, llegó el divorcio, los problemas con mi padre, las denuncias, los juicios... y mi vida se convirtió en un caos que provocó que mis prioridades cambiaran.

Toqué fondo rápido y me marché a Dublín sin meditar si era la mejor decisión o no. Lo hice porque me veía incapaz de alejarme de mi madre y allí era adonde ella quería ir, la única ciudad que aún consideraba un hogar, aunque solo se basase en los recuerdos de una juventud que ya sentía muy lejana. Aunque también porque no quería tener relación alguna con nada que hubiera salido del bolsillo de mi padre: mis pertenencias, los gastos universitarios o cualquier cosa que hubiera pagado con su dinero. Y eso incluía la casa del lago y todo lo que representaba.

Necesitaba salir adelante por mí mismo, arreglármelas solo y no fracasar en el intento, replantearme qué estudiar mientras trabajaba para cubrir gastos.

Y, mientras tanto, pensaba en Sara.

Echaba de menos a Vera.

Aunque era incapaz de hacer nada por mantenerlas en mi vida.

Me buscaba entre tanto cambio, tanta mierda y me adaptaba a lo que encontraba.

Sin poder evitarlo, entré en una espiral de ira, rechazo, tristeza, odio y rencor por mi pasado, porque en todo lo veía a él. A él siendo frío, duro, déspota conmigo. A él alabando a mi madre y tirándose a otras. A él comprándola con regalos que solo aceptaba porque el miedo podía con todo. A él faltándole al respeto delante de cualquiera. A él insultándola cuando yo no estaba delante. A él poniéndole una mano encima. A mí partiéndole la mandíbula, la nariz y un par de costillas.

El dolor me arrastró y me dejé llevar.

Me engañé a mí mismo; me metí en la cabeza que lo vivido en este idílico lugar de vacaciones no había sido tan importante. Que lo compartido con Sara solo había sido un amor de verano y, como tal, tenía la fuerza y la intensidad de parecer esencial, pero no había sido más que un capítulo en la vida que con el tiempo se convertiría en un recuerdo bonito. Como aquel beso con Vera.

Me dije que Sara crecería, conocería a otros chicos y se olvidaría de mí, aunque de vez en cuando echaría la vista atrás rememorando aquellos días con auténtico cariño.

Era mi único consuelo, creer que para ella yo había sido algo bueno, pese a que fuera reemplazable.

Cada vez que las ganas de comunicarme con ella me podían hacía una estupidez, como acabar en la cama de alguna chica. Después me sentía tan mal que me prometía que no volvería, porque se merecía algo más que una historia que apenas había empezado a kilómetros de distancia, y que ella aún era demasiado joven para distinguir el amor real de las fantasías de la adolescencia.

Me repetí todo eso una y otra vez, y me lo creí.

Me imaginaba a Vera saliendo con un montón de chicos, yendo a fiestas universitarias, bailando como una loca, viajando, conociendo, disfrutando y viviendo el momento como solo ella podía hacer. Tatuándose alguna tontería en la piel, agujereándose las orejas y cometiendo locuras de esas que no se olvidan.

Me imaginaba a Sara pintando, estudiando mucho en una buena universidad, conociendo a algún chico decente con el que salir a cenar, uno que le colocara flores en el pelo y que le hiciese promesas a la luz de las velas que después cumpliese.

Me la imaginaba olvidándome y así, olvidarme yo de que la quería cobró cierto sentido.

Las convertí en un recuerdo, en el único de mi pasado que era capaz de rememorar con una sonrisa.

Y seguí adelante.

Crecí, experimenté, viajé, aprendí, me enamoré, me rompieron el corazón, me desenamoré, se lo rompí yo a alguien y mil cosas más que me hicieron ser el que soy ahora.

No obstante, verla otra vez, olerla, tocarla, tenerla cerca... todo eso ha funcionado como el detonante de un cúmulo de sentimientos guardados con llave, sepultados por un montón de excusas y miedos que yo dejé que tomaran el control en algún momento, y por la culpa. La simple presencia de Sara ha logrado que la mentira que un día me obligué a creer se haya hecho pedazos delante de mis ojos.

Porque quererla no es una opción.
Quererla es la vida.

Las veo salir de nuevo entre risas, montarse en el coche y marcharse.

Minutos después, me levanto y, antes de ser muy consciente de lo que estoy haciendo, me veo conduciendo por ese camino que tantas veces recorrimos los tres en la camioneta de mi padre, rumbo a despertar ese pasado que nunca tuve que dejar escapar.

S.

—¿Y si te invito a una copa?

—No, gracias.

Paloma se parte de risa y me hace señas ridículas y nada disimuladas para que acepte su proposición.

Observo al tío que intenta ligar conmigo y tengo que morderme los labios para no reírme; el pobre no tiene la culpa, pero su camiseta ceñida de licra con un escote mucho más pronunciado que el mío me hace acordarme de Vera y de uno de sus consejos estúpidos.

—Nunca te fíes de un hombre que lleva más escote que tú, Sara. Se quieren tanto a sí mismos que no habrá espacio para querer a nadie más.

Jodida Vera. Solo tenía dieciséis años cuando me aleccionó sobre eso. Siendo adolescentes, parecía una cabra loca la mayor parte del tiempo, pero para mí, que no podía ser más ingenua, era lo más parecido a una diosa de la sabiduría.

Tuviera ella razón o no, mi cabeza salta de una cosa

a otra por asociación y acabo pensando en Alex, en su pecho musculado y en sus hombros anchos trabajando a mi lado en la casa.

Últimamente ha tomado por costumbre quitarse la camiseta y no sé muy bien cómo tomarme eso. Soy consciente de que el calor es horroroso según la mañana avanza, pero lo que él no entiende es que su desnudez hace que mi temperatura corporal también aumente. Además, desde el encuentro de ayer, algo ha cambiado.

Pasé la noche intentando poner en orden mis pensamientos, pero no encontré más que caos, un caos que me absorbe y que me hace querer huir de Alex.

Por eso hoy he incumplido mi palabra y he preferido no ir a su casa. Necesito descansar, porque la cabeza me va a mil por hora y ya no sé ni qué es lo que siento. He pasado de querer echarle en cara todo lo acumulado a encontrarme cómoda con él, a levantarme por las mañanas preguntándome con qué tipo de música me sorprenderá al entrar y a mirarlo a escondidas, asombrándome por cómo el tono de su piel va cambiando de color según pasan los días y el sol la roza.

Me he encontrado a mí misma asomándome a través de la cortina de mi habitación al caer la tarde, cuando Alex baja caminando por el embarcadero y se zambulle en el agua. Después sale, se sienta y se queda allí, con el sol metiéndose por el horizonte, hasta que desaparece y él hace lo mismo en el interior de su casa.

Me he sorprendido a mí misma saliendo ya de noche, sentándome en el mismo sitio que ocupa él al atardecer, y observando el reflejo de la luna en el agua, una costumbre a la que me convertí en adicta una vez por una promesa y que un día dejó de importarme y olvidé.

—Rubia, te van a salir arrugas si sigues frunciendo el ceño de ese modo.

Me giro y me encuentro un beso de Yago en el trozo de piel que queda entre mis ojos. Su gesto me relaja, más aún al darme cuenta de que no está molesto por haberme puesto uno de los vestidos favoritos de Vera, a pesar de que verlo seguramente le haya evocado recuerdos agridulces.

Paloma, a mi lado, exige su propio beso.

—Está tensa. Le he dicho que lo que necesita es un poco de fruta de la pasión, pero no me hace ni caso.

Pongo los ojos en blanco y la ignoro sin remordimientos. Está obsesionada con que todos los males de la vida se solucionan con sexo. En su caso puede que así sea; al fin y al cabo, Paloma nunca ha tenido una relación más profunda con un tío que no fuera el hacerlo más de media docena de veces no consecutivas.

—No creo que sexo sea lo que Sara necesita —le dice Yago con convicción.

—¿Y tú qué sabes? ¿Acaso se lo das tú? Te diré yo lo que necesita: una buena banana alemana.

—Oh, Dios... —Apoyo la frente sobre la barra y la risa de Paloma tapa mis gimoteos.

—¡Qué casualidad! Y por ahí viene...

Levanto la cabeza tan rápido que hasta me mareo. Sigo su mirada pícara, deseando que sea una broma y que se ría de mí hasta los restos, lo que no me importaría en absoluto antes de ver lo que mis ojos me dicen que es tan real.

Como esa sonrisa que Alex me dedica enseñando sus hoyuelos un instante fugaz.

Lleva unos vaqueros y una camisa de cuadros verdes. Parece un chico guapo cualquiera buscando un poco de diversión; quizá tomarse una cerveza, disfrutar de la música, dejarse arrastrar al escenario por una chica bonita y cantarle algún tema con el que emocionarla o hacerla reír a carcajadas.

Parece un chico cualquiera, sí, pero no lo es. Porque es mi Alex, y está aquí.

—Lo que necesito es un tequila.

—¿De verdad? Tú nunca bebes.

Lo sé, Yago, lo sé. Dejé de hacerlo hace mucho, pero tampoco tendría por qué soportar ver a Alex caminando hacia mí, siendo el foco de las miradas femeninas de la mitad de las jóvenes del pueblo y sentir un cosquilleo repentino en la base del estómago que ya ni me esfuerzo por ignorar.

Quizá pueda ahogarlo en alcohol barato.

—Nunca es tarde para empezar. Mejor que sean dos.

Me los bebo seguidos y sin pensar. Cierro los ojos y cuento hasta cinco para que el líquido no vuelva a trepar por mi garganta. Es fuego. Paloma me acompaña con otros dos; «por solidaridad», dice, aunque los tres sabemos que se los hubiera bebido de todas formas y, sintiendo la presencia de Alex al final de la barra, medito sobre qué es lo que necesito.

Recuerdo que, cuando Alex se marchó, yo lo esperé. Tardé tres años en dejar que otro chico me tocase.

Vera no lo entendía; me decía cosas que me hacían daño, como que él se habría acostado con media ciudad y solo en el primer año de universidad. Sé que lo hacía para desencantarme, para que abriese los ojos de una vez y asumiese que, al igual que nunca obtuve respuesta a mis cartas, Alex tampoco iba a volver a buscarme, pero aun así dolía.

El caso es que, después de aceptar por fin tener una cita con uno de sus amigos y acostarme con él esa misma noche, me di cuenta de que no funcionó. Al fin y al cabo, lo hice más por el deseo de demostrarme con actos que había dejado de esperarlo que porque lo deseara. De hecho, seguí aguardando; ya no a Alex, pero sí algo que aún no había encontrado.

Y es horrible la sensación de no saber qué es lo que estás buscando.

—Eres una romántica, pero tienes que aprender desde ya, Sara, que los príncipes azules no existen. Que el sexo es fantástico por sí mismo, sin necesidad de compartir algo más con la otra parte.

Comprendía a mi hermana y respetaba su modo de entender las relaciones, pero yo no soy Vera, por mucho que lo intente, y descubrí rápido, después de un par de citas más sin demasiado sentido, que para mí el sexo no era solo sexo, sino que traía implícito un mínimo de conexión, de no sentirlo un acto vacío.

A día de hoy y con unas cuantas experiencias a mis espaldas, todavía me niego a pensar que el sexo sea algo con tan poco valor. Paloma dice que soy una idealista, y no me importa. Es verdad que guardo en mi interior ciertos ideales románticos que me hacen querer dar un significado a las respuestas de mi cuerpo más allá del instinto animal. Es eso o que lo quise tanto que consiguió que, hasta algo tan placentero como el sexo, perdiera cualquier connotación positiva al no llevar su nombre escrito.

Creo que necesito otro tequila.

Yago nos sirve otro chupito a regañadientes; normalmente adoro cuando se pone en modo protector, pero hoy no puedo soportarlo. Lo que necesito es que me dé cancha, porque si no comenzaré a asfixiarme y, cuando lo hago, huyo.

El líquido pasa con más facilidad que antes por mi garganta y me limpio los labios con una servilleta en el mismo momento en el que la presencia de Alex está demasiado cerca como para ignorarla.

Se encuentra a mi izquierda, pero no lo miro. Sé que está dispuesto a iniciar una conversación conmigo, pero en este instante no sabría ni qué decirle. No sé si es el tequila que tiene un efecto inmediato en mi organismo, que verlo en otro entorno cambia mi percepción de las cosas o que la situación comienza a superarme, pero solo puedo pensar en las ganas que tengo de que se siente a mi lado, pida algo de beber y me acompañe, como tantas veces hicimos aquí antes con Vera, pero teniéndolo por primera vez para mí sola.

Pensar de este modo me hace sentir egoísta.

—Hola.

Su voz rompe esa línea de pensamiento y giro la cabeza. Mis ojos se encuentran con los suyos y es todo lo que necesito para saber que no es una casualidad que esté aquí, sino que ha venido a buscarme.

—Alexander Mauer, las malas lenguas estaban en lo cierto. Bienvenido de nuevo —le dice Paloma, metiéndole un repaso de arriba abajo sin cortarse ni media.

A veces me dan ganas de asesinarla con mis propias manos.

—Hola, Paloma. Estás estupenda.

—Tú también. Sara también. —La fulmino con la mirada por ese comentario que no viene a cuento y ella rectifica—. Debe de ser el agua del lago, porque todos lo estamos, ¿no te parece? Y Yago el que más, es un hecho.

Yago sonríe y le guiña un ojo complacido, aunque sin dejar de observar desafiante a este Alex que está acaparando todas las miradas del bar que lo han reconocido como el hijo de los Mauer.

—¿Te importa dejarme con ella un segundo?

Paloma asiente y se baja del taburete sin preguntare a mí si estoy de acuerdo o no.

—Creo que es un buen momento para demostrar mis artes escénicas.

Se dirige a elegir canción a la mesa pegada al escenario y, por un instante, me siento tentada a buscar protección en Yago, pero el bar comienza a estar bastante lleno y lo reclaman al otro lado de la barra. Asumo que tengo que plantarle cara de una vez por todas a Alex y dejar de huir de él cada ocasión en la que siento que me supera.

—¿Qué ha pasado esta mañana? Pensé que vendrías.

—Me surgió algo. ¿Vas a despedirme por eso? —le contesto a la defensiva.

—No, solo estaba preocupado.

¿Cómo puedes sentir preocupación por alguien que no ha existido para ti en ocho años? Dime, Alex, explícame el porqué de ese vacío, cuando ahora, aquí a mi lado, rozando tu rodilla con la mía, sintiendo tu aliento deslizarse travieso hasta acariciar mi hombro, te miro a los ojos y los veo llenos de tanto.

—Pues no lo estés. Solo que... me surgió ignorarte —le suelto con desparpajo. Después vuelvo a mojarme los labios con el tequila. Está asqueroso, pero beberlo me calma.

—Ya... Oye, yo...

Golpeo el vaso contra la barra y me encaro con él cruzando los brazos.

—¿Qué parte de no hablar de nada que no sea estrictamente profesional no has entendido?

—Lo he entendido, Sara. Tu trabajo, tus normas. —Entonces la expresión de su rostro cambia, como si su paciencia ya hubiera llegado al límite y hubiese decidido utilizar otra táctica para tratar conmigo, teniendo en cuenta que la de mostrarse arrepentido y comprensivo no le ha servido de mucho hasta el momento—. Pero, que yo sepa, estamos en un bar y fuera del horario laboral. Aquí las reglas sobran.

—¿Entonces esto qué es? ¿Un forastero intentando ligar conmigo?

—No.

Sonríe de medio lado y me mira con una intensidad que nunca antes había visto en él; es diferente, es el Alex adulto con experiencia a sus espaldas dedicándome una mirada que incita a jugar y que me calienta la piel. Me está retando y creo que me gusta, porque somos una versión distinta a todas las que conocíamos de nosotros. Descubro que esto es justamente lo que necesito: ver en él algo que no me recuerde al Alex que se marchó sin mirar atrás.

—¿Y por qué tus ojos dicen otra cosa?

—Porque es un «no», a menos que tú quieras que sea un «sí». —Por un momento me resulta tentador, hasta que reacciono y niego con la cabeza—. En realidad, esto es un viejo amigo encontrándose con una vieja amiga en una noche de copas.

—Ah, ¿sí? ¿Unos amigos que se acostaron y que él no volvió a llamarla o unos amigos que un día cualquiera dejaron de considerarse primordiales? —le pregunto, fingiendo estar realmente interesada.

—Ni lo uno ni lo otro. —Hace una mueca ante la

verdad que hay para nosotros en ambas suposiciones—. Unos amigos que se quisieron demasiado, pero que la vida guio por caminos distintos.

Contengo la respiración. Él se humedece los labios, desliza su lengua con una lentitud en apariencia casual, y se pasa la mano por el mentón; tiene un comienzo de barba y me imagino la sensación de lija al pasar los dedos sobre ella.

No lo sé. ¿Podría ser tan fácil como resumirlo de esa manera? ¿Así funciona? ¿Es la vida la que nos obliga a elegir entre varios caminos y nosotros simplemente elegimos el que menos daño nos hace o el que más falta?

No, Alex, maldita sea. Somos algo más que marionetas; debemos asumir las consecuencias de nuestros actos.

—La vida. Ya. Vale. Juguemos. Yago, deja por aquí la botella de tequila, esto se pone interesante.

—Sara, no creo que debas...

La negativa de Yago me cabrea. Sé que no le hace ni pizca de gracia que le esté dando a Alex la posibilidad de acercarse, pero es mi decisión.

¿Ves, Alex? Mi vida, yo elijo.

—Puedo pedírsela a Joe si prefieres —amenazo a Yago y al final acepta, no sin antes rogarme con una mirada precaución a mí y lanzarle rayos desintegradores a Alex—. Empecemos.

Sirvo dos chupitos y le tiendo uno a Alex. Él alza su vaso y, después de chocar ambos, los bebemos. El ruido del cristal sobre la madera parece la señal que indica que el juego ha comenzado, como si fuera el disparo de salida de una carrera que me muero por ganar.

A.

—Alexander, ¿verdad? ¡Dios mío! ¡Cuánto tiempo!

Abro los ojos, sorprendido por su actuación, y ella arquea una ceja y me dedica una mirada lo bastante intimidante como para esforzarme por contener la risa y seguirle el juego.

Sigue siendo jodidamente graciosa.

—¿Sara? ¡No me puedo creer que seas tú!

—Te recordaba más guapo, ¿sabes? —replica con soltura.

Creo que el tequila no le sienta demasiado bien.

—Lo lamento. Tú sigues siendo preciosa. —Se ruboriza y relleno de nuevo los vasos, aunque lo hago solo a medias.

Creo que me gusta más este tipo de acercamiento que ningún otro. Al menos esta no es la Sara que huye, se calla y se esconde cada vez que intento hablar con ella. Esta es desafiante, guerrera y excitante.

—¿Qué te trae por aquí? ¿Trabajo? ¿Placer? No me digas que preñaste a alguna pobre infeliz y vienes a conocer a tu primogénito.

—¿Tienes hijos? —le pregunto, desconcertándola.

—No.

—Entonces la última no es posible, porque solo recuerdo haberme acostado contigo.

Coge el chupito y se lo bebe, con la vista clavada en el montón de botellas colocadas tras la barra. Le resbala una gota por la barbilla y no puedo contener el impulso de secársela con el dedo. Ella ni se inmuta por ese gesto; parece perdida en los recuerdos y me da miedo que se me escape de nuevo, así que sigo hablando, intentando hacerla volver y que se quede conmigo.

—Se podría decir que he venido por placer, aunque de momento no está siendo como yo esperaba. ¿Se te ocurre algo?

—Haré como que eso último no lo he oído —replica ofendida por mi insinuación, pero sé que se está divirtiendo; brilla de un modo diferente, uno que desde que he vuelto aún no había visto en ella—. Las cosas nunca son como uno las espera, ¿sabes? Es como la primera vez que te acuestas con alguien, esperas mucho y después... siempre es decepcionante.

Joder. ¿Me acaba de decir que lo hice de pena y yo me he excitado ante el simple recuerdo de aquello? Sé que solo es parte del juego, pero su picardía me vuelve loco. No conozco a esta Sara y me muero por descubrirla.

—Ah, ¿sí? No sabría decirte, la mía estuvo bastante bien.

Es mentira, fue un desastre, pero no necesito darle otra excusa para ensañarse con mi ego.

—Me compadezco de ella.

—¿Y cómo te va todo? ¿Sales con alguien? ¿Casada? ¿Separada?

—Casada. Traficante de drogas, marchante de arte y un amante excepcional.

—¿Eso es todo?

—Vale. —Frunce el ceño, pensativa, intentando hacer trabajar a su imaginación en algo menos de película de serie B—. Salgo con alguien, pero es él quien está casado. Follamos los miércoles en el cobertizo de mi jardín. Los sábados nos colábamos en la casa de los Mauer usando una vieja llave que guardaba mi abuela, lo que pasa es que ahora la están remodelando y se nos acabó el chollo.

Me atraganto con el tequila y se mete una aceituna en la boca; juguetea con ella entre los dientes y sonríe complacida por haberme sorprendido.

Yo clavo los ojos en el fruto verde que se desliza entre sus labios, húmedos por la bebida y rojizos. Quiero acercarme y robársela con los dientes. Y Sara... pues Sara en vez de dejar de jugar y meterla en su boca sin mirarme, como apostaría a que habría hecho dos horas antes de entrar aquí, se queda quieta y sigue haciéndola bailar, mordisqueándola, absorbiéndola con su lengua y después sacándola de nuevo.

Doy un paso hacia ella, imantado por todo eso que la rodea, y me deja hacer, un poco hipnotizada también por lo que hemos creado en un instante a nuestro alrededor.

—¿Dónde os gustaba hacerlo en casa del alemán? —le susurro, tan cerca que puedo oler la mezcla resultante de la aceituna, el tequila y su boca.

—En la mesa de la cocina, en el despacho del padre, en el cuarto del chico... Donde pillábamos.

Me la imagino haciendo todo eso en mi casa, en cada superficie apta para tumbarla y hundirme en su cuerpo, y el mío responde como nunca antes lo ha hecho. Ella sabe el efecto que su provocación está teniendo en mí y desliza sus enormes ojos castaños por mi pecho muy despacio hasta plantarse en el comienzo de mi pantalón.

Pequeña Sara, ¿qué estás haciendo?

—Suena bien.

Asiente y levanta la vista hasta cruzarse con la mía. El hueso de la aceituna sale de entre sus dientes, lo deja caer sobre el platillo con gracia y habla, con voz suave, dulce, terriblemente tentadora.

—Pero ¿sabes cuál era mi sitio favorito?

—Sorpréndeme.

—Encima del piano.

Me lo imagino. Sara, con uno de sus vestidos subido hasta el inicio de sus muslos, sobre el piano del salón, con sus piernas abiertas y la espalda pegada a la fría madera. Gimiendo, con la cabeza echada hacia atrás dejando a la vista su cuello. Con los ojos cerrados y diciendo mi nombre.

Vuelco un poco más de líquido en los vasos y le ofrezco uno antes de bebérmelo de un trago. Era eso o cogerla en brazos, llevarla a mi casa y hacerlo realidad tantas veces como ella me dejara.

—No me convence esa historia. Prueba otra vez.

—Ah, ¿no? ¿Qué pasa? ¿Que no crees que pueda ser real? No sabes nada de mí.

Ahora sí que parece molesta y me odio por enfadarla, pero necesito que la conversación deje de ser tan sexual, porque con Sara no consiste en eso. Aunque no deje de imaginármelo. Aunque vaya a necesitar desahogarme al llegar a casa. Aunque su imagen desnuda me persiga desde hace años como a un adolescente impresionado.

—Sé lo suficiente.

Enseguida sé que he vuelto a perderla en esos recuerdos, en el rencor y en todo lo que me odió en su día.

—Vale. Pues estoy sola. No echo un polvo desde hace dos años. Un turista inglés. No demasiado guapo, pero muy tierno y la tenía tan grande que me hizo hasta daño. ¿Y sabes por qué? Porque un día me enamoré de un cretino que me hizo sentir tanto que nunca más he sido capaz de hacerlo. ¿Esa te vale? Tendrá que servirte, porque es la que más se acerca a la verdad.

Se levanta hecha una fiera y, cogiendo el bolso, sale del local. Siento la mirada de odio de Yago en mi nuca, pero me da igual.

—Sara... —La sigo y, ya fuera, la agarro del codo y la giro hacia mí.

Tiene los ojos turbios por el alcohol y el dolor. Me veo reflejado en ellos y no me gusta. Su pelo se mece por el viento y estoy tan pegado a ella que los flecos de su vestido se rozan con mis pantalones. Pongo la mano en su mejilla, está caliente, y Sara suspira y entrecierra los ojos ante el contacto. Tocarla me produce un placer indescriptible. Solo me permite hacerlo durante unos segundos, pero ya me parece todo un mundo después de tanto vivido.

—¿Qué quieres, Alex? No quiero tu lástima, así que ahórratela. Además, estuvo bastante bien. El sexo con el turista inglés, digo.

Tardo en comprender a qué se refiere. Pensé que se trataba de otra teoría inventada, en este caso para hacerme daño por ser el cretino que ha mencionado, pero su expresión avergonzada me dice que en esta ocasión ha sido sincera.

De repente, caigo en la cuenta de que, si es así, ha estado engañándome o dejando que creyese cosas que no son.

—Pensé que salías con Yago.

—Y salgo con él. Vamos a cenar, al cine... —responde con condescendencia.

—Ya sabes lo que quiero decir.

—Alúmbrame.

Tenso la mandíbula y se lo pregunto sin más, sin medias tintas, porque necesito que sea ella la que me lo diga mirándome a los ojos. Creo que solo así sabré si aún queda algo entre nosotros por lo que luchar o ya está todo perdido.

—¿Estás enamorada de él?

Se le descompone el rostro y se sonroja, pero no es pudor, es rabia contenida. Entonces coge aire y habla, haciendo que con cada palabra pronunciada se me rompa algo por dentro, sabiendo que lo merezco y algo aún peor, con la certeza de que está siendo totalmente sincera.

—Mira, Alex, voy a contarte algo. Yago y yo tenemos una historia. Es bonita, real y es un «para siempre». En ella hay besos, confidencias, abrazos y noches dormidos en su cama con las piernas enredadas. Todo lo que un día quise. Siempre me siento feliz cuando me despierto y veo la sonrisa más bonita de este maldito pueblo desperezándose a mi lado. Me gusta su forma de estirarse al levantarse por las mañanas, la aspereza de sus manos y esconder la cabeza en el arco de su cuello. Huele a casa y un poco a mí. Me gusta cómo se ríe, cómo me cuida y cómo me hace sentirme a salvo. Me encanta cómo le sienta el color azul y cómo le brillan los ojos cuando me dice que me quiere. No, mejor aún, cuando me lo demuestra. ¿Es para ti esa una definición del amor?

Alzo la mirada al cielo oscuro que nos envuelve y cojo todo el aire que mis pulmones son capaces de albergar. Quiero cerrar los ojos y estar en otro lugar, pero Sara sigue aquí, taladrándome con los suyos, y sé que no voy a dejar de revivir este momento en mi cabeza una y otra vez. Un momento que siempre deseé vivir con ella, pero cuyo protagonista es otro. Un chico que nos observa cauto desde la sombra que le da el pequeño espacio entre las dos puertas del bar y que acaba de escucharlo todo.

—Siento haberte molestado. No era mi intención, Sara, y parece que es lo único que sé hacer. Será mejor que me vaya.

Noto que algo más se rompe con mis últimas palabras, como si en realidad ella desease que siguiéramos peleando más tiempo, como si no quisiese que me fuera. Como si no soportara que vuelva a marcharme.

¿Qué es lo que quieres, Sara? Dame una maldita señal, porque me estoy volviendo loco.

—Sí, vete. Eso se te da de miedo.

Se cruza de brazos y se queda muy quieta, mientras me observa con la mirada cargada de demasiado que pugna por salir, pero que contiene a duras penas.

Pienso en Vera, en lo sencillo que hubiera sido con ella. Vera me habría gritado, tirado los zapatos a la cabeza y hasta mordido de rabia, si me apuras, pero, después de sacarlo todo, me habría hecho prometerle que nunca más lo repetiría.

Asumo que con Sara las cosas no funcionan de un modo tan directo; con ella el camino está lleno de obstáculos y bifurcaciones que hacen que no pueda recorrerlo si no me da permiso para hacerlo.

Pese a todo, independientemente de lo que pasara y de lo que yo la jodiera, es obvio que aún nos une algo, por mucho que ella se empeñe en hacer como que no existe.

—Espero que, en algún instante de aquí hasta que me vaya, te des cuenta de que cuando dos personas llegan a quererse tanto, por mucho que se hagan daño, nunca se convierten en enemigos.

—Y, si no somos enemigos, ¿qué es lo que somos, según tú?

—No lo sé, Sara. —Suspiro con cansancio y comienzo a andar hacia mi coche—. Estamos en algún punto del camino, pero, por mucho que quieras odiarme y yo lo merezca..., tú no eres así.

La miro una última vez antes de irme. Parece irritada por este final, aunque, por primera vez en toda la noche, también vulnerable, más ella y menos la que viste ese disfraz de desdén que usa conmigo. Más dispuesta a aceptar que, en ocasiones, el amor sí que es capaz de parar el mundo.

Eso es lo que siento cuando estoy a su lado; lo sentí una vez y creí que solo había ocurrido porque era joven, idealista e inexperto, pero me equivocaba; desde que he regresado y lo ha puesto todo patas arriba solo con recordarme que sigue existiendo, tengo la constante sensación de que el mundo ha dejado de girar. O quizá sea todo lo contrario; puede que, por fin, haya comenzado a hacerlo.

—Ya, vale. Yo no seré así, pero tú sí que volverás a irte. Fin de la historia.

¡Salta, valiente!

Querida Vera:

Las cosas siempre pueden ir a peor. Tú me lo enseñaste aquel día que te rompiste un tacón de tus botas favoritas, después de haber descubierto que aquella prueba de embarazo era positiva.

Ayer Alex se pasó por el bar. Quiso hablar conmigo y acepté jugar un poco con él. Lo hice porque, siempre que me enfado, tener la última palabra se convierte en un reto, porque coquetear con Mauer me apetecía después de que nunca llegara a hacerlo en condiciones en su momento y porque el alcohol siempre me ha sentado fatal.

Sin embargo, puedes imaginarte que no salió como ninguno de los dos esperaba.

Yo volví a hacerlo, volví a centrarme en ese dolor, en la rabia, en todo lo malo que despierta en mí y a dejar a un lado lo bueno.

Porque sí, Vera, admito que querer odiarlo no puede hacerme olvidar lo bien que me siento cuando sé que me mira mientras trabajo, aunque finja no darme cuenta. No puedo ignorar que ayer, animada por los chupitos y las emociones que nos rodeaban, dejé que me tocara la mejilla en un gesto que me derritió. Porque no puedo borrar de mi mente que deseé que acercara su boca y me robase una aceituna con la que lo estaba provocando, y quizá también que me robase un beso.

En un momento dado, rompí el juego y un poco más a nosotros por dentro.

Después, seguí bebiendo tequila.

Hoy me he levantado con una resaca que merezco y lo primero que he hecho ha sido mirar por la ventana de mi habitación y observar la suya. Como hace años.

He estado a punto de bajar y lanzar piedritas al cristal hasta que se asomara para decirle que no puedo perdonarlo, pero que eso no evita que quererlo siga siendo lo único sensato que considero haber hecho por mí misma en toda mi vida.

Es triste, ¿verdad?

Puedes reírte, Vera, seguro que de habértelo dicho a la cara lo estarías haciendo. Pero también es verdad que después me abrazarías y me dirías que estás orgullosa de que tenga el corazón tan grande como para que el odio pase desapercibido ahí dentro.

Pensarlo, al menos, me consuela y me hace sentir menos mal.

Te quiere,

SARA

S.

Alex me ayuda a sacar una vieja cómoda al jardín para pintarla fuera y no acabar intoxicados con tanto producto químico.

No nos hablamos. Llevamos sin hacerlo desde la despedida del domingo.

El lunes creo que nos vino bien a ambos. El martes daba la sensación de que él aún lo necesitaba y yo me amoldé a ello, llamándome idiota por querer entablar un mínimo de conversación cuando, hasta ese día, había sido él siempre el que lo intentaba y solo recibía frases cortantes por mi parte. Hoy la situación me resulta incómoda, desesperante, asfixiante.

Di muchas vueltas a sus últimas palabras y asumí que llevaba razón. Por mucho que él se marchara sin darme la explicación que merecía, eso no nos convierte en enemigos.

Nos enseñan desde bien pequeños que *enemigos* es el antónimo de *amigos*, pero no es la única opción que hay cuando pierdes una amistad tan grande, porque también existe un punto medio, exactamente en el que nos encontramos nosotros. Un limbo extraño en el que nos mecemos, entre el cariño que nunca se disuelve del todo por lo que un día fuimos y el rencor por haberlo roto sin más.

Me levanto con las manos llenas de pintura y el pelo recogido con un pincel sucio. Entro en la casa y me lo encuentro agachado, cambiando un par de tablas de los escalones. Lleva un pantalón corto y su camiseta está tendida en un rincón. Le brillan la espalda y los cabellos de la nuca por el sudor. Está descalzo, como yo. Muevo los dedos de los pies y entonces hablo, sabiendo que es posible que me arrepienta de esto, pero con la certeza de que su silencio e indiferencia me duelen más que su constante atención y arrepentimiento.

—Alex.

Da un brinco por el susto y suelto una risita sin

poder evitarlo. Se gira, se quita unas gafas de protección y me mira incrédulo y un poco asustado.

—¿Pasa algo?

Sí, que te echo de menos incluso teniéndote a unos metros de mí.

Busco en mi cabeza cualquier excusa para no parecer tonta y darle un sentido a ese impulso que me ha obligado a acercarme a él. De repente, huelo el aroma a albahaca y tomillo que sale de mi cocina y se interna por la ventana abierta de la suya.

—¿Tienes hambre? La abuela ha hecho tomates rellenos. Son del huerto.

—Claro —responde en el acto, aunque lo bastante desconcertado como para que se le note en cada gesto.

—Vale. Vuelvo en unos minutos.

Cuando entro en mi casa, me apoyo en la puerta y me dejo caer con la espalda pegada a la superficie hasta tocar el suelo. Hundo la cabeza entre los hombros y gimoteo como una niña pequeña.

—Cielo, ¿estás bien?

Levanto el rostro y me encuentro con el de la abuela sonriéndome con dulzura. Lleva una cuchara de madera en la mano, un delantal de flores y un lazo de color lavanda enredado en su trenza. Yo le devuelvo el gesto por inercia, pero más por lo que me serena su imagen que por lo que acabo de permitir que suceda.

—Sí.

—¿Todo bien con Mauer? —pregunta alzando una ceja.

Está claro que, tenga dotes adivinatorias o no, nunca se le escapa una.

—Lo acabo de invitar a comer.

—¿Y no querías hacerlo?

—Sí que quiero, ese es el problema.

Sacude la cabeza y sé que lo que va a decir a continuación va a marcar un antes y un después. La abuela tiene ese don, el de ver en los demás cuando somos incapaces de abrir los ojos.

—Sara, mi niña, no pasa nada por querer estar con él. No significa que seas débil ni tampoco una ingenua. Querer a alguien que no consideres merecedor de ese amor no es peor que odiarlo. Solo demuestra que en ti prima el corazón.

Apunta en mi pecho con la cuchara de madera y desaparece por la puerta de la cocina. Me quedo ahí, en el suelo y con la cabeza hecha un lío, hasta que sale de nuevo, me ofrece una cesta y salgo de casa obedeciendo a esa orden implícita de dejarme llevar por una vez por lo que deseo.

Subo las escaleras de su porche con la comida que la abuela me ha preparado y, al llegar a la mesa exterior, elevo la comisura de los labios en un amago de sonrisa que no quiero que descubra.

Ha colocado un mantel blanco, una jarra helada de agua, los cubiertos, platos y vasos necesarios, y también una de las vasijas de latón que he comprado para adornar con un par de flores dentro.

Me siento a su lado y lo voy sacando todo en silencio. Alex sirve la comida en ambos platos. Se ha puesto la camiseta, pero aún puedo percibir el olor que desprende; no es un sudor desagradable, sino el propio aroma de su piel.

—Está buenísimo.

—¿Verdad? Siempre ha cocinado genial.

—Recuerdo el arroz caldoso.

Pone los ojos en blanco de forma exagerada y se muerde el labio con gracia.

—Deberías decírselo, le encantará saber que eso lo recuerdas bien.

—Lo recuerdo todo.

—Yo también.

Siempre lo he hecho, pero desde que ha vuelto es como si todo hubiera regresado con él; con mucha más fuerza, con los detalles más nítidos que nunca y los sentimientos más intensos. Y sé que a Alex le ocurre lo mismo.

—Gracias por esto —me dice, aunque no está hablando de la comida.

—De nada.

Seguimos comiendo, disfrutando del día tan bonito que hace, de la brisa que se agradece en la piel y uno sentado al lado del otro en el viejo banco de su porche. Como si nada importase. Como si lo lleváramos haciendo cada día desde hace tantos veranos.

Hasta que Alex habla y rompe un poco la magia, aunque por primera vez no tanto como para tener la tentación de correr y esconderme de él. Es como si me estuviera acostumbrando por fin a su vuelta, como si de una vez por todas hubiera asumido que es real, que está a mi lado y que vuelve a tener la capacidad de hacerme sentir cuando yo ya estaba un poco vacía.

—¿Si te pregunto por qué ahora, volveré a estar en tu lista negra?

—Sigues en mi lista negra, Alex, no te confundas —juraría que sonríe—, pero me he dado cuenta de algo. El otro día tenías razón. No somos enemigos, no consiste en eso. Es algo peor.

—Peor, ¿en qué sentido? —pregunta, preocupado.

—En que somos amigos que ya no pueden serlo, y eso es mucho más doloroso.

—Podríamos intentarlo.

Niego con la cabeza y él frunce los labios, regalándome una sonrisa apagada y triste, porque sabe lo que voy a decir.

—¿Qué sentido tiene? Tú te irás y yo me quedaré. ¿Qué puede aportarme revivir aquello para nada?

—Sara, no...

—No lo estropeemos. Come y mira al lago. Hoy está precioso.

A.

La obedezco, aunque de vez en cuando mis ojos giran solos para observarla a ella. Parece tranquila, más a gusto consigo misma después de haber dado un paso que la acerca a mí.

Come con lentitud, como siempre, y recuerdo cuánto se enfadaba porque Vera y yo terminábamos enseguida y volvíamos sin ella a lo que estuviéramos haciendo. Coge un trozo de pan, se lo lleva a la boca y me siento un imbécil por fascinarme ante un gesto tan nimio.

De pronto, un matiz azulado me sorprende brillando entre los mechones de su pelo.

—Tienes el pelo azul.

Se echa a reír y sacude la cabeza. El nudo de su cabello se deshace y le cae suelto por los hombros.

Quiero tocarla, pero no me atrevo.

—Suele pasar cuando lo sujetas con un pincel sin darte cuenta de lo que estás haciendo.

—Te evades en el trabajo. Me he fijado.

Me encantaría confesarle que no puedo dejar de mirarla, pero creo que ella ya lo sabe.

—En realidad, escapo. No es lo mismo. Descubrí hace tiempo que me ayuda.

—Yo bebía.

—¿En serio?

Me mira sorprendida por mi confesión y trago saliva con fuerza.

—Sí. No fue por mucho tiempo, pero... digamos que el *bourbon* y yo nos hicimos amigos durante una época. Después lo sustituí por otro tipo de cosas.

—No sé si quiero saber qué cosas.

—No seas malpensada. —Le paso la yema de los dedos por el brazo sin poder refrenarme y su piel se eriza—. Trabajar, boxear, estudiar, escuchar música a un volumen tan alto que era como si me sangraran los oídos... ese tipo de cosas que me hacían estar tan ocupado y acabar el día tan exhausto que no me quedaban fuerzas para pensar.

—¿Alexander Mauer boxeando? —pregunta asombrada—. ¡Si eras incapaz de matar a una mosca!

—No consiste en eso. Me ayudaba a canalizar lo malo y a expulsarlo de una manera que no dañaba a nadie. En realidad, es muy relajante.

Su rostro se ensombrece, pero enseguida descubro un brillo de diversión en sus ojos.

—Bien pensado...

—¿Te estás imaginando dándome una paliza?

—Algo así. Y sí, funciona.

Nos reímos; creo que es la primera risa que compartimos y hacerlo es alucinantemente bueno.

—Si te consuela, yo también me he imaginado muchas veces que me la dabas.

Me clava la mirada y me analiza ladeando la cabeza, de ese modo intimidante que me pone tan nervioso, pero que a la vez me excita, lo cual no comprendo muy bien del todo. Ese es el efecto que tiene Sara en mí.

—No lo hace. —La miro confundido y frunce el ceño—. No me consuela saber que tú también lo pasaste mal, Alex. Ojalá pudiera decir que sí, que deseé que fueses infeliz, pero nunca fui capaz.

Joder, mi Sara...

—¿Ves? Eres demasiado buena para odiarme.

—Quizá sea la madurez la que está haciendo que piense así, pero comienzo a asumir que las cosas son como son, lo que pasa es que las sufrimos más de la cuenta porque siempre imaginamos que serían diferentes.

—Explícate, por favor.

Se lo piensa un poco, pero asiente, y de repente descubro a otra Sara, una madura, dolida, pero que ha sido capaz de levantarse, de recuperarse de los golpes de la vida; una Sara que ha perdido un poco ese color que irradiaba y que se ha convertido en algo mucho más duro, aunque también más fuerte.

—Tú te marchaste y no regresaste, Alex, y me hizo daño, pero lo hizo de esa manera porque nunca pensé que no volver fuese una opción posible. Me imaginé que, de un modo u otro, estaríamos siempre juntos, ¿sabes? Suena ridículo, pero era una niña y estaba enamorada; no me avergüenza decirlo. Supongo que es bastante fácil confundir tu primer amor, o un amor de verano, con el amor de tu vida.

Digiero sus palabras y poso la mano encima de la suya, que se encuentra sobre su muslo. Observa ambas y tarda unos segundos en reaccionar e intentar desprenderse de mi agarre, pero la aprieto y ella deja de luchar. Necesito decirle esto tocándola, sintiéndola cerca y no una estatua fría y lejana.

—Yo también te quería. Aquello no fue mentira, Sara.

Relaja la mano y la deja bajo la mía un tiempo indefinido que ambos saboreamos con la nostalgia que siempre regala el recordar lo que no puede volver.

—¿Sabes una cosa? Que digas eso sí que me consuela.

S.

Y un día, sin más, todo cambia.

Comer con él frente al lago hace una semana hizo que dejara de luchar contra mí misma y que me dejase llevar un poco por la situación provisional que hacía que lo tuviera a mi lado.

He llegado a la conclusión de que es más sencillo desprendernos de las cargas de alguna forma y sentirnos a gusto, sin la necesidad de pensar continuamente en lo que fuimos, y centrándonos en los que somos ahora. Aceptar mantener un equilibrio sano y sereno durante este paréntesis de la realidad que la vuelta de Alex supone para ambos.

Me seco la frente de sudor y sigo colocando nuevas fotos en unos marcos de plata que he encontrado a precio de chatarra en el mercado. Ya limpios, han quedado preciosos.

Estoy en la habitación de su madre sentada en el suelo y rodeada de viejas imágenes, algunas decoloradas por el tiempo, pero que no puedo evitar analizar una por una como si de pequeños tesoros se tratase.

Alex en la playa haciendo un castillo de arena. Alex disfrazado de inventor loco. Alex llorando abrazado a su madre. Alex haciendo la silueta de un ángel tumbado sobre la nieve. Alex en su vigésimo cumpleaños rodeado de personas que no conozco.

Oigo un ruido a mi espalda, como si algo se deslizara sobre la tarima de madera, y me doy la vuelta asustada. Me encuentro con una bandeja con comida entrando ella solita por la puerta. Su mano la empuja hasta donde es capaz de llegar sin mostrarme nada más que el comienzo de su brazo y después se marcha. Siento sus pies desnudos bajando las escaleras.

Mis tripas responden enseguida ante el olor del plato. No me he dado cuenta de qué hora es, pero, conociéndome, tendría que haber comido ya hace rato y me he distraído con las fotos.

La cojo y sonrío. Me ha hecho una ensalada con frutos secos y piña; hay dos nueces colocadas como si fueran los ojos y una rodaja de fruta simulando una sonrisa. También hay un pedazo de chocolate sobre un trozo de pan. Es un guiño a nuestra merienda favorita.

Me apoyo en el borde de la ventana y como mirando al lago. Inexplicablemente, en este preciso instante, me siento bien, calmada, contenta incluso. Quizá feliz, por muy efímero que sea ese sentimiento.

Trabajamos toda la tarde, hasta que el sol comienza a meterse y me despido de Alex con una media sonrisa.

Vuelvo a casa, me doy una ducha y me pongo el pijama.

Ceno con la abuela y después le doy las buenas noches, deseando encerrarme en mi cuarto y fingir que leo, mientras medito sobre por qué de repente me siento tan bien, teniendo en cuenta los últimos acontecimientos. Como si me hubiera desprendido de una carga inmensa que antes no me dejaba respirar al aceptar que Alex me afecta de igual modo que lo hacía cuando era una cría, o quizá incluso más, porque ahora los sentimientos son más maduros, más profundos. Como si admitir que aún me importa, pese a todo, me hubiera hecho estar más en armonía conmigo misma.

Me asomo a la ventana y entonces lo veo. Camina despacio hacia el lado derecho del lago y enseguida sé adónde se dirige. Es una zona que conoce bien, porque era el sitio favorito de Vera para torturarme, haciéndomelo pasar mal al obligarme a tirarme al agua desde una cuerda que Alex había atado a un árbol partido.

Me daba un miedo atroz.

Me pongo el primer vestido que pillo en el armario y bajo las escaleras con las chanclas en la mano, intentando no hacer ruido.

La noche es más cálida que las anteriores. Apenas corre el aire y la humedad del lago hace que la piel brille en el acto. Camino unos minutos y, cuando llego, compruebo que no me he equivocado.

Alex está sentado sobre la rama con las piernas colgando.

Verlo allí me trae demasiados recuerdos que me oprimen el pecho.

Pienso en Vera y me la imagino a su lado, con la cabeza sobre su hombro, un gesto que hacía constantemente, compartiendo con él alguno de esos sueños que ansiaba vivir.

Sus ojos me ven enseguida y da una palmada en el tronco, invitándome a acompañarlo, mientras me regala una sonrisa preciosa, hoyuelos incluidos.

Subo hasta allí, ayudándome de su mano, y me parece estar viajando en el tiempo; al instante me doy cuenta de que esto es mejor, porque ya no soy la Sara que tenía miedo a tirarse desde esa rama, sino que soy otra, otra más rota y menos inocente, pero también más valiente.

—¿Te acuerdas de la primera vez que nos bañamos de noche? —le pregunto, rompiendo el hielo.

Alex se echa a reír y yo le sonrío con ganas.

Estar allí de nuevo con él me hace bien.

—Vera te pellizcaba las piernas para que creyeras que había culebras.

—Y tú siempre la reñías y me dejabas subirme a tu espalda para no tocar nada.

—Me agarrabas tan fuerte que a veces me hacías daño, pero me daba vergüenza decírtelo.

Me giro asombrada por su confesión y me imagino al Alex de quince años ruborizándose al decirme algo como aquello. Ahora ya no lo hace; ahora sonríe como si quisiera enseñarme con actos y no con palabras el motivo oculto de aquel pudor adolescente.

—¿En serio?

—Te lo juro, pero no quería que te soltaras.

Nos miramos una eternidad, porque en ese momento no somos los que somos ahora, sino que el Alex y la Sara de hace tantos años se han reencontrado y se han dicho todo aquello que no se atrevieron a compartir con el otro hasta la última noche que pasaron juntos.

¿Es posible que tu pasado te diga que te quiso más que a nadie desde tu presente? Sí, es posible; el mío acaba de hacerlo con sus ojos.

—Tampoco creo que lo hubiera hecho.

—¿Cómo está Vera?

El cambio de tema me estremece. Pensar en mi hermana ahora mismo me da frío. No quiero hacerlo; no, en este instante. No quiero compartir esto con ella, porque no se lo merece. Quiero que este reencuentro sea solo nuestro, por muy egoísta que suene.

—No... no me apetece hablar de Vera.

—Perdona.

—En otro momento, quizá.

Alex asiente, aunque percibe que estoy más tensa que antes y vuelve a dar un giro a la conversación que le agradezco.

—Dejó de darte miedo enseguida —dice, señalando la cuerda que aún cuelga un metro a su izquierda.

—Porque tú estabas ahí —respondo sincera.

Me pierdo en el azul de sus ojos. Me observa agradecido, como si llevara tiempo necesitando oír de mis labios algún detalle que le confirmase que hubo algo bueno entre nosotros; que, en algún punto del camino, él lo hizo bien.

Su expresión se relaja y se transforma en una ilusionada y un poco infantil que me encoge las tripas.

—Bañémonos.

—¡¿Qué?! —exclamo sorprendida.

—Que deberíamos hacerlo. Bañarnos. —Se quita la camiseta y la lanza al suelo que queda unos metros bajo nuestros pies.

—¿Qué estás haciendo, Alex?

—¿Tú qué crees? No voy a bañarme con los vaqueros.

Se desabrocha el pantalón y lo desliza por sus piernas, quedándose solamente con la ropa interior. Observo maravillada su cuerpo embutido en un bóxer negro; es perfecto.

—Pero... —Soy incapaz de articular palabra.

Entonces se levanta divertido y se acerca al borde.

Comprueba antes si la cuerda es segura, como nos obligaba a hacer cada vez que nos tirábamos desde allí, y asiente satisfecho.

Se gira y clava en mí su mirada esperanzada, como si con mi respuesta a este reto le estuviera diciendo muchas más cosas. Supongo que aceptar bañarme con él significaría que yo también aún siento que ese lazo indestructible que un día formamos los tres me tira hacia él sin remedio.

Alza las cejas y mira al lago; sé que está recordando algo importante y que, por la expresión desafiante que me dedica después, sabe que es mi talón de Aquiles.

—Vamos, enana. ¿De qué tienes miedo?

Y entonces deja caer su cuerpo agarrado a la cuerda, haciendo fuerza con los brazos para aguantar en el aire y balancearse antes de lanzarse. Su cuerpo desaparece en el agua y suelto una carcajada, recordando a Vera diciendo eso cada vez que algo me daba miedo. Siempre me cabreaba tanto que acababa sucumbiendo a todo.

Me quito el vestido y lo dejo caer al lado de la ropa de Alex. Él observa complacido cómo me acerco a la cuerda a gatas en braga y sujetador, agarrada al borde como si me fuera la vida en ello.

Siempre he odiado las alturas, pero hace ya tiempo que me enseñaron que, cuando algo te paraliza, hay que acercarse a ello una y otra vez, hasta que el miedo sea el que te tenga miedo a ti.

Sin embargo, aún no estoy segura de haber llegado a aprenderlo.

Me dejo caer con la cuerda entre las manos y suelto un gritito, mientras la risa de Alex me anima a agarrarme fuerte. Me balanceo tres veces, con su voz contando en alto, como hicimos tantas ocasiones en el pasado.

—¡Venga, Sara! Tres, dos... ¡uno!

—¡Salta, valiente!

Gritando las palabras de Vera que siempre funcionaban como empuje, me suelto y el agua me rodea. Me siento libre, tranquila, a salvo.

Feliz.

Cuando saco la cabeza, él me espera y su mirada de orgullo me cohíbe ligeramente.

—Joder, no recordaba lo fría que estaba a estas horas —dice, dando saltitos sobre sus pies.

—Eres un quejica. Esto no es nada, tendrías que probar a meterte en enero.

—Estás de broma, ¿no?

—No. A veces viene bien sentir que se te congela el cerebro. —De repente, algo me roza el pie y doy un brinco—. ¡Aggg!

—¿Qué pasa?

Lo siento otra vez deslizarse entre mis piernas y empiezo a nadar presa del pánico, diciéndome a mí misma que a veces las teorías sobre el miedo son una auténtica chorrada y que huir no es de cobardes.

Llego a su encuentro y no pienso; hice esto tantas veces siendo unos críos que me sale solo, y a él también, que abre sus brazos y me coge por la cintura colocándome como un monito a su alrededor.

—¡He sentido algo! ¡¡Mierda!! ¡Joder, Alex!

—Esa boca —me reprende, y yo tengo que contenerme para no soltar todas las palabras malsonantes que conozco solo por molestarlo—. Ven aquí.

—¡Aggg!

Lo abrazo con fuerza, con las piernas enredadas en su cintura; paso los brazos por encima de sus hombros y escondo la cara en su cuello. No puedo evitar acariciar su piel con la nariz, aspirando su aroma y sintiéndome plena de un modo que desde hace mucho tiempo nada ni nadie ha conseguido provocar del todo.

—¿Mejor? —pregunta en un susurro, y noto que traga saliva con fuerza.

—Sí.

—Mejor así —afirma esta vez.

—Sí.

—Sara.

—¿Sí?

Hablo contra su piel y se le eriza.

Me gusta estar así. Me gusta saber que mi contacto le afecta lo mismo que a mí, que estoy a punto de derretirme y fusionarme con el agua. Me gusta sentir el latido de su corazón acompasándose con el mío, ambos igual de frenéticos, pero a la vez más serenos que nunca. Me gusta su olor mezclado con el del lago, con el olor de mi casa.

—Sabes que conmigo no tienes que sentir miedo, ¿verdad? Siempre me vi capaz de protegerte de cualquier cosa, excepto de mí mismo. Contra eso no pude hacer nada.

—No necesito que nadie me proteja. Aprendí hace tiempo que soy la única que puede hacerlo.

—Solo dime que a mí no me tienes miedo.

Alzo la cabeza y lo miro a los ojos.

—No te tengo miedo, Alex. Me asusta lo que siento cuando estoy contigo. Y sentir... eso sí que da miedo, tú me lo enseñaste una vez, aunque no lo entendí hasta un poco después.

Sus manos presionan la carne de mis muslos y mi cuerpo se expande, como si hubiera sido hasta ahora algo desconectado del resto de mí misma, un simple recipiente vacío.

—¿Y hay algo bueno en eso que sientes o solo son cosas malas las que te despierto?

—Hay mucho malo, pero también mucho bueno. —Uno de sus dedos se aventura por la cara interna de mis piernas y me tiembla la voz—. Muy bueno. Y la mezcla es acojonante. Por eso no sé cómo gestionarla sin volverme loca.

—¿Desde cuándo dices tacos?

—Desde que tú no estás aquí para regañarme diciendo: «esa boca...».

Lo imito y Alex clava sus ojos en mis labios con lascivia. Saco la lengua y la paso por encima, percibiendo el sabor del lago y las ganas de que se mezcle con el suyo.

—Esa boca me pierde, Sara...

—Yo ya estoy lo bastante perdida en esto, así que...

—Voy a besarte.

—Ya lo sé.

—Y no vas a apartarte ni a salir corriendo.

—El especialista en huidas eres tú, no yo.

Se ríe por el reproche y yo lo acompaño, sonriéndole con todas mis ganas como si nunca hubiera llorado por él.

A.

La beso y no entiendo cómo he podido resistirme tanto a volver a hacerlo. Y no comprendo cómo hemos podido estar ocho años sin esto. Y soy incapaz de entender por qué nunca regresé.

Su boca se abre y me busca hambrienta, sin pudor, sin miedo; se deja llevar como siempre hace Sara cuando consigue ganar a ese autocontrol que la mantiene emocionalmente contenida la mayor parte del tiempo. Mi lengua sale al encuentro de la suya y ambos gemimos a la vez, mezclando nuestros alientos, nuestras ganas, nuestro deseo, ese que siempre estuvo ahí, pero que ahora parece multiplicado por mil. La sostengo por los muslos y ella se abraza a mí, apretando sus piernas con firmeza alrededor de mi torso; no tardo ni medio segundo en subir las manos y agarrarle el culo, internando las manos por el borde de sus bragas.

Dios... es demasiado bueno para no seguir haciendo esto el resto de mi vida...

La sensación de su piel resbaladiza bajo el agua, de sus pezones duros contra mi pecho a través de la tela ahora transparente de su sujetador, sus mechones de pelo empapados haciéndome cosquillas en el cuello, mi sexo apretado contra el vértice de sus piernas pidiéndole permiso y, si me apuras, hasta perdón por haber tardado tanto en volver a buscarla.

Separa nuestras bocas y se mece, haciendo que ese roce íntimo sea más intenso y que ella eche la cabeza hacia atrás antes de dejarme dulces besos en la mandíbula, en el cuello y en el pecho.

—Sara...

Aprieta las piernas y suelto un gruñido. Me está matando.

Le sujeto el rostro por el mentón para mirarla a los ojos y me lanzo a su boca como un loco, intentando saciarme de esto que me está regalando y que no sé si volverá a repetirse algún día, porque con ella todo me sabe a última vez.

Sus pequeños pies se mueven con habilidad, internándose por la parte trasera de mis calzoncillos, bajándolos levemente, mientras desliza una de sus manos hasta toparse con mi miembro y rodearlo con sus dedos.

—Joder... —exclama entre dientes, mientras me aprieta y yo acompaño sus movimientos alzando las caderas.

—Esa boca...

No puede reprimir una sonrisa pícara, y verla así, sonriéndome como si fuéramos Alex y Sara, los de siempre, pero en una versión más adulta que sabe lo que se hace, me pierde del todo.

Desabrocho su sujetador y hundo la cabeza entre sus pechos. Ella gime y se retuerce, pero no me aparta, sino que me guía con su otra mano en mi nuca, incitándome a probarla. Lamo sus pezones, juego con ellos, los muerdo y dejo de pensar. Aparto la tela de sus braguitas a un lado y la miro, suplicándole que, por favor, me deje hacerlo, que nos lo permita a ambos, porque hasta ahora nada tenía sentido y parece que así sí que nos entendemos.

Que la necesito.

Sus ojos brillan, cálidos y muy abiertos, y vuelve a presionar mi nuca, hasta que me acerca lo suficiente para que nuestras narices se rocen y su frente quede pegada a la mía.

—Sara...

—Alex...

Sus piernas me abrazan con más fuerza y es ella misma la que, con mi erección en su otra mano, la acerca a su cuerpo y la introduce en un movimiento lento, angustioso y lo más jodidamente erótico que he vivido en toda mi vida.

Entro en ella despacio, tan despacio que es una tortura y a la vez de lo más placentero, mientras hablamos con los ojos, diciéndonos que esto es tan bueno que no puede ser algo malo, aunque Sara aún me odie y yo vuelva a marcharme sin ella.

Cuando estoy completamente en su interior, suspiramos con alivio.

Así es como debería ser, Sara.

Así el mundo gira de nuevo.

Mueve las caderas, al principio muy lento y va cogiendo ritmo, y yo la ayudo con las manos en sus muslos.

Llegados a un momento, perdemos el control y nos dejamos llevar por esa espiral de sentimientos y placer en la que hemos caído desde que nuestros labios se han tocado, y lo volvemos a hacer, nos besamos desesperados, mientras Sara se mece contra mí, haciéndome salir y entrar en ella de un modo demencial, hasta que noto cómo se contrae y comienza a deshacerse entre mis brazos. Yo aumento un poco el ritmo y la beso con todo lo que soy, sintiendo que el orgasmo la arrastra y a mí con ella.

S.

Suspiro contra el arco de su cuello.

Aún percibo sus espasmos en mi interior y cierro los ojos para guardarme lo que estoy sintiendo muy dentro y no perderlo jamás.

El agua del lago baila a nuestro alrededor al compás de lo que han sido nuestros movimientos, hasta que, ya quietos uno enredado en brazos del otro, vuelve a su calma habitual y se mece sereno y pausado.

Sin más luz que la de la luna y solos en este rincón de paz que es mi hogar y un poco el suyo.

El que un día fue el nuestro.

No sé si esto está bien o mal. No sé si me hará sufrir o no. De lo que sí estoy segura es de que nunca me arrepentiré de este instante; menos aún, cuando se trata de estar aquí con Alex, sintiendo su respiración en mi oído y sus labios en mi pelo. Imposible que lo haga cuando se trata de un nuevo recuerdo que almacenar; uno que sustituye el mal sabor de boca que me dejó el último.

Aun así, no puedo evitar pensar en lo que me costará levantarme de nuevo cuando se marche, por mucho que sepa que lo conseguiré; ya lo hice una vez, estoy preparada para volver a hacerlo.

Cierro los ojos y disfruto unos segundos más de tenerlo tan cerca, de sentirlo, de volver a ser el Alex y la Sara que fuimos, y después los abro y me separo de su cuerpo, asimilando que, pese a lo bonito, esto no es más que un paréntesis y nosotros ya no somos aquellos niños.

—Será mejor que volvamos.

—Sara, yo... siento haberme dejado llevar.

Se refiere a la ausencia de protección, pero le tranquilizo con un gesto.

—Tomo la píldora. Y confío en ti.

Su mirada es tan dulce que aparto la vista.

—Ha sido increíble.

Intenta cogerme la mano, pero le doy la espalda y busco, sin ningún éxito, mi sujetador en el agua. Camino hacia la orilla y me pongo el vestido. Estoy tan mojada que se empapa al momento y me arrepiento de haber perdido mi ropa interior.

—Eso es muy sexi —susurra con voz ronca.

—Es indecente —le replico; ambos observamos mis pezones a través de la tela.

—A mí me gusta.

Pongo los ojos en blanco ante su mirada traviesa y la piel me arde. Debo irme si no quiero que esto continúe dando forma a algo a lo que no puedo agarrarme.

Enseguida lo noto detrás de mí. Me retira el pelo de la nuca y me deja un beso en el hombro desnudo. Tengo que morderme el labio para no gemir.

—Alex, para. Tengo que irme.

—No tienes por qué hacerlo.

—No hay nada más que hacer aquí.

Entonces suplica y algo dentro de mí se retuerce.

—Duerme conmigo. Una noche, Sara.

—No.

—Solo dormir. Te lo prometo.

Se retuerce tanto que también acaba por romperse.

—Precisamente por eso no puedo; que solo queramos dormir juntos lo cambia todo.

Echo a andar y me sigue hasta colocarse delante de mi camino. Parece decepcionado. No sé qué esperaba, pensaba que con esto ya tendría suficiente. Al fin y al cabo, es lo mismo que ocurrió la otra vez.

—Prométeme que mañana esto no hará que te alejes de nuevo. Que mantendremos la tregua que teníamos hasta ahora.

—¿Por qué iba a hacerlo? No te confundas, ha estado muy bien y lo necesitaba, pero solo ha sido sexo. Esto no cambia nada.

—Para mí no ha sido solo sexo.

Para mí tampoco, Alex, pero, aunque no te tenga miedo, debo protegerme de ti.

—Eso no es asunto mío.

—Supongo que no. ¿Se lo vas a contar a Yago?

Su pregunta me paraliza. Podría serle sincera, pero la tensión de su mandíbula y sus celos contenidos me enfurecen, así que vuelvo a colocarme a la defensiva.

—Eso no es asunto tuyo —le respondo con dureza y me despido de él sin mirar atrás, pero con la certeza de que, en realidad, no quiero irme—. Hasta mañana, Alex.

—Hasta mañana, Sara.

3

El tercer verano

El tercer verano fue extraño para todos.

Extraño y terriblemente especial.

Fue el verano en el que Vera, Sara y Alexander sintieron de nuevo que los hilos de su existencia se trenzaban y formaban nudos en apariencia irrompibles.

Alex llegó un viernes con sus padres, pero no se encontró a nadie recibiéndolo. Miró hacia la casa de al lado, confuso, y le pareció ver que había luz.

La decepción se abrió paso en su interior.

Vera estaba en el pueblo con unas amigas. Acostumbraban a ir a un bar que se había convertido en el reclamo para la juventud de la zona. No les vendían alcohol, pero sí zumos de frutas y batidos naturales que consumían encantadas, mientras observaban a los chicos jugar al fútbol cerca del lago sentadas en las terrazas.

Había crecido.

Sara pensaba que parecía otra, más mujer, más una joven y menos la niña que aún se sentía ella. Se pasaba el día hablando de chicos, de ropa y de cosas que a Sara se le antojaban ridículas. Incluso se había descuidado en sus tareas y en sus estudios de una forma que traía a su abuela por la calle de la amargura.

Ella, en cambio, estaba más centrada que nunca en sus deberes, en ayudar a la abuela y en pintar. Ni siquiera tenía más amigas que Paloma, una niña que había llegado nueva al colegio y con la que había hecho buenas migas, pero aquello no le importaba. Lo que sí lo hacía y no entendía era que Vera ya no quisiera pasar las tardes recorriendo el bosque, bañándose en la soledad del lago y dejando que el sol le calentara las mejillas sobre la hierba.

Terminó de pintar el boceto de lo que quería plasmar en una de las paredes de su dormitorio. Se quitó los auriculares y se secó el sudor de la frente; entonces lo oyó. Solamente un murmullo, el rodar de una maleta y el chirrido de una puerta, pero fue suficiente para que se asomara a la ventana con el corazón acelerado.

—¡Alex!

El chico alzó el rostro, escondido bajo una gorra negra, y la observó con la boca ligeramente abierta. Después sonrió, porque solo había una persona en el mundo que lo llamase así. Sin embargo, aquella vez él lo hizo sin el pudor que siempre lo acompañaba cuando se reencontraban.

Sara, al verlo, sintió que le faltaba el aire.

—¡Sara! ¿Este año no bajas a recibirme?

La chica no se movió. Sus piernas no le respondieron, porque ¿dónde estaba Alex, ese chico flaco, desgarbado, de piel pálida y pecas en la nariz? ¿Quién era ese joven de mandíbula cuadrada, mirada vivaz y hombros anchos? ¿En qué momento su habitual sonrojo había dado paso a esa expresión segura y pícara? ¿Dónde estaba su Alex y quién era el joven guapo y risueño que estaba dispuesto a compartir ese verano con ellas?

—¡Sara, no seas muermo!

—No quiero ir.

Se cruzó de brazos y su hermana le hizo burla a sus espaldas.

—Venga, por favor... Alexander se merece algo más que un verano jugando a las muñecas —dijo con sarcasmo—. Te compraremos un batido. Y puedes poner música en la gramola destartalada de Joe.

No quería. No entendía por qué preferían pasarse las horas muertas encerrados en un bar con el buen día que hacía. No comprendía qué tenía de apetecible coquetear todos con todos, reírles las bromas a los graciosos de turno cuando nunca tenían gracia y volver apiñados en la parte de atrás de una vieja ranchera.

—Vamos, Sara. Será divertido —la animó Alex bajando la voz y chocando el hombro con el suyo.

Ella sintió cosquillas en el vientre. Y Sara adoraba las cosquillas.

—No me caen bien las amigas de Vera.

—Sabes que te adoran, solo que les gusta picarte y tú entras al trapo enseguida. ¡Admítelo! —contestó Vera antes de entrar en casa con la intención de arreglarse para bajar al pueblo, quisiera su hermana o no.

Pese a que fuera verdad, para Sara eran una panda de superficiales y egoístas que solo querían llamar la atención y pisarse unas a otras. La abuela le decía que en eso consistía la adolescencia y Sara le hacía prometer que, si algún día se llegaba a comportar de esa manera, tenía su permiso para recibir una somanta de palos. La abuela se reía y siempre le decía que no se preocupara, porque ella era diferente. Y así se sentía todo el tiempo, distinta a sus compañeras de clase que la tachaban de rara, pero ¿acaso eso era algo bueno?

No obstante, que Alex quisiera ir lo cambiaba todo.

—¿Por qué quieres quedarte?

—Alex, no entiendo qué hay de malo en seguir pasando los viernes aquí, tumbándonos en el césped y comiendo helado. ¿Tú quieres ir?

—Sí. —Él le acarició el brazo con delicadeza y las cosquillas volvieron—. Vamos, por favor, Sara. Ya no somos críos para estar todo el día correteando por aquí.

—A mí me gusta corretear por aquí, siento no ser tan madura como vosotros.

—Perdona, no quería decir eso. Solo que... quiero que vengas. Sin ti no es lo mismo.

Sara se giró para mirarlo y se quedó sin voz.

Alex había cambiado. O quizá no, tal vez fuera ella la que lo veía de un modo distinto. Siempre le habían gustado sus ojos, pero ahora se le antojaban hipnotizantes. Su sonrisa era preciosa, ladeada, y le salían dos hoyuelos a los lados que le hubiera encantado poder recorrer con total libertad con los dedos.

¿Qué le ocurría? ¿Por qué sentía que la atravesaba con la mirada cuando sus ojos la interrogaban? ¿Por qué sentía por dentro como si la acariciara? ¿Por qué no dejaba de sentir cosquillas cada vez que él estaba cerca?

—Vale. Iré.

La cafetería de Joe estaba ambientada en los antiguos bares de los años cincuenta. Nadie recordaba cómo se llamaba su dueño, pero respondía a ese apodo como asociación por el nombre del local: Joe's Cafe. Con mesas lacadas en rojo y bancos acolchados, y el suelo azulejado en cuadros blancos y negros.

En realidad, a Sara le gustaba el sitio; hacían los mejores batidos de fresa que había probado jamás.

—Cuando un chico te besa así sabes que...

Una de las amigas de Vera intentaba explicarle a Sara la profunda conexión que había sentido al besarse con uno de los extranjeros que llenaban el pueblo en verano, haciendo que la población se triplicara durante esos meses. Sara le había replicado que cómo podía sentirse unida a él de ese modo si lo acababa de conocer y ni siquiera se acordaba de su cara, porque se habían conocido en uno de los botellones que solían organizar los jóvenes en las inmediaciones del lago.

Era ridículo.

Alex se reía por lo bajo cada vez que Sara cortaba a las chicas con una inteligencia que sorprendía en alguien de quince años; él también pensaba que llevaba razón, aquellas chicas tenían como único objetivo gustar y, aunque algunas fueran atractivas, no le aportaban mucho más. Y ahí estaba Sara, con su pelo rubio suelto en ondas despeinadas, su cara lavada, su apariencia angelical y su peto vaquero, poniéndolas a todas en su sitio con un desparpajo natural que lo cautivaba.

—¿Cómo lo va a saber ella? —soltó Vera con cierta altivez, insinuando que nunca nadie la había besado.

—Oye, quizá le hayan dado ya un beso en condiciones, las modositas son las peores. Qué dices, Sara, ¿algún chaval te ha dado tu primer beso? Y no hablamos de picos, ya sabes a qué me refiero.

Se revolvió nerviosa en su asiento, porque aquello era realmente incómodo. No le importaba lo que pensaran, pero la presencia de Alex hacía que todo fuera diferente.

—No es asunto vuestro.

—¿Veis? Yo lo sabría, pero no pasa nada, enana. Ya llegará. —Sara se clavó las uñas en la palma de la mano, a pesar de que sabía que su hermana no tenía ninguna intención de dejarla en ridículo ni de reírse a su costa—. Es importante que sea con alguien que merezca la pena, porque el primer beso nunca se olvida.

Recordó el suyo con Alex, aquel primer beso que Vera había calificado como «de verdad», y ese enfado que creyó estar olvidado se irguió en su interior con fuerza. Entonces habló sin pensar, mucho más a la defensiva de lo que Vera merecía.

—¿Por qué estás tan segura de que aún no ha ocurrido?

—Venga, Sara, no me hagas decirlo. —La miró con el ceño fruncido, sorprendida por el rencor que desprendía su hermana pequeña—. Es evidente. Además, mejor así. Yo tuve opciones, pero esperé a estar segura. Es algo que recuerdas toda la vida, como la otra primera vez.

—¿Lo dices por experiencia propia? —preguntó una de sus amigas cambiando de tema.

—¿Por qué voy a decirlo, si no?

Se echaron a reír a carcajadas y Sara se mordió el labio para evitar soltar algo más que no venía a cuento y que haría daño a su hermana.

Vera la había encerrado en su habitación una tarde para contarle, con más detalles de los que le hubieran gustado, su primera experiencia sexual. Había sido solo unos meses antes y al parecer perfecta, pese a que fuese con un chico al que no había vuelto a ver.

Comenzaron a hablar de sexo y Sara no pudo refrenar las ganas de largarse de allí. Se sentía continuamente fuera de lugar, fuera de todo.

—Voy a tomar el aire.

La noche era cálida.

Anduvo unos metros y se sentó en un saliente de piedra desde el que podía observar el lago. Le encantaba hacerlo; la relajaba la calma que transmitía, el movimiento pausado del agua y el brillo de la luna en ella.

—Eh, ¿huyendo de esas locas?

—Algo así.

Alex se sentó a su lado y le retiró un mechón de pelo de la cara.

Siempre había tenido gestos como ese sin que tuvieran la menor importancia, pero ahora le resultaba extraño que la tocara.

—Vera no lo hace a mal, lo sabes.

—Eso es lo peor de todo. Me gustaría haberle dicho que me han besado, que sé de lo que están hablando, pero... ¿y darles información para reírse de mí o tomarme el pelo más adelante? No, gracias.

Se quedaron en silencio, ambos observando el lago, y Sara sintió que él dudaba. De nuevo parecía estar presente el Alex tímido, el nervioso, y se pasó la mano por los labios en un gesto que a ella se lo confirmó.

—¿Y es verdad?

—¿El qué?

—¿Te han besado, Sara?

—Eso no importa.

—A mí me importa.

¿Le importaba? Se sentía ridícula.

Sara solo recordaba dos besos inocentes en el recreo, que habían formado parte de un juego, cuando aún desconocía el valor que estos de verdad tenían. Y no mentía, hasta el momento era verdad que nunca le había importado, pero con él delante se dio cuenta de que su presencia había despertado en ella deseos que estaban escondidos, porque... ¿cómo sería besarlo a él?

—¿Cómo me van a besar, Alex, si me paso el día sola? ¿Si apenas vengo al pueblo? ¿Si se refieren a mí como «la hermana rara de Vera»? Que no quiera ser como ellas no significa que no desee... cosas.

—¿Y qué deseas, Sara? —preguntó él con voz ronca.

Sara deseaba averiguar cómo sería que Alex la agarrara por las mejillas con delicadeza y la besara, sentir sus labios sobre los suyos, sus manos en su piel y descubrir si su sabor era tan perfecto como todo lo demás. Sara se confesó que deseaba por encima de todas las cosas poder abrazarlo sin sentirse tonta y que la apretara contra su cuerpo. Sara quiso ser Vera el verano anterior y odió a su hermana antes de sentirse fatal por hacerlo.

—No...

Negó con la cabeza efusivamente, porque no se veía capaz de decirle aquello.

—Sabes que puedes contármelo.

—No puedo.

—¿Dónde está la Sara valiente?

—Yo nunca he sido la valiente, esa es Vera.

—Estás equivocada. No es valiente el que no tiene miedo, eso no tiene ningún mérito, sino el que lo tiene e intenta enfrentarse a él.

Entonces recordó una conversación con su hermana hacía unos años frente a una tabla de güija y pensó que Alex llevaba razón. Se vio a sí misma limpiando el desván de polvo y arañas hacía poco, y sonrió satisfecha.

—Limpié la buhardilla el mes pasado. Casi me muero.

—¿Lo ves?

—Quiero que me besen —le confesó de sopetón.

Él la observó con una expresión rara que Sara no comprendió. Después pasó la mano por su mejilla y ambos sonrieron.

Ahí estaba Alex, su amigo, su persona favorita junto a Vera del mundo entero. Lo había echado tanto de menos...

Habían mantenido la tradición de enviarse cartas. Vera y Sara encontraban algo de lo más emocionante en ese intercambio de postales, pero no era suficiente, porque Alex odiaba escribir y por ello sus respuestas solían ser escuetas y poco expresivas. Así que en ese momento Sara se dio cuenta de que, en esencia, no había cambiado más que físicamente, que solo se estaba transformando en algo que era incluso mejor que lo que ya conocía de él.

—Eres preciosa. El chico que elijas estará encantado de hacerlo.

—No lo entiendes. Me dan igual todos los chicos.

—¿Una chica? —preguntó estupefacto.

—Déjalo, Alex. No importa.

Se levantó y volvió al interior del local con unas palabras en la punta de la lengua que susurró antes de sentarse al lado de su hermana y abrazarla como si nada hubiera ocurrido entre ellas.

—Te elijo a ti, Alex. Te elijo a ti.

—¿Dónde está Sara?

—Está pintando piedras en la orilla.

Alexander la observó desde lejos con las manos de color verde y sonrió. Llevaba un bañador amarillo y su abuela la había obligado a ponerse un sombrero de paja para protegerse del sol. Vera se hubiera negado en redondo a plantarse un sombrero roído y viejo, pero Sara era diferente. Le daban igual esas tonterías que resultaban de vital trascendencia para las otras chicas de su edad, como ir siempre a la moda y perfectamente peinadas. Sara creaba un mundo propio a su alrededor, en el que peinarse y ponerse los zapatos carecían de importancia.

—Vamos, ya escucho el coche. Avísala.

—No creo que deba venir esta vez —dijo Alex sintiéndose culpable al instante—. Es demasiado pequeña.

—Tienes razón. No quiero que pruebe la cerveza.

Vera y él subieron al coche de uno de sus amigos y desaparecieron por el camino que los llevaba al pueblo. Era sábado, habían quedado en la playa del lago y también comprado sándwiches y cerveza como para aprovisionar al pueblo entero.

Alex pensaba de verdad que Sara era aún muy joven como para pasarse parte de la noche rodeada de chicos borrachos que buscaban atención femenina, muchos de ellos mayores de edad. Le daba pavor que alguno pudiera aprovecharse de ella o hacerle daño, aunque ya estaba él allí para que eso no ocurriese.

Sin embargo, había otra razón de peso que le había llevado a decirle a Vera aquello, y era que necesitaba estar lejos de Sara para pensar. O más bien para dejar de hacerlo.

No podía quitarse de la cabeza lo que había sentido al escucharle decir que quería que la besaran. Había tenido que contenerse para no agarrarla por las mejillas y hacerlo allí mismo. No entendía qué le pasaba, pero no podía dejar de imaginarse su rostro acercándose y su lengua saliendo para acariciar la suya.

Lo excitaba y se odiaba por hacerlo.

Era Sara, por el amor de Dios..., solo tenía quince años. Y él ya había experimentado con unas cuantas chicas; incluso había besado a Vera, que iba canturreando a su lado y de vez en cuando apoyaba la cabeza en su hombro con esa confianza que solo dan los años y el verdadero cariño.

Así que fue a la playa e intentó quitársela de la cabeza.

Bebió demasiada cerveza y dejó que una de las amigas de Vera se le sentase en las rodillas. Era divertido. O eso se dijo, a pesar de que no se lo estaba pasando todo lo bien que lo hubiese hecho en otras circunstancias.

Pensó que con Sara siempre disfrutaba, aunque no hicieran nada más que observar el lago en silencio.

Vio a Vera reírse a carcajadas y bailar frente a la hoguera que habían encendido. Los chicos la miraban embobados. Era preciosa, con esa mirada segura y la valentía y fuerza que irradiaba; esa actitud un poco salvaje. Recordó de nuevo aquel beso que se habían dado y automáticamente el rostro de Sara apareció en su mente.

Se lavó las manos hasta que desapareció la pintura, aunque nunca lo hacía del todo. Después se puso un vestido, las chanclas y salió a pasear.

Le gustaba sentarse en el embarcadero de madera y pensar, como si allí, con el sonido del agua, las cosas se vieran con más perspectiva.

Enseguida Alex lo ocupó todo y el cosquilleo regresó.

Le ocurría siempre desde que se habían reencontrado ese verano. Era una sensación bonita, aunque a veces tan intensa que le desagradaba. Se lo imaginó con Vera y con sus amigas, riéndose, bailando, quizá besando a alguna, y se estremeció.

—Sara.

Ahogó un grito y se giró bruscamente. Y allí estaba él, levantando las manos en señal de perdón. Ella se llevó una de las suyas al pecho y suspiró intentando recuperar el ritmo normal de su respiración.

—¿Qué estás haciendo aquí?

—Buscarte.

—¿Cómo has regresado?

—Llamé a mi madre y bajó al pueblo. A Vera después la acerca alguien, no te preocupes por ella.

Se levantó y recorrieron juntos el embarcadero. Echaron a andar a la vez, como si ya hubieran planeado pasear un rato en vez de dirigirse cada uno a su casa.

—¿No deberías estar emborrachándote y riéndoles las gracias a Vera y sus amigas?

—Es posible, pero no dejaba de pensar en qué estarías haciendo tú —respondió sincero, animado por el alcohol que había bebido y por una valentía a la que no quiso poner freno.

—Pues ya ves, no es muy interesante.

—Cualquier cosa que hagas tú ya lo es, Sara.

La agarró de la mano y la acercó a su cuerpo. Olía a flores y a pintura, y eso a Alex le gustó.

—¿Qué estás haciendo?

—¿Te referías a mí?

—¿De qué hablas? ¿Has bebido? Creo que debería volver a casa.

Se zafó de su contacto. No entendía qué estaba sucediendo, pero, de pronto, le asustaba averiguarlo.

—¿Quieres besarme, Sara?

—¡No! ¿A qué viene esto?

Escondió su mirada entre los mechones de pelo para evitar que él leyese la mentira en sus ojos y echó a andar más rápido por el sendero, pero Alex se lo impidió colocándose delante.

—¿Te lo has imaginado al menos una vez? Sé sincera conmigo.

Entonces alzó el rostro y se encontró con el suyo muy cerca, tan cerca que le temblaron las rodillas y el estómago comenzó a darle vueltas. Su expresión era decidida, pero también vulnerable, como si aquella situación le diese el mismo miedo que a ella.

—¿Qué más da? Solo soy una niña, Alex. Demasiado joven como para ir con vosotros —susurró, dolida por que la hubieran dejado allí aquella noche.

—Yo... no quería decir eso.

—Ya, bueno, pero es lo que ha ocurrido, ¿o me equivoco?

—¿Si fueras tan niña crees que pensaría en ti de esta manera?

—¿De qué...?

—¿Crees que si fueras aún demasiado joven para que un chico te besara, estaría yo pensando continuamente en hacerlo?

Sara se quedó sin respiración y sintió los latidos de su corazón furiosos contra su pecho. Él le acarició la mejilla y se quedó clavado en sus labios. Ella quiso salir corriendo, pero no le respondieron los pies. Alex tragó saliva, sin saber muy bien cómo había llegado a estar allí, pero sabiendo que era lo único que le apetecía hacer en ese momento.

—Dímelo, Sara, y lo haré. ¿Has deseado que te besara alguna vez?

Y entonces, la ya no tan pequeña Sara dejó escapar el aire que estaba conteniendo y le confesó lo que llevaba deseando mucho tiempo, porque a él no podía engañarlo con eso. No, a Alex no.

—Sí.

—Menos mal...

Sara recibió su primer beso bajo la sombra de un álamo, en una noche de agosto, con el sonido del vaivén del agua del lago de fondo, el olor a verano y flores rodeándola, los dedos con restos de pintura verde y de la mano del único chico que para ella existía. Lo hizo con los ojos cerrados, con las mejillas calientes bajo las manos de él y con el corazón en la garganta.

Supo que Vera tenía razón y que hay besos con mayor significado que otros. Al menos sabía que ese lo recordaría siempre, pero no por el acto en sí, sino por la persona con la que lo había compartido. Y también fue consciente, en aquel preciso instante, de que estaba enamorada de su mejor amigo. A Sara le dio un brinco algo dentro del pecho al darse cuenta de que había descubierto lo que era el amor a la tierna edad de quince años.

Alex la acompañó a casa y se despidió de ella con una sonrisa preciosa y con sus ojos azules brillantes.

Se metió en la cama y rememoró una y otra vez aquel encuentro inesperado, deseando que nunca se desvaneciese lo que estaba sintiendo en ese momento, hasta que se quedó dormida.

Al día siguiente, el chico se comportó como si nada hubiera ocurrido. Se encontraron en la orilla del lago y se sonrieron sin mirarse a los ojos.

Vera salpicó a Alex y este se lanzó a hacerle aguadillas hasta que, de tanto reír, casi no podían respirar. Sara los observó desde la orilla abrazándose a sí misma y sintiéndose pequeña, tonta y un poco ridícula por haber esperado algo más que ni siquiera sabía describir.

Volvieron a ser Vera, Sara y Alexander durante unos días más, como siempre, como si nada extraordinario hubiese pasado, compartiendo instantes, haciendo bromas, confesándose inquietudes, miedos, secretos, y Sara comenzó a interiorizar que saberse enamorada tan joven no era un premio de la vida, sino, más bien, una especie de tortura.

Un jueves, Alexander se marchó y, como cada año, las chicas lo despidieron viéndolo alejarse dentro de la camioneta de sus padres.

Vera le lanzaba besos de una forma que, por primera vez, a Sara le pareció patética.

La pequeña lo hizo clavándole su mirada almendrada, mostrándole un dolor que él no sabía muy bien cómo canalizar, porque lo que Sara desconocía era que Alex estaba hecho un verdadero lío.

Esa noche Vera salió con sus amigas, bebió vodka con zumo de naranja, se fumó tres cigarrillos y acabó besando a Yago, un viejo compañero de la escuela con el que ya se había divertido años atrás. Fue él quien la trajo a casa pasada la una de la madrugada; llevaba el rímel corrido y el vestido torcido.

Sara cenó con la abuela, envueltas ambas en un silencio triste que a la anciana no le pasó desapercibido; después pintó hasta que le dolieron los dedos.

Ya acostada, intentó ponerle nombre al vacío que sentía dentro del pecho. Se preguntó si aquello sería lo que sentía un corazón cuando estaba roto.

Volar

Querida Vera:

Una vez me dijiste que el sexo es como montar en bici; que, por mucho tiempo que pases sin practicarlo, nunca se olvida. Yo me enfadé contigo por la insinuación de mi inminente nueva virginidad, pero después me eché a reír y acabamos desternilladas. ¿Te acuerdas? Es igual.

Te preguntarás por qué te estoy hablando de esto.

Supongo que tiene algo que ver que dejarme llevar con Alex sea tan sencillo. Quizá tú tenías razón cuando me decías que el sexo es genial por sí mismo, pero también yo al replicarte que, si va acompañado de algo más, siempre es mucho mejor.

Y ha sido increíble, Vera.

Si cierro los ojos, aún siento sus manos en mi cuerpo y se me eriza la piel.

Cuando se marchó, me pasaba el día imaginando nuevos encuentros, tú lo sabes bien, pero esto ha sido distinto. Aunque somos los mismos, también otros, y eso lo cambia todo.

No sé si acostarme con Alex habrá sido una pésima idea o no, de lo que estoy segura es de que me lo debía a mí misma.

Ahora no quiero pensar en nada, solo quiero disfrutar de la serenidad de estos días, de estar con este Alex que es igual que el de antes, pero al que la vida también ha moldeado a su antojo, y ser capaz de despedirme de él con el corazón a buen recaudo y sin lágrimas en los ojos.

Quizá consiga hasta regalarle un perdón antes de irse y cerrar por fin una etapa de mi vida.

Te quiere,

SARA

S.

—Me lo regaló al cumplir los dieciocho. Lo he traído porque es especial para ella y quiero que siga aquí.

Acaricio las cubiertas de un libro muy desgastado. Es una edición preciosa de *Momo*, de Michael Ende. No sé por qué su madre elegiría ese título, pero sí que esconde un significado especial que solo ellos comparten y prefiero que siga siendo así.

—¿Lo has leído?

—Yo solo no. Era ella la que me lo leía cuando era pequeño. —Lo dice con los ojos llenos de ese amor que solo se comprende entre una madre y su hijo, y que yo apenas recuerdo—. ¿Tú?

—Hace años.

Me imagino al Alex de dieciocho valorando un regalo tan tierno y significativo por el secreto que esconde entre él y su madre, y me conmueve.

Me acuerdo en el acto de que, el último verano que vino, celebramos con él ese mismo cumpleaños, aunque fuera tres meses después, pero para Vera la mayoría de edad merecía ser celebrada en condiciones. No hicimos nada reseñable, solo cenamos en el pueblo y paseamos por la playa del lago, hasta que se hizo tarde y volvimos en la camioneta de su padre con la música a todo volumen cantando y riendo.

Me acuerdo también de cómo fue de diferente mi decimoctavo cumpleaños en comparación con el suyo y me entra la risa.

—¿De qué te ríes?

—¿Te gustaría saber qué me regaló Vera a mis dieciocho?

—Me encantaría saberlo todo de ti.

Salimos al porche. Alex con una jarra de zumo y dos vasos. Yo con un cuenco de fruta cortada. Es lo único que apetece con este calor. Nos sentamos en el banco de la entrada y decido ser sincera y explicárselo bien; y ese «bien» engloba el porqué de aquella locura, si es que la locura alguna vez guarda sentido.

—¿Nunca has creído llevar a la espalda un peso tan grande que resulta imposible desprenderte de él? ¿Que cuanto más te esfuerzas por olvidarlo, más se te agarra por dentro? ¿Nunca has querido perderte?

Alex se remueve a mi lado y se tensa. No es mi intención hacerlo sufrir, pero necesito que entienda la importancia de lo que ocurrió aquel día y para eso tiene que conocer cómo me sentía.

—Sara, no...

—Por aquella época yo estaba bastante más perdida que ahora. No te culpo por eso, tranquilo. Tú fuiste responsable de tus actos, pero no de mi forma de superarlos. Y digamos... que me cerré demasiado en mí misma. Le expliqué a Vera qué era lo que me impedía avanzar y se le ocurrió que era como hacer *puenting.*

Frunce el ceño, sorprendido por esa analogía, y al instante abre los ojos de par en par.

—¡¿La tarada de Vera te llevó a hacer *puenting*?!

—Sí —sonrío orgullosa de haberlo dejado sin palabras y él empalidece—, Vera pensó que debía enfrentarme a uno de mis mayores miedos para darme cuenta de que siempre seré capaz de superarlo todo.

«Incluso que tú nunca regresaras», pienso.

Sonrío al recordar sus palabras cuando estaba paralizada con las uñas clavadas en aquella barandilla, el vacío bajo mis pies y el corazón en la garganta. Pensé que me moriría allí mismo, pero entonces ella me susurró al oído y todo volvió a recobrar nitidez.

—*Sara, en la vida no eres lo que logras, sino lo que superas. Tres, dos, uno... ¡salta, valiente!*

Me lancé con la intención de no solo superar el miedo a las alturas, sino todo lo demás, que por aquel entonces se resumía en Alex.

Recorre mi rostro con sus ojos azules, que intentan averiguar qué hay detrás de esta confesión. Me gusta que me observe con tanta dedicación, me gusta su mirada curiosa y sentirme una especie de enigma por una vez para él, porque está claro que no lo entiende y que en estos momentos debe pensar que lo de la locura es algo genético.

—Explícamelo, por favor.

—Me lancé y lo entendí, Alex. Es como el *puenting.* —Cierro los ojos, recordando esa hazaña ya tan lejana; rememorando en mi piel el miedo, el viento en la cara y la sensación incesante de que iba a morir—. Te subes a la cornisa, miras al vacío, respiras hondo y saltas. Con los ojos abiertos o cerrados, eso ya lo eliges tú. Saltas deseando olvidarte de todo y dejando atrás lo que te provoca ese dolor en el pecho que se disuelve con el salto; pero, de pronto, cuando por fin disfrutas del viaje y llega ese instante de felicidad, notas el tirón de la cuerda. Te frena, te tambalea, haciéndote perder el equilibrio, y te recuerda que es mentira, que nada se acaba, que el dolor sigue arriba, esperándote. Que estás atada a él. Y subes de nuevo y nada ha cambiado.

Abro los ojos y me encuentro con los suyos, intrigados, asombrados, y llenos de un dolor que hasta entonces no había visto en él. Como si hubiera despertado de un sueño que hasta ahora lo había mantenido alejado y que no le había permitido ver de verdad lo que supuso para mí que no volviese a buscarme.

Vera estaría loca, pero, queriendo demostrarme que hasta el mayor miedo puede superarse si saltas, también me había enseñado que el dolor no desaparece.

—¿Abiertos o cerrados?

Su voz me devuelve a la realidad y lo miro extrañada.

—¿Qué?

—Que cómo te tiraste, con los ojos abiertos o cerrados.

Sonrío.

—Uno abierto y el otro cerrado.

Recuerdo a Vera sentada en el borde con las piernas colgando, sin mostrar ni un ápice de temor:

—*¡¡Sara!! ¡Abre los ojos! ¡¡No seas gallina!! ¡Si los cierras, no verás lo que hay abajo!*

—*¡Abajo no hay nada más que agua, Vera!*

—*¿Quieres perderte la sensación de volar?*

Volar.

Sentirse realmente libre. Notar el viento y la sensación de dejar atrás el miedo. La adrenalina por las venas arrasándolo todo a su paso.

Volar.

Recuerdo aquel día como si fuera ayer. Me dejé arrastrar por la tontería de que cumplir dieciocho años es un momento memorable, y a Vera no se le ocurrió un mejor modo de estrenarme en la mayoría de edad que haciendo una estupidez, como tirarme de un puente sujeta por un arnés y unas cuerdas que me parecían de dudosa calidad. Para ella significaba eso, una puerta abierta para hacer todas aquellas cosas por las que después arrepentirse siendo totalmente responsable de ellas.

Y yo lo hice.

Me tiré de un puente, con el corazón en la garganta y lanzando un quejido que solo yo escuché antes de quedarme sin voz. Después pasamos la tarde por ahí, hablando de todo y de nada, de los planes que teníamos para el futuro y, cinco días después, ella se marchó también.

—Sigues sorprendiéndome, Sara.

—No es para tanto. En realidad, sin Vera, ni siquiera hubiera salido de casa.

—No es eso. Me sorprende que sigas creyendo que siempre has sido la más cobarde de los tres.

A.

Sara había saltado por un puente para olvidarme.

No es demasiado esperanzador.

A pesar de lo que he sentido al imaginarme a esa Sara perdida, cerrada en sí misma, seguramente pasando más tiempo sola del recomendado para una adolescente, dolida y enfadada con ella, conmigo y con el mundo, no puedo evitar sentir una pizca de ternura y contener una carcajada al imaginarlas a las dos subidas a un puente, agarrándose de la mano y superando juntas las trabas que les ponía la vida.

Jodida Vera... solo podía haber salido de su cabeza una idea tan loca.

Yo en mi dieciocho cumpleaños me emborraché con *whisky* barato y eché un polvo. Estuvo bien, no voy a engañarme diciendo que no fue todo lo que un chico de esa edad desea, pero Sara se tiró por un puente y le plantó cara al miedo.

Su fortaleza me asusta.

—¿Te apetece que hoy cenemos en el embarcadero?

Su pregunta me pilla desprevenido, pero acepto sin dudar.

—Claro. ¿Te gusta el vino? Tengo un par de botellas decentes.

—No suelo beber, pero... —Me guiña un ojo y sonríe traviesa, como si aún tuviera quince años y fuese a hacer algo que tiene prohibido—. Qué diablos, ¿por qué no?

Cuando salgo de casa con una botella y dos copas en las manos, ella ya está allí. Lleva un vestido verde y el pelo trenzado a un lado.

Me paro al llegar al principio del embarcadero y la observo. Parece una chica atrapada en un cuadro, con la mirada fija en el agua que la rodea, con las montañas de fondo, con los árboles verdosos dando color y vida, con su pelo brillando bajo el sol de la última luz de la tarde. Lleva un lazo rojo atado en la punta de la trenza y se mueve con el viento.

Es hipnótico.

Se gira y me ve parado como un imbécil. Sonríe.

—¿Qué haces? ¿Tienes miedo de cenar conmigo? Pareces asustado.

—Te miro. Me gusta hacerlo. Y si algo me da miedo es dejarte sin cena por no poder evitar lanzarme encima de ti.

—Vaya, Alex, tú sí que sabes cómo halagar a una chica —replica, poniendo los ojos en blanco y fingiendo estar ofendida.

—Contigo no tengo por qué disimular, Sara.

—Sabes que es posible que mi abuela esté mirando por la ventana, ¿verdad?

Observamos su casa de reojo y sacudo la cabeza.

—Sí. ¿Es el motivo de cenar aquí? ¿Tener a tu abuela de testigo para que no te toque?

Sonríe; después mira al cielo pensativa y me señala la luna que ya se divisa, a pesar de que no es de noche del todo. Yo sirvo el vino y le tiendo una copa.

—No. Hoy hay luna llena.

Recuerdo cómo se veía desde mi piso de Dublín.

Los primeros años lo hacía constantemente. Me quedaba mirándola, sentado en la ventana y pensaba en lo diferente que era todo en la casa del lago. Hasta algo que no debería serlo, como esa visión. Supongo que la percepción del mundo no es cuestión únicamente de lo que te rodea, sino que, en ocasiones, una sola persona puede hacer que todo cambie al no tenerla a tu lado.

—La luna aquí parece distinta.

—¿Donde tú vives también la miras?

—No he dejado de hacerlo. Una vez le dije a una

chica que, si la miraba de vez en cuando, yo también lo estaría haciendo y sería como estar con ella.

Sara se abraza las piernas y da un sorbo corto a la copa, saboreando el vino. Apenas toca la comida que ha traído.

—Ella también lo hacía.

—¿Ya no?

Tarda en responder. Siempre que me deleita con uno de estos silencios siento un tirón en las tripas, porque me resulta tan imprevisible que soy incapaz de intuir por dónde va a salir. Es desconcertante conocer tanto a una persona y que a la vez tenga la capacidad de sorprenderte constantemente.

—Creció y se dio cuenta de que eso era una estupidez y de que seguía estando sola.

—Sara... —susurro desolado.

Levanto la mano y la acerco a la suya. Necesito tocarla para transmitirle de alguna forma lo que lo lamento. Sin embargo, es ella la que, en un gesto rápido, coge la mía, tranquilizándome y quitando peso a sus palabras, y cambia de tema con una sonrisa un poco triste, pero curiosa y sincera.

—Cuéntamelo. ¿Qué ha hecho durante ocho años el Alex que veraneaba aquí con sus padres y jugaba con las dos niñas «salvajes» que vivían solas al otro lado del pueblo?

Entrelazo mis dedos con los suyos y ella me lo permite. Creo que es consciente de que no solo lo hago por el placer de tocarla, sino porque necesito su fuerza para ser capaz de hablar de esto.

—Me fui a la universidad. Ya sabes que Derecho parecía una opción más que respetable para mi padre, aunque yo lo odiara. Al principio fue bien, hice amigos, me integré enseguida e intenté dejarlo todo atrás, Sara. Todo. Pero, dos meses después, recibí una llamada de mi madre y tuve que volver a casa.

—¿Qué pasó?

Se me traba la lengua; aún me cuesta decirlo en alto, porque siento que lo normaliza. Cuando su mano aprieta la mía, respiro un poco mejor y continúo hablando.

—No solo le era infiel. También le pegaba, Sara. Ocurrió un par de veces y me enteré de pura casualidad tiempo después. Llegué a sospecharlo, pero nunca vi nada y ella lo negaba escandalizada, así que me las ingenié para borrar esas suposiciones de mi cabeza, como si así el problema fuera menos real. Hasta que me llamó aquel día llorando y supe que algo más ocurría. Acepté que no podía seguir mirando hacia otro lado.

—Eras un crío, no puedes culparte por eso.

—No tan crío como para no ser responsable de mis actos —le digo, pensando en todas aquellas cosas de las que nunca he dejado de arrepentirme y que también la incluyen a ella.

—¿Qué hiciste al descubrirlo?

—Casi lo mato.

—Es lógico. Se trata de tu madre, Alex.

Niego con la cabeza y entonces me mira, con los ojos entrecerrados, esperando una explicación que ya intuye.

—No me has entendido. Casi lo mato de verdad. Le di una paliza con los gritos de mi madre de fondo pidiéndome que parara, y no lo hice hasta que un vecino se interpuso.

Frunce el ceño y ladea la cabeza, apoyándola en mi hombro. Es un gesto tan de Vera que, de repente, echarla de menos también a ella me resulta asfixiante. Es todo, el estar abriendo una puerta de mis recuerdos que hace tiempo que cerré con llave, el estar aquí de vuelta, el tenerla a ella a mi lado, el saber que volveré a marcharme.

—¿Y qué pasó después?

—Me denunció. Y ella a él, aunque no sirvió de mucho al carecer de pruebas. Yo lo dejé todo y nos mudamos a Dublín; la hermana de mi madre aún vive allí y era el único sitio donde ella quería estar. Me busqué un trabajo, con el tiempo volví a estudiar por las noches y... bueno, la vida siguió como si nada hubiera ocurrido.

—¿Y el juicio?

—Retiró la denuncia. —Me tenso y Sara se aprieta más aún contra mi cuerpo. Es reconfortante—. Yo nunca se lo pedí, pero él lo hizo.

—¿No has vuelto a verlo?

—No. Murió hace unos meses. Cáncer de algo. —Y de forma incomprensible, me odio un poco por sentir dolor ante su muerte, como si el hecho de que no lo mereciera me hiciese débil—. Lo heredé todo, pero lo cedí a distintas asociaciones. No quiero nada suyo. Solo me he quedado con la casa, porque es lo único que siempre le pidió mi madre. Esta casa es en el único sitio en el que ella se sentía verdaderamente en paz. Un poco como tú.

Noto su sonrisa sobre mi hombro y deseo quedarnos así para siempre, observando el lago, sin echar la vista atrás. Lo hacemos durante unos minutos, hasta que Sara alza la cabeza y se incorpora, mirándome fijamente con sus ojazos marrones y mostrándome su consuelo, su cariño, su comprensión.

—¿Y dices que la valiente soy yo?

—Yo no me enfrenté a nada, Sara. Solo he sobrevivido según las cosas llegaban. Ni siquiera se le parece.

No se le parece en nada. Ella busca el miedo y se enfrenta a él. Yo me escondo, hasta que me lo encuentro delante y no me queda otra que luchar o salir corriendo.

—Te estás enfrentando a mí. Era difícil después de ocho años.

Me conmueve que quiera hacerme sentir mejor, es demasiado buena después de todo, pero necesito ser sincero con ella. Soy incapaz de aprovecharme de Sara en este momento en el que la tengo más receptiva que nunca.

—También te equivocas en eso, Sara. No te escribí. No te llamé. No me esforcé por darte una explicación. Y no vine por ti, sino por mi madre. Pero tú te has cruzado de nuevo y siento que estoy sobreviviendo otra vez.

—Alex, agradezco tu honestidad, ¿pero no se te pasó por la cabeza que quizá alguna de las dos podríamos estar aquí, aunque solo fuese de vacaciones? Deja de engañarte, sabías que podía ocurrir y, aun así, viniste.

—Es obvio que había una posibilidad de verte, pero nunca creí que sería como si no hubiera pasado el tiempo al mirarte. Pensé que lo habrías olvidado todo y que, al tenerte delante, me daría cuenta de que no había sido más que un amor de verano como otro cualquiera.

—Como vuelvas a compararlo con otros, te ahogo ahora mismo allí dentro —sentencia, señalando el lago.

Me río y ella tuerce el gesto haciendo un movimiento de lo más gracioso con la nariz.

—¿Ves? Es imposible que hagamos como que no ocurrió. Siento haber tardado ocho años en aceptarlo.

—Y yo siento lo que os pasó.

Pienso en mi padre, en los años que siguieron.

—¿Alguna vez hablasteis con él?

—No. Solo mi abuela para lo de la llave. ¿Cómo sabías que la tenía?

—El testamento.

—Ah.

—Sí. Me vino bien para no tener que entrar y verlo todo como entonces. No... no estaba preparado para sentir su presencia aún en esas paredes.

Asiente y bebe de nuevo de su copa. Yo cojo la mía, hago bailar el líquido rojizo dentro y me la bebo entera, intentando que me caliente el estómago lo suficiente para que se disuelva el trago amargo que siempre me produce pensar en aquellos años, en lo que pasó por culpa de otros y en lo que yo perdí por mis propios miedos.

Estira las piernas y mueve los dedos de sus pies. Muy despacio lo desliza sobre la madera hasta encontrar el mío. Juguetea sobre mi empeine, provocándome unas ligeras cosquillas, y acaba con su pierna desnuda enredada con la mía, en un abrazo extraño que me sabe al mejor de todos.

—Estás haciendo algo muy bonito ahí dentro, Alex.

—Estamos haciendo. Sin ti, no hubiera sido capaz. Y no hablo solo de muebles.

—Es verdad. —Levanta el rostro y me regala una sonrisa torcida—. Tienes un gusto pésimo para combinar colores.

S.

—Hace días que no nos vemos. ¿Va todo bien? —El rostro ceñudo y preocupado de Yago se planta delante de mis ojos.

—Sí, claro. ¿Por qué me lo preguntas?

Llevo una hora sentada en la barra viéndolo trabajar y apenas hemos podido hablar, pero me conoce demasiado bien como para intuir que algo ha cambiado. Algo dentro de mí que le dice que estas últimas semanas el lago está distinto. Que mi vida lo está. Lo que pasa es que soy yo la que no estoy preparada para tener esta conversación.

—Estás rara. ¿Mauer te está molestando?

—No. No te preocupes por eso.

Le retiro la mirada y doy sorbitos a mi batido.

—Sara... —susurra mi nombre, impaciente y enfadado por no querer compartir esto con él, pero el «te lo dije» se me muestra demasiado posible y no me apetece nada tener que lidiar ahora con esto.

Finalmente, chasqueo la lengua y me enfrento a su escrutinio. Según hablo, el verde de sus ojos se intensifica y se vuelve más duro y abrasador.

—Todo está bien, ¿vale? No pasa nada. Teníamos asuntos pendientes y los estamos resolviendo. Al menos, yo necesitaba hacerlo, aunque no era muy consciente de ello.

—¿Te has acostado con él? —dice, tensando la mandíbula.

—¡No! —Me sonrojo sin remedio—. ¡¿Cómo puedes preguntarme eso?!

Paloma llega en ese preciso instante y se ríe, antes de dejar también su aportación.

—Se ha acostado con él.

—Ya lo sé —gruñe Yago.

Sacude la cabeza con incredulidad y me da la espalda para seguir trabajando. Mi supuesta amiga me reprende con la mirada.

—Yago, no... ¡mierda! ¿Y tú para qué te metes? —digo, dándole un cachete en el brazo que ella enseguida me devuelve.

—Estoy enfadada contigo por no habérmelo contado. Y te mereces que él también lo esté.

—Paloma, yo... —Me avergüenza, pero es obvio que ese es el motivo de haberles dado largas y apenas habernos visto estos días; no quería decepcionarlos—. Lo siento, pero es que...

Me quedo con la mirada perdida pensando en Alex, en lo fácil que me ha resultado caer de nuevo después de tanto, en lo bien que me siento cuando me besa, aunque sepa que mañana dolerá.

Ella me coge la mano y tira de mí, hasta que caigo sobre su cuerpo. Apoyo la cabeza en su hombro y me abraza, dándome un consuelo que no sabía que necesitara tanto.

—Lo sé, cielo. Lo sé. Ahora vete a ver a ese llorón. Si no estuviera tan bueno, le daría un guantazo para que espabilase.

Entro en el almacén y me encuentro con Yago de espaldas; está cogiendo cajas vacías de refrescos y apilándolas unas encima de otras. Por la rigidez de su cuerpo sé que está realmente molesto.

—Yago.

—¿Qué quieres?

No se gira. No me mira. Solo sigue trabajando como si mi presencia no existiera. La necesidad de abrazarlo es demasiado fuerte.

—Lo siento.

Ni siquiera sé por qué me disculpo.

Sus hombros se encogen, como si mis palabras le afectaran de verdad, después se da la vuelta y su expresión cambia al verme.

—Ya lo sé. Lo que me jode es que no ves lo que está haciendo. Está de paso, Sara, después se irá, ¿y quién se quedará a recoger los pedazos?

Arrugo la frente, porque me duele la posibilidad de haber sido en algún momento una carga para él.

—Nunca te he pedido nada. No me lo eches en cara como un reproche.

Niega con la cabeza y se acerca. Me coge la mano y juguetea con ella. Las suyas también están ásperas por el trabajo, pero es una de las sensaciones que más me gustan de este mundo.

—No lo hago, pero necesito que lo veas y te des cuenta de dónde te estás metiendo.

—Tú deberías entenderme mejor que nadie. —Trago saliva y le hago una pregunta que sé que no debería, porque para Yago recordar es aún más doloroso que para mí, pero necesito que entienda que no puedo evitar actuar de este modo—. Si estuvieras en mi lugar, ¿qué harías?

Entrecierra los ojos y su rostro se rompe un poco. No contengo el impulso de abrazarlo por la cintura y atraerlo hacia mí. No se resiste, pero tampoco me devuelve el contacto.

Su respiración es errática y me quedo quieta, rodeándolo con mi cuerpo, hasta que se tranquiliza de nuevo y me contesta con la voz del que sabe que, en mi caso, también estaría perdido.

—Abrazarla y no soltarla, supongo.

Me separo, alzo la mirada y le sonrío.

—Somos un desastre.

—Lo sé. Ven aquí, anda. —Vuelve a tirar de mí y me estruja con fuerza—. Te he echado de menos.

—Yo también.

Disfrutamos unos minutos de esa muestra de cariño real, sincero y vital entre los dos, hasta que siento su sonrisa contra mi pelo.

—Por cierto, escuché tu declaración de amor. —Al principio no entiendo a qué se refiere, pero enseguida me acuerdo de Alex preguntándome sobre mi relación con Yago fuera del bar y me entra la risa—. No sé si te lo digo tanto como debería, pero te quiero muchísimo, Sara. Sin ti...

—Ya lo sé. —Lo medito medio segundo, no más—. ¿Sigue habiendo en tu cama un hueco para mí?

—Siempre.

Cuando salgo, Paloma aún me espera sentada en la barra.

—Oye, Sara, ¿puedo darte un consejo?

—Claro.

—Vive. Ya te lo dije una vez. A veces las mejores decisiones se toman cuando creemos que ya todo está perdido.

Una hora después, y con el consejo de mi amiga a buen recaudo, salgo del bar de Joe con Yago detrás, me subo a su coche y nos dirigimos aliviados hacia su casa.

A.

La veo bajar del coche de Yago. Se dan un beso rápido en la mejilla y él gira el volante, recorriendo el camino en sentido inverso. Lleva la misma ropa que el día anterior y estoy tan cabreado que me dan ganas de servirme un *bourbon*, pero son solo las nueve de la mañana y hasta en este estado me doy cuenta de la estupidez de mi razonamiento.

Entro en casa y me pongo a trabajar, intentando ignorar los pensamientos que me martillean, las imágenes de ella con él, de ella conmigo, de que esa Sara no se parece en nada a la que yo conocí, incapaz de hacer daño intencionadamente a nadie, mucho menos de jugar a dos bandas.

Pongo música, bastante más alta que de costumbre, pero necesito que tape todo lo demás que no deja de agujerearme el cerebro. Me reprendo por ser tan tonto y haber caído en su juego, pero ¿cómo no hacerlo? Ignoro también sus pisadas subiendo los escalones del porche, su olor, que me abotarga nada más entrar en el salón, y su voz, risueña y más feliz que días atrás al saludarme.

—¡Buenos días! ¿En qué andas? Yo creo que hoy termino por fin el dormitorio. —Mi silencio es la única respuesta—. Hoy estamos animados, ¿eh? Por cierto, he pensado que después podríamos ir a dar un paseo. Tengo que enseñarte algo.

—No creo que sea buena idea.

La miro y su expresión alegre se transforma en una de sorpresa, aunque no puede ocultar también una ligera desilusión que hace que me crezca un poco.

—¿Qué? ¿Por qué?

—No me encuentro demasiado bien.

—¿Qué te pasa? ¿Necesitas algo?

Su preocupación me hace sentir un capullo egoísta por estar cabreado con ella.

—No, no...

Entonces Sara lo capta. Es rápida y me observa de

arriba abajo con indignación. Cuando asiente con la cabeza y sonríe de medio lado, ya consciente del motivo real de mi negativa, me arrepiento de ser tan imbécil como para creerme con algún derecho sobre esto que tenemos, teniendo en cuenta mis actos anteriores.

—Ah, vale. Ya entiendo.

—Espera.

—Vete a la mierda, Mauer.

La veo desaparecer por las escaleras y oigo el portazo que me indica que se ha encerrado en el dormitorio de mi madre. Cojo aire, cierro los ojos con fuerza y no puedo reprimir dar un golpe a la pared.

¿En qué estaba pensando?

Me giro, subo las escaleras y cruzo los dedos para que no sea tan tozuda y me eche sin permitirme disculparme.

Llamo con los nudillos, pero no contesta, así que abro muy despacio y me encuentro con su espalda. No está trabajando. Simplemente está sentada sobre el alféizar de la ventana mirando al lago.

—¿Podemos hablar?

—No creo que sea buena idea.

Repite la misma excusa tonta que le he dado yo y contengo una sonrisa. Dobla las rodillas y se abraza a ellas, y en este momento me parece demasiado vulnerable.

—Sara, lo siento.

Se levanta rápido, sin darme tiempo a reaccionar antes de encontrármela encarándose, con uno de sus dedos manchado de pintura golpeándome en el pecho con fuerza según habla. Sacando todo eso que lleva dentro en un ataque de valentía que me bloquea por unos segundos.

—No, ¡no lo sientes! Mira, Alex, ya no soy una cría. Si quieres seguir como estábamos hasta ahora, bien, y si no, también. Sé que esto solo es pasajero e intentaba ponernos las cosas más fáciles, porque de verdad que me importa lo que estás haciendo y es cierto que soy la mejor en mi trabajo. Pero lo que no voy a tolerar son numeritos de celos, ni exigencias, ni darte explicaciones si no quiero, porque ¡no tienes ningún derecho a pedírmelas y tú tampoco me las diste en su momento! Así que o lo tomas o lo dejas, pero esto sí que es un ultimátum en toda regla.

Cuando termina se encoge un poco, como si se hubiera ido con su discurso parte de todo eso almacenado que no la dejaba respirar con normalidad.

Ya desahogada, clava sus ojos en los míos y leo una súplica escondida entre tanto rencor. Esta sí que es Sara, la que me pone los puntos sobre las íes casi sin pestañear y de forma innegociable, pero que a la vez deja entrever que aún hay una puerta abierta para mí si me atrevo a entrar.

—¿Qué querías enseñarme?

S.

—¿No te parece un triste agujero?

Observamos ambos la cueva y Alex asiente con una mueca.

—Como siempre. Eras tú la que veía una cueva, yo siempre vi un agujero con humedades.

Y es cierto. Si cierro los ojos y vuelvo atrás en el tiempo, puedo recordar con exactitud lo que yo veía, una cueva al más puro estilo de las novelas de aventuras que leía; grande, misteriosa, prohibida.

Ahora solo veo un agujero en una roca.

En eso consiste crecer, en observar el mundo y verlo con unos ojos distintos, unos más críticos, más reales y menos soñadores.

—Me sobraba imaginación, supongo. —Me encojo de hombros y le señalo un lugar exacto en la pared de aquel refugio pasado—. Mira.

—¿Aún se ven? —pregunta, sorprendido.

Alex se acerca y pasa sus dedos por encima de la piedra tallada. Que lo haga me hace revivir tantos momentos que resulta angustioso.

—Sí, Vera los remarcó hace unos años. No sé cuándo lo hizo exactamente, pero fue ella. —Compartimos otro silencio, uno espeso, lleno de sentimientos que vician el aire, hasta que decido sacarnos a ambos de ahí—. Vamos, aquí no hay quien respire.

Nos sentamos unos metros fuera de la que fue nuestra cueva. Lo hacemos de cara al lago que hoy está imponente bajo el sol de agosto.

Esta vez es fácil traducir el silencio que nos envuelve. Sé que ambos estamos pensando en aquel día en el que tallamos nuestros nombres unidos por una especie de lazada. Fue al poco de conocerlo, y lo hicimos con la ilusión y la ingenuidad de la juventud que cree que se pueden formar nudos irrompibles simplemente con compartir un instante como aquel, con hacer un pacto de sangre o lo que sea.

Aquel fue nuestro pacto.

Hace unos meses regresé dando un paseo. Llevaba años sin hacerlo, porque estar allí me traía de vuelta a Alex y a Vera, y aquello me dolía. Sin embargo, un día acabé en esa cueva sin pensar demasiado en lo que estaba haciendo y me reconcilié con ese lugar. Fue en ese momento cuando me di cuenta de que alguien lo había visitado antes, porque las firmas brillaban como nuevas.

Quise echarme a llorar, creo que fue la última vez que me lo permití, pero fui incapaz de hacerlo. Inexplicablemente, me eché a reír.

Giro la cabeza y me encuentro con la mirada de Alex posada en mi rostro, con delicadeza, analizándolo con dulzura. Y yo... yo asumo que es una buena ocasión para seguir reconciliándome con esas partes de mí misma que se rompieron hace tiempo.

—Se marchó dos veranos más tarde que tú, después de mi decimoctavo cumpleaños. Lo hizo con una maleta, los ahorros de todo un año y sin mucho más. Dejó atrás a sus amigas, a su novio y se largó buscando eso que tanto ansiaba. —Alex me coge la mano y yo se lo permito—. Trabajó de camarera durante un tiempo, pero los puestos no le duraban mucho. Viajaba mientras tanto y me mandaba postales desde los sitios que visitaba. París, Atenas, Oslo... siguiendo con esa tradición que tanto significaba para mí. Creo que recordaba la ilusión que me proporcionaba buscar tus cartas en el buzón y que por eso lo hacía. De vez en cuando volvía y me contaba mil historias que había vivido, chicos que había conocido... y estaba conmigo un tiempo. —Hago una pausa, tragando el nudo que se me forma en la garganta cada vez que revivo en mi interior la sensación que más odio de todas las que existen: la del abandono; esa que parece unida a mí de forma irremediable—. No obstante, un día dejó de venir y, al igual que hice contigo, la esperé, hasta que me cansé de hacerlo.

—Sara...

Me agarra por el mentón para que lo mire, pero no

quiero ver la lástima en sus ojos. No quiero que me tenga compasión ni parecer una persona débil por sentirme sola. No quiero que lea que mi mayor miedo se cumplió y fue causado por las dos personas más importantes de mi vida.

No quiero.

—No hables. ¿Te he contado que una vez me bañé desnuda en el lago delante de un montón de gente? —Me levanto con rapidez y me quito la camiseta de un tirón; él me observa sorprendido, pero también cauto ante el miedo a hacer o decir algo que pueda llevarme al límite; creo que le resulto impredecible y eso me gusta—. Prometí que nunca habría una segunda, pero contigo es diferente.

Me desnudo delante de él. Voy mostrándole mi cuerpo sin pudor alguno, hasta que toda la ropa queda esparcida por el suelo y me meto en el agua dando brazadas y provocándolo con la mirada.

No pienses, Alex. Sígueme. Haz que me olvide de esto que me llena ahora mismo el pecho. Tócame y hazme sentir algo bueno.

A.

No sé a quién tengo enfrente. No sé qué he podido hacer para merecerme esta visión. Pero me da igual el miedo que me dé esta Sara, porque no puedo hacer más que seguirla hasta que ella me deje.

Y a la mierda Vera, Yago y quien se me ponga por delante.

Veo su cuerpo desnudo saliendo y entrando en la superficie del agua. Su piel, su pelo, sus curvas, y me levanto como un autómata, imitándola y desnudándome también.

Ni siquiera hago un intento por ocultar mi excitación. Menos aún al ver su reacción, que se muerde el labio con una sexualidad apabullante que no sabe que posee a raudales.

Me meto en el agua y llego hasta ella, que me espera con ojos turbios y la respiración jadeante. La agarro por las piernas y se enrosca en mi cuerpo.

El contacto es eléctrico.

No nos besamos. No nos tocamos más que lo necesario para el agarre. No hablamos.

Solo nos miramos y mi sexo se hunde en el suyo como si fuera lo más natural del mundo, como si hubiéramos nacido para hacer esto.

Hacemos el amor de nuevo en el agua del lago, fundiéndonos con él y consiguiendo que por unos minutos todo desaparezca, incluso los que un día fuimos, y solo quedemos nosotros.

Acabo gimiendo su nombre y vaciándome en ella, asumiendo que da igual lo que Sara haga conmigo, con Yago o con diez más, porque ya estoy perdido.

Una cita

Querida Vera:

Las personas somos imprevisibles, incluso las más cautas.

¿Pensabas que me había vuelto tan loca como tú cuando me bañé desnuda en el lago en tu vigésimo cumpleaños? Pues lo he vuelto a hacer, nada menos que con Alex, y ha sido como si lo hubiéramos hecho cada día durante todos estos años.

Es extraño. Me desconcierta la naturalidad que me supone cogerle la mano, besarlo o recorrer su piel desnuda con los dedos. Siento que nos conocemos a unos niveles que sobrepasan cualquier cosa.

Por primera vez desde hace tanto, he vuelto a sentirme parte de algo, de algo bueno, pese a que sé que es pasajero y que los finales felices no han existido hasta ahora para nosotras, pero disfrutar del camino no es una opción, sino casi una obligación.

¿Eres feliz, Vera? ¿Lo has sido alguna vez fuera de este lugar perdido en mitad de la nada? Yo ahora, por primera vez desde hace años, puedo afirmar que sí.

Al menos, de una vez por todas, he averiguado qué era aquello que llevaba años buscando.

Quiero sentirme siempre así, Vera. Quiero sentirme llena y no a medias. Quiero disfrutar de esto que Alex me está brindando.

Te quiero y deseo que tú también hayas encontrado lo que fuera que buscabas, aunque fuese lejos de mí.

SARA

S.

Agosto pasa y los días cobran un significado distinto.

Alex y yo establecemos rutinas que ambos buscamos sin escondernos. Trabajamos de día como locos, dejándonos la piel en la casa, compartimos un descanso para comer y nos comportamos como compañeros de trabajo, pero, al llegar la tarde, acabamos el día juntos en las inmediaciones del lago.

No hablamos demasiado en esos encuentros; solo, de vez en cuando, uno de los dos decide abrirse un poco más y contar algo de eso que nos ha hecho ser los que somos ahora después de ocho años de silencio. El resto del tiempo lo hacemos con nuestros cuerpos, inventándonos un lenguaje nuevo que nos sirve para decirnos todo eso que se nos atraviesa en la garganta.

De su mano, descubro que mi piel tiene una sensibilidad especial en sitios que solo él ha sido capaz de activar. Aprendo que a Alex le gusta que lleve la iniciativa y que lo mire a los ojos cuando llego al final. Averiguo que el pudor, la contención y el control ni siquiera existen cuando estoy con él.

Con Alex todo me sale de forman natural.

Le tapo el rostro con las manos y él las sujeta intentando zafarse de mi contacto, pero no se lo permito.

—Ven. Quiero enseñarte algo, pero cierra los ojos.

Me obedece con una media sonrisa y no puedo evitar tocar el hoyuelo que le sale en un lateral. Él coge mi mano y me deja un beso en la palma.

Gestos, detalles, resquicios de que hay algo nuevo flotando entre nosotros que ahora guía cada uno de nuestros pasos.

Subimos las escaleras y lo llevo hasta el dormitorio de su madre, empujándolo por la espalda.

—Vale. Ya está.

Abre los ojos y se queda congelado, admirando el cambio tan espectacular que ha dado la habitación. Ha pasado de ser un cuarto sombrío, serio y clásico, una celda para una mujer enjaulada en su propia vida, a tener luz, a transmitir calma y paz.

Las paredes, después de probar con tres tonos diferentes, de color rosa palo. La cama, con un cabecero laminado blanco de aspecto envejecido. Las sábanas blancas, con motivos florales en rosa y verde. Las lámparas, armarios, la cómoda... todo en blanco roto y con detalles dulces y románticos. Las cortinas de encaje. Una alfombra esponjosa y suave a nuestros pies y un tocador con espejo en un lateral. He encontrado unos viejos recipientes de cristal para perfumes que ahora lo adornan, esperando que alguien los llene de aromas que inciten a cosas buenas. Ilustraciones hechas con flores secas en las paredes y una sola foto en la mesilla de noche.

Sencillez, pulcritud; serenidad en su estado más puro.

Alex se acerca y se sienta en la cama. Tengo que morderme la lengua para no decirle que como arrugue las sábanas se las verá conmigo, pero de reojo descubro su expresión y una sensación cálida me llena el estómago.

Observa la imagen, se pierde en el recuerdo que alberga y que yo desconozco.

—¿Por qué elegiste esta?

Sujeta el marco entre sus manos y me habla bajito, sin apartar la mirada de una fotografía que no sabía que fuera tan especial para él. Cruzo los dedos en mi cabeza para no haberlo estropeado todo por una mala elección.

—No lo sé. Me gustó. Parecéis felices. Eso es todo. Y evoca el presente, no el pasado.

Alza la vista y trago saliva. Tiene los ojos inundados de algo que desconozco. No, en realidad lo conozco bien. Es dolor, pero envuelto de ilusión, gratitud y esperanza.

Se levanta y me rodea la cintura con delicadeza antes de dejarme un beso en la frente con una intensidad que me desarma.

—Gracias, Sara.

Se marcha y yo me quedo confundida, sin saber muy bien qué es lo que ha sucedido, si en verdad le ha encantado o he metido la pata hasta el fondo.

Me acerco a la fotografía y la cojo. La escogí porque es una de las más actuales que he encontrado. Quería que ocupara un lugar privilegiado y que a su madre le transmitiera la felicidad del presente y no la ahogase en el pasado. Que al despertar viese lo bueno que siempre ha tenido en su vida, lo que permanecerá invariablemente a su lado.

Observo a la señora Mauer, con el pelo suelto y la mirada un poco perdida, pero sonriendo, mientras Alex la coge por los hombros y levanta la cámara con una sonrisa inmensa, inmortalizando a ambos en un momento que desprende emoción. Me sorprendo al darme cuenta de que es la primera vez que la veo con el pelo suelto. Parece más joven, más tranquila, parece... parece liberada.

A.

Salgo de casa y echo a andar hacia el lago. No pienso, solo camino.

Cuando llego a la orilla, tiro las chanclas a un lado, me quito la camiseta y me lanzo al agua.

El frío me relaja.

Cierro los ojos y floto en la superficie, como hacía Vera cada vez que se bañaba. A Sara y a mí nos gustaba observarla, porque rara vez se la podía ver tan quieta, tan tranquila. Nunca parecía tan serena que cuando se dejaba mecer por el lago.

Al instante, todo vuelve y la imagen aparece de nuevo en mi mente. Mamá y yo desayunando pastel de frutas y té en una cafetería del centro. Riéndonos como tontos a la mínima posibilidad después de tanta tensión acumulada en el despacho del notario. Ella, por primera vez en años, con el pelo suelto, como un indicio tardío de rebeldía que me hacía sonreír. Con las ojeras marcadas y el rostro cansado, pero más guapa que nunca. Yo con una camiseta de Nirvana que había encontrado en algún rincón del armario debajo de una camisa abierta; mi propio signo de rebeldía también.

—¿Y ahora qué? —le pregunté con más ilusión de lo moralmente aceptable, teniendo en cuenta que acabábamos de leer el testamento de mi padre.

—No lo sé, Alexander.

—¿Cómo que no lo sabes?

—Pues seguir... ¿qué vamos a hacer? —Ella arrugaba un pañuelo de tela entre sus manos, desazonada y a la vez esperanzada; una mezcla que me parecía casi imposible—. Llevamos años sin él, esto no cambia nada. Puedes usar el dinero para lo que te apetezca, pero yo no lo quiero.

—Yo tampoco lo quiero, pero no estoy hablando de dinero. Al menos no directamente.

—¿A qué te refieres?

Le sonreí con ternura, como si ella fuera la niña y yo su padre.

—Mamá, ya es tuya. La casa del lago.

—En realidad, es tuya.

—Sabes que siempre será tuya, da igual a qué nombre esté.

—Lo sé, hijo. —Me palmeó la mano, pensativa, y de pronto su expresión cambió y un brillo de ilusión inundó sus ojos negros—. Podríamos ir unos días en verano. Tú y yo.

—Estaría bien. —Pero en cuanto lo dije, su rostro se ensombreció de nuevo—. ¿Qué ocurre?

—Nada. Solo que... no sé si podría estar allí sintiendo que...

La comprendía. Daba igual el tiempo que pasara, porque mi padre también había ensuciado con su presencia la única posesión que ella deseaba, con los recuerdos que seguirían siempre atrapados entre esas paredes.

Resulta increíble que una persona pueda destrozar tanto algo, a pesar de que ya no esté. Sin embargo, de forma repentina, una idea cruzó mi mente. Necesité solo dos minutos para organizarlo todo.

—Creo que podríamos hacer algo mejor.

—¿Qué estás pensando?

Explicárselo fue uno de esos momentos bonitos que nunca se olvidan. Parecía ilusionada, aunque, en el fondo, sé que pensaba que solo era un sueño tonto, un juego que nunca llegaría a nada.

—Ven. Vamos a hacernos una foto. —La agarré por el hombro y estiré el brazo para que la cámara del teléfono nos enfocara a ambos; mamá se reía como una chiquilla—. Cuando te despiertes cada mañana en tu casa del lago, miraras esta fotografía en la mesilla y recordarás este momento. Hasta puede que te haga llamarme para decirme que tenía razón y que era una idea cojonuda.

—No hables así —me riñó y le guiñé un ojo—. ¿Tendré que llamarte cada día?

—Cada día, señora Beckett.

Se echó a reír aún más fuerte al escuchar que me dirigía a ella por su apellido de soltera.

Y, sin embargo, pese a todas sus dudas y a su posterior arrepentimiento cuando se dio cuenta de que estaba decidido a hacerlo, ahora estoy aquí, flotando en mitad del lago que fue testigo de todos y cada uno de los momentos más importantes de mi adolescencia, convirtiendo una casa solemne y cara, pero vacía de amor, en el comienzo de un hogar.

No puedo creerme que Sara haya elegido precisamente esa fotografía.

Cuando me incorporo y me dirijo a la orilla, me encuentro con su mirada clavada en mí. Está sentada en las escaleras de la entrada de su casa, con Tango a sus pies. Levanta una mano y se pone un dedo a la altura de la sien, haciéndome un gesto que significa que estoy loco por salir corriendo y lanzarme al agua medio vestido. Me miro los pantalones vaqueros empapados y pegados a las piernas, y suelto una carcajada que me sorprende hasta a mí.

Echo a andar en dirección a mi casa, pero, al llegar a la altura de la suya, le sonrío y ella me devuelve el gesto.

—Te recojo en un par de horas.

—Hoy ya has decidido darte el baño sin mí —dice, aparentando estar molesta.

—No es para bañarnos.

—¿Qué es, entonces?

Observo sus ojos curiosos y admito, por fin, que está en mi mano hacer algo. Que no me sirve de nada volver a este lugar por mi madre y no intentar solucionar mis propios conflictos teniendo una oportunidad al alcance de la mano. Que ya hui una vez, pero que no tengo por qué volver a hacerlo.

—Tú y yo tenemos una cita.

—¿Qué estás diciendo, Alex? ¿Se te ha ido la cabeza del todo?

Niego, me seco el rostro con la camiseta y cojo fuerzas para empezar a decirle todas esas cosas que nunca tuve que callar.

—Te hice muchas promesas. Déjame, al menos, cumplir una.

S.

Me miro al espejo por enésima vez y me tiemblan las piernas.

No soy una persona presumida. Me gusta verme guapa, como a todo el mundo, pero nunca he sido una chica que se comiera la cabeza con qué ponerse para impresionar a un chico. Y ahora, frente al espejo de cuerpo entero de mi habitación, me analizo con ojos críticos después de haberme cambiado tres veces de ropa.

Soy una idiota. Alex ya me ha visto en todas mis versiones, en bañador, con peto vaquero o camisetas viejas y llenas de pintura. También desnuda.

Me quito el vestido rojo y vuelvo a encontrarme en ropa interior, muerta de ganas, de nervios, pero, sobre todo, de miedo.

El miedo, siempre el maldito miedo.

El timbre suena y me pongo el pijama deprisa. No sé cómo se me ha ocurrido pensar que salir juntos pueda ser una buena idea.

Inmediatamente oigo su voz hablando con la abuela, y sus pisadas fuertes y firmes haciendo crujir la madera de las escaleras. Maldigo, intentando entender por qué lo ha dejado subir en vez de avisarme primero. Me paso las manos repetidas veces por el pelo en un tic nervioso y acabo por tirarme encima de la cama.

¿Por qué no me dejas respirar, Alexander Mauer?

La puerta se abre despacio y lo veo con la mirada clavada en el suelo para respetar mi intimidad.

—Sara, ¿estás lista?

—¿Por qué narices no llamas antes de entrar? —le digo, molesta.

Levanta el rostro y me encuentra tumbada, abrazada a un cojín horrendo con forma de piña que me regaló Vera hace siglos y en pijama. Frunce el ceño, se acerca a la cama y me observa con los brazos en jarras. Tengo que admitir que está guapísimo, con unos pantalones azules y una camisa blanca.

Me cubro la cara con la piña.

—¿Por qué narices estás tú en pijama? —replica, irritado; a continuación, se encoge de hombros y tira de mi pierna desnuda para que me levante—. Es igual. Estás perfecta. Vamos.

—Pero ¿qué haces? —Pataleo, pero me roza la parte de atrás de las rodillas y rompo a reír como una lunática por las cosquillas—. ¡Para! ¡Alex! ¿Quieres estarte quieto?

Me carga sobre su hombro y tiembla bajo mi cuerpo, lo que me indica que, a pesar de no hacer ningún sonido, él también se está riendo.

Abre la puerta del dormitorio y se dirige a las escaleras conmigo boca abajo. Me arde la cara por la sangre acumulada en la cabeza y no puedo dejar de reírme. Desde esa posición, veo a la abuela observándonos con una sonrisa.

—Vale. ¡He dicho que vale, Alex! —Le doy azotes en el culo y lo pellizco, hasta que por fin me baja y me encaro con él—. Tú ganas.

Su sonrisa se hace más grande y vuelve a entrar en mi cuarto, orgulloso de su hazaña. Lo sigo y me quedo unos segundos embobada; observo cómo curiosea entre mis cosas, ojeando los libros de mis estanterías, mis paredes llenas de láminas antiguas pintadas por mí, de fotos de amigos, incluidas muchas nuestras, y de las postales de Vera.

Cuando coge una, la voltea y la lee con rapidez, se la arranco de los dedos y vuelvo a colocarla en su sitio.

—¿Qué estás haciendo? Sal de mi habitación.

Entonces presta atención a la montaña de ropa que decora mi cama. Quiero morirme de la vergüenza, porque es obvio que me he estado probando distintas opciones antes de que llegase.

Niega con la cabeza, me dedica una sonrisa torcida y se dirige al armario con decisión.

—Como veo que tienes dudas, te lo voy a poner fácil.

Lo abre y comienza a revolver sin el menor cuidado. Veo un tanga asomándose de un cajón e intento que deje de tocar mis cosas sin mucho éxito.

—¿Quieres parar? Puedo hacerlo yo.

Cierro la puerta del cuarto de una patada, me niego a que la abuela pueda oírnos pelear por algo relacionado con mi ropa interior, pero, antes de cerrarse del todo, me llega su risa ahogada.

—Estos niños...

Me doy por vencida y dejo que Alex revise mi armario con ojos curiosos. Verlo en mi habitación por primera vez me supone un sentimiento indescriptible que merezco disfrutar.

Cuando éramos críos entrábamos uno en casa del otro continuamente, pero nunca solíamos subir al segundo piso, donde se encuentran los dormitorios. Sus padres y la abuela nos hacían evitarlo; supongo que pensaban que tres adolescentes podían dar problemas de verse solos en un cuarto.

Si ellos supieran...

Yo sí que conocía el de Alex. Había entrado un par de veces a por sus discos de música. Lo hice una tercera vez, y a escondidas, con otro objetivo muy distinto.

Él nunca había estado en el mío. En el de Vera sí; fue aquella vez que nos disfrazamos con los viejos vestidos de mamá y obligamos a Alex a vestirse de mujer. Maquillarlo fue una de las cosas más divertidas que recuerdo, mientras Vera le mostraba, con una eficacia digna de una modelo de pasarela, cómo caminar sobre unos tacones de diez centímetros. Él simulaba que la miraba con interés, pero en cuanto se daba la vuelta le hacía burla haciéndome reír a mí.

Por eso, verlo en mi espacio, en uno que llevo años sin compartir con nadie, porque la abuela casi nunca puede subir aquí, me hace sentirme casi agradecida.

—Joder, Sara. —Su voz ronca interrumpe mis pensamientos.

Sujeta unas braguitas con dos dedos y abro la boca alucinada por su atrevimiento. Se las arranco con una ceja arqueada.

—¿Algún problema?

Hace caso omiso de mi advertencia y continúa investigando entre mis bragas y sujetadores con expresión lasciva. La antigua Sara le hubiera mandado a paseo, pero la nueva se siente demasiado complacida por su expresión lujuriosa. Aunque resulte una analogía desconcertante por el matiz sexual del momento, parece un crío frente al escaparate de una pastelería.

—¿Dónde compras esta ropa interior? Dudo mucho que la puedas encontrar en este pueblo.

—¿Nunca has oído hablar de internet?

Le sonrío con más coquetería de la que pretendía, mientras me apunto mentalmente darle las gracias a Paloma por ayudarme a comprar por ese medio desde su casa, ya que sigo siendo «Sara, la rara» en lo que se refiere al uso de las tecnologías.

No me da tiempo a reaccionar; en un segundo sus brazos me rodean y me empujan hasta apoyar la espalda en la pared. Una de sus manos me recorre la mandíbula y la otra se cuela por debajo de mi pijama, hasta posarse en mi estómago. Su piel está caliente y me estremezco. Me mira, como si le costase entender lo que tiene delante, y yo no me opongo ni a su análisis ni a sus manos acariciándome sin descanso. Tengo que contener un jadeo cuando una de ellas sube por mi costado y se introduce por debajo de mi sujetador.

—¿Qué es lo que tienes, pequeña Sara? —me susurra contra los labios.

—Una obsesión insana, y hasta ahora secreta, por la ropa interior bonita.

—Sabes que no me refiero a eso, estoy hablando de ti. Estoy hablando de esto.

Su nariz comienza un recorrido descendente y se desliza hasta llegar a mi cuello. Gimo bajito, intentando sacar fuerzas para decirle que pare en vez de suplicarle que me desnude con mi abuela en el piso de abajo.

—Alex, creo que debería vestirme. No quiero llegar tarde a esa cita.

—Yo llego ocho años tarde, ¿no te parece que podemos esperar un poco más?

En vez de molestarme ese recuerdo constante de su huida adolescente, por primera vez la excitación y eso que siempre nos rodea cuando estamos juntos me pueden.

Se aprieta contra mi cuerpo y siento el suyo preparado para hacerme gritar si yo se lo permitiese, pero no es momento. No quiero que esta cita, o lo que sea, se resuma en sexo.

Quiero saber qué era lo que Alex estaba dispuesto a darme.

Quiero saber a qué renunció entonces.

—Creo que, si empezamos la cita por el final, después no acabará como merecemos.

Suelta un gruñido de insatisfacción contra mi clavícula y comienza a separarse un poco, dejando que el aire de nuevo corra entre los dos. No obstante, antes de dejarme recuperar mi espacio del todo, sonríe como un niño y me mira suplicante con un trozo de tela entre los dedos.

—Vale, pero ponte esto. Por favor.

Me muestra un conjunto lencero que no sé en qué momento ha cogido. Deslizo la mirada entre la tela de encaje blanco y la suya ilusionada, y le muerdo el labio inferior sin poder contenerme como única respuesta.

A.

Cuando Sara baja las escaleras, contengo el aliento. No hay sorpresa, ha accedido a ponerse el vestido que yo he escogido de entre todos los que llenan su armario: uno rojo oscuro abotonado en la parte delantera y con un bolsillo cerca del pecho en el que la he visto guardar un billete arrugado. Me ha excitado el tacto al imaginármelo sobre su piel, que sus botones en la parte frontal suponen el estar todo el tiempo pensando en desabotonarlos y que es corto. Muy corto.

Me muero por descubrir si me ha hecho caso en todo lo demás.

Lleva unas sandalias planas y el pelo suelto. Ni maquillaje, ni bolso, ni joyas. Nada. Sara en estado natural y dispuesta a volverme loco.

—¿Nos vamos?

—Sí, claro.

—Pasadlo bien, niños —nos despide Amelia como si tuviéramos quince años.

Sara le da un beso en la mejilla y sale por la puerta. Yo la miro embobado y la abuela me palmea el brazo con cariño. También me susurra unas palabras que no sé muy bien si son una advertencia, una premonición de esas suyas que nos daban tanto miedo o un consejo.

—Es ahora o nunca, Alexander.

Asiento y, con el eco de su temblorosa voz, salgo detrás de Sara, que me espera apoyada en la verja blanca. Le cojo la mano con decisión y tiro de ella en dirección al sendero escondido que bordea el lago.

—¿Adónde vamos? —pregunta curiosa.

Yo estoy nervioso. No sé si lo que he hecho es una soberana estupidez o quizá la mejor idea de mi vida. Con ella nunca se sabe si lo tachará de cursilada o de romanticismo perfecto, pero tengo que jugármela; ya hemos perdido mucho tiempo.

Me paso una mano por el pelo y resoplo. Ella sonríe, me conoce tan bien que sabe que estoy temblando por dentro, y aprieta su pequeña mano entre la mía, dándome el apoyo que necesito para empezar el que, quizá, sea el discurso más difícil de mi vida.

—Sara... vale. A ver cómo planteo esto sin parecer un idiota.

—Inténtalo. —Me rodea el brazo con su otra mano libre y su gesto me envalentona.

—Hace ocho años te prometí una cita. Lo tenía todo pensado. Te iría a buscar adondequiera que estuvieras, aunque fuese en mi casa, pero así te sentirías como en una cita de verdad.

La miro un instante, analizando en su rostro si voy por buen camino, y sus palabras me confirman que quizá esto sea lo que ella lleva tanto tiempo esperando.

—Primer objetivo conseguido.

—Tú llevarías un vestido precioso y yo me pondría camisa.

—Lo estás bordando, *gentleman* —contesta divertida.

—Iríamos a cenar. Sería en un sitio al aire libre, porque tú pareces sentirte mejor cuando no estás encerrada. Charlaríamos, nos reiríamos y te tocaría cada vez que me lo permitieras. Habría chocolate de postre, por supuesto.

—¿Qué más?

Su voz ahora es más frágil, tomada por una emoción distinta, como si de verdad se estuviera imaginando a la Sara de entonces compartiendo una cita con el Alex de dieciocho años.

—Después te llevaría a bailar. Me daría un pudor terrible, pero me encantaría llevarte a un sitio de esos en los que las parejas bailan los clásicos que escuchábamos en los vinilos de mi madre. Y hacerte pasar un poco de vergüenza, todo sea dicho —se ríe y yo la acompaño, disfrutando de la serenidad con la que estamos compartiendo este momento—, aunque creo que con los años la has perdido.

—Así que uno de la vieja escuela, cortejándome con Sinatra.

—Algo así.

—¿Y después? —pregunta animada.

Las luces comienzan a verse y no quiero llegar tan pronto, así que la giro sobre sus pasos hasta quedar frente a mí y de espaldas al lago. Rodeo su cintura con los brazos y ella apoya las manos en mi pecho.

—Vale. Esta era la parte que se supone que no te contaba. Después te llevaría de vuelta a casa, te besaría en la puerta y te pediría repetirlo al día siguiente, como un caballero. —Alza las cejas con desconfianza, porque sabe que ese no sería mi final soñado; me sincero con una disculpa en los ojos—. Aunque por dentro estaría rezando para que quisieses continuar el beso e invitarme a tu cama. Pero eso un perfecto caballero nunca lo dice en voz alta.

Asiente y acaricia el cuello de mi camisa. Me desabrocha un par de botones, que me estaban ahogando por el calor, y se lo agradezco con una sonrisa.

—Es un plan interesante.

Estoy de acuerdo, pero mi mejor parte aún no la he compartido con ella. Al fin y al cabo, lo demás me da la sensación de que lo hemos hecho de un modo u otro, aunque fuera en la compañía de Vera, pero hay algo que nunca conseguimos regalarnos.

—No he terminado. —Clavo los ojos en los suyos, que me estudian brillantes y cálidos—. Si todo fuese bien, acabaríamos durmiendo juntos, pero juntos de verdad, sin la necesidad de escaparte al amanecer. Me despertaría antes que tú... no te rías. —Se muerde el labio para evitarlo, porque nunca he sido bueno en eso de madrugar y ella suele levantarse al alba—. Pondría el despertador de ser necesario y te llevaría el desayuno a la cama. Pasaríamos el día sin hacer nada. Simplemente estando juntos, tú y yo solos. Hasta que mis sábanas olieran tanto a ti que despedirnos fuera un poco menos duro. Después te echaría de menos, como he hecho siempre.

Sara se pone de puntillas y me deja un beso sentido y dulce en la comisura de los labios. No hace falta que diga nada porque, en este idioma que hemos inventado y con el que tan bien nos comunicamos sin hablar, acaba de darme las gracias.

—Hubiera sido una cita perfecta.

—Espero que esta se le acerque un poco.

S.

Alex me gira en un movimiento rápido y comienzo a entrever las luces entre la maleza que nos separa de ese rincón que ya hemos hecho un poco nuestro. En el que tantas veces jugamos de niños a lanzarnos al agua y en el que, ya de adultos, hemos hecho el amor.

Me coge de la mano y me acerca al sitio más perfecto que he visto nunca para tener una cita. Pequeñas velas lucen dentro de farolillos. Hay una mesa de jardín cubierta con un mantel de cuadros rojos y blancos; platos, dos copas, un vaso con unas flores frescas y un par de recipientes de algo que huele increíblemente bien.

Nada ostentoso, nada complicado, solo él y yo, y el lago.

No creo que pudiera haber elegido un lugar mejor para cenar por primera vez conmigo.

Lo miro a los ojos con los míos llenos de gratitud. Soy incapaz de ocultar lo que estoy sintiendo, me encuentro desprotegida desde que lo he visto en mi habitación, pero no me importa. Al menos, no hoy.

—Vaya, Alex... ¿lo has preparado tú? Pero ¿cuándo? Si apenas has tenido tiempo. ¡Esto es precioso!

—Me alegro de que te guste. Sin duda, la mejor mesa del pueblo —dice socarrón, guiñándome un ojo—. He tenido que sobornar a un par de *maîtres*.

—Un chico de recursos... —Arrugo la nariz y le sonrío complacida—. Me gusta.

Al sentarme, el vestido se me sube y deja a la vista mi muslo, que él mira sin disimulo.

—A mí me gusta ese vestido.

—Cállate.

Le doy con la servilleta y nos echamos a reír.

Comemos en silencio. Alex ha preparado unos canapés variados y una ensalada. También bebemos un vino blanco frío y espumoso que me encanta, aunque yo solo doy sorbitos, porque no quiero que nada enturbie el futuro recuerdo de este momento.

Me siento bien, tranquila, disfrutando de algo que siempre deseé y que nunca conseguí; haber cumplido de algún modo ese anhelo ya hace que haya merecido la pena.

Pese a todo, no puedo evitar estar un poco inquieta, porque encontrarme así con él es nuevo, y antiguos miedos aparecen para decirme que quizá haya llegado el momento de poner ciertas cartas sobre la mesa. De plantar cara a los problemas. De plantarnos cara a nosotros mismos.

—Y bueno... —tartamudeo y me quedo callada enseguida, porque no sé qué decir.

—Sara, no hace falta que hablemos de nada, si no quieres. Con estar aquí contigo, me vale.

—No. Solo que... —Me remuevo inquieta, intentando encontrar el mejor modo de explicarle lo que me ocurre, hasta que decido ser franca y dejarme llevar—.

Es raro, ¿sabes? No podemos hablar como lo hacíamos antes, porque hacerlo sobre juegos y estudios no tiene mucho sentido. Y ahora... en realidad no sé nada de ti, ni tú de mí. Es extraño.

—Sabes todo lo que necesitas saber, Sara. Pero pregúntame. Piensa que estás teniendo una cita con un viejo conocido.

Me vienen a la mente los roles que tomamos en el bar de Joe unas noches atrás y sonrío. Supongo que a veces es más fácil escondernos simulando que somos otros para enfrentarnos a nosotros mismos.

—¿Jugando otra vez? De acuerdo. Háblame de tu trabajo.

—Mmm... ¿en serio? —A Alex parece que le desagrada el tema escogido, pero, al verme resoplar, levanta las manos en señal de calma—. Vale. Vale. Odio mi trabajo, ¿se nota? Verás, cuando nos mudamos a Dublín comencé a estudiar por las noches. Un curso de contabilidad para el que resultó que era realmente bueno. De ahí pasé a complementarlo con estudios superiores de economía y empresariales, y ahora trabajo llevándole el papeleo a una gran empresa. Me va bien y soy bueno, pero me aburre como pocas cosas lo hacen.

—Mala manera de empezar una cita, Mauer. Si no te conociera ya, diría que eres un muermo.

Se ríe y me asombra que haya acabado dedicándose a algo que aborrece. Soy consciente de que a veces la vida no nos da más opciones, pero siempre pensé que haría algo que de verdad le emocionase, a pesar de que nunca mostró interés real en nada que no fuera la música.

—Tú al final no soltaste el pincel.

—No. Estudié en una escuela cercana. Comenzaron a encargarme chapuzas, arreglos, retratos para regalos...

En meses me vi remodelando el cobertizo, publicitándome en los alrededores y con un negocio con el que no daba abasto.

—Te dije que eras la mejor y no me equivocaba.

—En realidad, fue Yago el que me ayudó a profesionalizarlo todo, por así decirlo. —Solo con oír su nombre se tensa, pero me permite continuar sin entrar en un tema que a ninguno de los dos nos apetece demasiado—. Su tío se mueve bastante bien en el mundo de las antigüedades y me sirvió de trampolín entre sus contactos. Aquí la gente todavía valora el trabajo a mano y el significado de las cosas.

—¿Ya no pintas?

—Lo hago cada día, Alex.

—Ya sabes a qué me refiero.

Pues claro que lo sé. Está hablándome de pintar porque sí, de dejarme llevar y plasmar lo que me sale de dentro, de disfrutar de la libertad de un pincel y no centrarme solo en encargos. Y dejé de hacerlo hace tiempo, cuando vi que la abuela comenzaba a preocuparse de verdad por mi estado. Como un intento de dejar de expresar todo eso que me comía por dentro y guardarlo solo para mí.

Recuerdo unas palabras que siempre decía mi madre cuando me cerraba en banda y me negaba a compartir lo que sentía.

—Dadle un lienzo en blanco y sabréis lo que le pasa.

Ella lo sabía porque éramos como dos gotas de agua en ese sentido. Al igual que la abuela, que leía en mi interior observando mis creaciones y que fue el motivo de prohibirme seguir usando esa salida, porque a ella le hacía daño y ya había sufrido bastante.

La última pintura que hice se la regalé a Yago. Ahora cuelga en la pared de su habitación.

—No. Dejé de hacerlo hace tiempo. Se me acabó la inspiración, supongo.

—No lo creo. Quizá la escondiste.

—Quizá.

Me resulta increíble que Alex diga justo lo que ocurrió. Lo que pasa es que esconder las emociones al final acaba pesando y corres el riesgo de un día explotar.

—¿Te enamoraste? —La pregunta me sale sola y se pasa los dedos por el pelo, nervioso e indeciso.

—Sara, no...

—Cuéntamelo.

Pongo la mano sobre su pierna, dándole a entender que no es esa curiosidad enfermiza que algunas personas tienen y que solo les causa dolor, sino que no puedo tener celos de un Alex del que no sé nada; solo deseo conocerlo, entender ciertas cosas e interiorizar qué fue lo que le llevó de nuevo a estar aquí.

—Tuve una relación seria. Duró casi tres años, pero ella no... no sentía lo mismo.

—¿Cómo se llamaba?

—Anne.

Anne.

Repito el nombre mentalmente, hasta que pierde sentido y forma.

Anne. Anne. Anne.

—¿Qué ocurrió?

—Lo de siempre. Yo quería más y ella no.

—¿Y qué es lo que querías?

Me mira con expresión neutra, pero percibo sus dudas. Descubro que no me molesta que él se enamorase, sino que solo me duele saber que podía haber sido yo, pero que no lo fui.

—Sara, no creo que sea una conversación apropiada para una cita.

—Olvídate de la cita. Soy yo. Necesito saber qué ha vivido este Alex sin mí. Eso es todo. Necesito comprender las cosas. Qué fue lo que ocurrió entre el Alex que se tiraba de esa cuerda y el que vino a transformar una casa.

Entre mi Alex y este que ha regresado, uno que a ratos se le parece demasiado y a otros es un completo desconocido.

—Le pedí que nos fuéramos a vivir juntos. Me dijo que sí, pero antes de mudarnos decidió que era pronto. En realidad, seguía teniendo un asunto pendiente con su ex. Se casaron el año pasado; ahora nos llevamos bien.

—¿No hubo nadie más?

—Hubo muchas, Sara, no te voy a engañar, pero...

Lo interrumpo, porque pensar en él en otro tipo de circunstancias más carnales sí que me afecta de algún modo oscuro y dañino.

Qué diferentes somos las personas y qué contradictorias en ocasiones. Yo, que siempre he valorado como mucho más importante el amor sobre el sexo, siento celos al pensar en las mujeres que lo habrán tocado, en vez de en las que lo habrán querido.

—Importante, quiero decir.

—No. Salí casi un año con otra chica, pero esa vez fui yo el que no quise más. ¿Y tú?

—Nadie importante.

Sé que está pensando en Yago de nuevo, pero me cierro en banda, porque me siento muy expuesta en este instante.

Nadie, Alex. Nadie que no esté incluido en una lista

escueta y práctica de amantes ocasionales que no me han proporcionado más que un pequeño paréntesis en la rutina. Nada más que sexo mecánico y vacío que nunca me hizo sentir nada. Ni mucho ni poco, ni bien ni mal..., sino nada.

—Le hablé de ti.

—¿Qué? —le pregunto, sorprendida.

—A Anne. Yo la quería, no puedo mentirte, pero, aun así, le hablé de ti. También de Vera.

—¿Qué le contaste?

—Todo. Que besé a Vera. Que te besé a ti. Que te quise. Que aún te quería.

Trago saliva y siento que el estómago se me funde con el resto del cuerpo, como si estuviera derritiéndome lentamente ante su mirada y la intensidad del momento.

—¿Y qué te dijo?

—Que era normal. Que hay personas que siempre ocupan una parte de ti, lo queramos o no.

Asiento y me alegra saber que Alex tuvo personas cerca que lo comprendieron y lo quisieron, aunque no fuese yo. No conozco a esa chica, pero, de algún modo desconcertante, siento una enorme gratitud hacia ella.

—Era inteligente. Buen ojo, Mauer.

—Tan inteligente que supo antes que yo que aquello estaba destinado a nunca ser suficiente. Ella tenía su pasado ahí, pero yo también.

El pasado.

Nos repetimos sin cesar que debemos vivir el presente, porque es lo único que tenemos. Pero es demasiado sencillo, tanto estancarse en un pasado que un día nos marcó como vivir pensando siempre en el futuro, volcando nuestros esfuerzos en lo que está por llegar y pasando por nuestra propia vida de puntillas.

Yo llevo años atada a mi pasado de un modo inexplicable.

Alex me sorprende sacando de una tartera dos trozos de bizcocho con chocolate. Me río al verlo pellizcar la base y llevarse un pedazo a la boca, y recordamos cuando robábamos onzas del armario de su cocina.

—Nunca he dejado de hacerlo. Es como una droga.

—Lo sé. Te vi el segundo día. Entraste en la cocina y abriste el cajón mirando a tu espalda en un acto reflejo. Al igual que hacías de crío para que no te pillase tu madre.

—¿En serio?

—Sí. —Sonríe y me observa divertido.

—Tú sigues moviendo los dedos de los pies. —Lo hago en un acto reflejo y suelta una risotada—. Y arrugando la nariz cuando estás concentrada. También sacas la lengua a un lado mientras trabajas.

Imita mi gesto y pongo los ojos en blanco fingiendo estar molesta, aunque en realidad me cohíbe que se haya percatado de todas esas cosas.

No terminamos de comprendernos del todo, pero nos observamos constantemente.

—Parece que tengo un mirón alrededor.

—Y entras en mi casa deseando saber qué canción habré elegido ese día para ti.

—¿Tan previsible soy? —le pregunto, sonrojada.

—¿Previsible, tú? —Abre los ojos, sorprendido por mis palabras—. No. Todo lo contrario, eres totalmente imprevisible. No sé por dónde me vas a salir, Sara. Y eso me irrita, pero también me vuelve loco. Solo son pequeñas rutinas que me ayudan a seguir reconociéndote como mi Sara.

—No me gusta ese «mi». No soy una posesión.

Su expresión se ensombrece y me arrepiento de haber sido tan brusca.

—No es esa clase de «mi». Es un «mi» de que, pase lo que pase y hagamos lo que hagamos, siempre estaremos enlazados de algún modo. —Su mano encuentra la mía sobre el mantel y se entrelazan, como si dieran forma y cuerpo a sus palabras—. Te llevo dentro, Sara, y eso no se puede cambiar. Al igual que tú me llevas a mí.

«Hasta la raíz», pienso.

A.

Regresamos caminando despacio y lo hacemos de la mano. Charlamos de cosas sin importancia, como de lo que me cuesta madrugar para ir a la oficina y tener que ir cada día en traje, o su manía de pintar la casa cada cierto tiempo de un color nuevo.

Al llegar a la puerta de mi casa, Sara no duda. Siempre he admirado de ella que cuando se encuentra cómoda no finge ni se avergüenza. Se quita las sandalias antes de entrar, dejándome claro que pasar la noche juntos sigue siendo parte del plan de esa cita que nos debíamos.

Cuando entramos, me acerco al viejo tocadiscos de mi madre y lo enciendo. El vinilo comienza a girar y la melodía de *Somethin' Stupid*, de Frank y Nancy Sinatra, lo llena todo.

—Alex, ¿qué...? ¿Qué se supone que haces? —pregunta nerviosa y con la voz un poco tomada.

Yo me siento un poco estúpido, pero sé que se lo debo.

—Te dije que quería llevarte a un sitio de bailar. El

Joe's no me parecía apropiado. —Arrugo la frente, simulando sobriedad, y ella suelta una risita y me agarra del brazo—. ¿Te gusta?

—Me encanta, pero yo no sé bailar.

Entonces sonrío y recupero un recuerdo que sé que la va a hacer reír lo mismo que a mí.

—Es el momento de sacar a relucir las enseñanzas de Vera. No creo que lo hagas peor que yo.

Nos reímos y me abraza sin dudar, pasando los brazos por mi cuello y acariciándome la nuca. Yo la cojo por la cintura y la acerco a mi cuerpo, apoyando la boca en su pelo y aspirando su olor a flores, a pintura, al lago.

Cierro los ojos y la veo en esta misma posición, pero con diez años menos.

Vera está subida a una mesa. Lleva un collar de perlas que perteneció a su madre y unas gafas sin cristales. Sujeta un bolígrafo en una de sus manos con el que nos instruye, mientras la música suena y Sara y yo nos reímos como tontos cada vez que nos pisamos los pies o nos tropezamos.

No sé por qué le hacíamos caso en sus tonterías, pero solo ella era capaz de conseguir que un chico de dieciséis años bailase agarrado a una niña de catorce una tarde de verano para su disfrute, sus experimentos o lo que fuera que supusiera el hacer aquello. Con Vera las explicaciones sobraban.

—Ha sido una buena idea.

Su voz suena amortiguada contra la tela de mi camisa. Yo solo soy capaz de asentir y agradecerle que haya aceptado todo lo que quería regalarle.

—Gracias.

La canción acaba y nos quedamos así, en la misma posición, balanceándonos unos minutos, hasta que Sara levanta la cabeza y comienza a desabrocharme la camisa sin dejar de mirarme fijamente.

—Alex...

—Sara...

La prenda cae al suelo y sus dedos enganchan el botón de mi pantalón. Trago saliva y la dejo hacer.

—Creo que es un buen momento para decirte que no hace falta que hagamos el paripé de acompañarme a casa.

Me río y el sonido de mi cremallera hace eco en la habitación. Su mano roza mi erección al deslizar la tela por mis piernas y se endurece ante esa leve caricia.

—¿Y qué es lo que habías pensado? Recuerda que hoy soy todo un caballero.

Ella baja la vista y alza una ceja con picardía, dándome a entender que no parezco precisamente un caballero en este momento. Tengo que contenerme para no tumbarla en el suelo.

—¿Los caballeros lo hacen sobre un piano?

Joder, Sara...

La cojo en volandas y sus piernas se agarran con fuerza a mi cintura entre risas. Cada paso que doy hasta llegar a la superficie negra se me hace eterno. La apoyo sobre el piano y su vestido se levanta, dejando los muslos al aire y el comienzo de su ropa interior; la misma que yo le había suplicado que se pusiera.

Gruño al ver el encaje blanco y la muy provocadora se abre de piernas.

—Me importa una mierda lo que hagan. Yo voy a hacértelo.

Arrancando los botones de su vestido, me hundo en Sara sin pensar en nada más que en las horas que me quedan para saborearla antes de que el sol salga y esta cita se acabe.

4

El último verano

Sara se peinaba los mechones descontrolados de pelo frente al espejo. Estaba inquieta. Llevaba toda la semana imaginando que le decía a Alex que lo había echado de menos; lo hacía con la expresión decidida de la chica que estaba creciendo y que empezaba a dejar atrás a la cría que él había besado el verano anterior.

Los cambios físicos eran evidentes; sus caderas se habían redondeado y su pecho abultado lo suficiente como para convertirse en el centro de las miradas de los chicos en el instituto. A ojos de los demás, al menos, ya no era una niña.

Bajó las escaleras cuando el sonido de la camioneta rompió la calma que siempre las rodeaba.

—¡Vera, ya viene!

—¿Ya? ¡Joder, sigo en bragas! ¿Crees que le importará mucho si salgo medio desnuda?

—No serás capaz... —susurró la pequeña horrorizada; la mayor la adelantó perfectamente vestida y riéndose a carcajadas—. ¡Verás ahora!

Salieron corriendo, como las niñas que supuestamente ya no eran y bajo la mirada risueña de su abuela, hasta darse de frente con el vehículo. Tuvieron que poner las manos sobre la carrocería y el frenazo asustó a todos los presentes. Intercambiaron una mirada rápida y sorprendida con el padre del chico y con Alexander, que por primera vez conducía la camioneta, y rompieron en carcajadas.

Alex se rio dentro del coche y sus padres lo recriminaron, aún asustados por la aparición de las chicas en el medio del camino.

Las observó hechas un nudo de piernas y brazos en el suelo, con las lágrimas surcando sus mejillas, y se sintió terriblemente afortunado por estar de vuelta.

—Alexander, déjame decirte que conduces de pena —exclamó la mayor, mofándose de él.

—Habrá que verte a ti, si apruebas algún día el carné, claro.

Vera le tendió la mano y él la ayudó a levantarse.

Se abrazaron.

La pequeña aún seguía riéndose, con todo el pelo cubriéndole el rostro, hasta que por fin alzó la mirada hacia él y se quedó anonadado.

—Hola, Sara.

—Alex.

Le ofreció igualmente su mano, ella la agarró sin dudar y sin dejar de mirarlo a los ojos, y Alex deseó no soltarla nunca.

Se habían echado de menos, como siempre, aunque de un modo diferente.

Alexander había pasado un mal año. Sus padres apenas se dirigían la palabra, la convivencia era asfixiante y él, sin poder ni querer evitarlo, se había convertido en algo así como en el paño de lágrimas y principal sujeción de su madre. Además, había comenzado a sentir un odio imparable hacia su progenitor, y eso le hacía buscar demasiadas distracciones fuera de casa. Salía y bebía más de lo que debía, como una manera de centrar su atención en otra cosa que no fueran sus sentimientos.

Cuando se sentía triste y solo bajo el cobijo de sus sábanas, pensaba en sus dos chicas favoritas, a tantos kilómetros de distancia, en qué estarían haciendo y en si también lo echarían de menos; en la locura de Vera y en la sonrisa calmada de Sara. A veces pensaba en los besos que les había dado a ambas. Tan iguales en circunstancias, tan dispares en emociones.

De vez en cuando le llegaban postales, pero él rara vez contestaba. A pesar de ello, le hacía ilusión recibirlas, como parte de un juego del que seguía formando parte.

Vera había tenido un par de novios. Nada importante más allá del placer que le suponían. Seguía pasando más tiempo en el pueblo que en casa; la abuela les había comprado una vieja moto para desplazarse y le había pagado a Vera el permiso de circulación. También había comenzado a trabajar en una heladería para ahorrar dinero con la intención de marcharse al año siguiente sin verse obligada a tocar la escasa herencia de sus padres y que, aunque ya era mayor de edad para tener acceso a ella, prefería reservarla para darle a Sara la oportunidad de estudiar lo que quisiera. Vera no iba a ir a la universidad, pero sí que sentía la necesidad de volar del nido y salir de ese lugar pequeño, simple e inexistente en cualquier mapa para, lo que ella creía, vivir de verdad. Ni siquiera tenían teléfono, ¡por el amor de Dios!, parecían vivir en otra galaxia. Su hermana tenía miedo de que se fuera para no volver nunca, pero ya había crecido lo suficiente para saber que no podía pedirle que se quedase.

Las notas de Sara eran excelentes. Bajaba de vez en cuando al pueblo, quedaba con Paloma y salían con otros chicos de clase; incluso había tenido un par de citas con un compañero, aunque no habían pasado de un par de besos. Su vida le gustaba, aunque no podía evitar echar mucho de menos a Alex. Lo hacía cada vez que se lanzaba al agua, cuando paseaba por el bosque o se comía un helado. Lo hacía todo el tiempo que pasaba despierta; a veces juraría que pensaba en él hasta dormida, a juzgar por algunos de sus sueños.

Se acordaba mucho del beso y, cuando lo hacía, se le erizaba el vello de los brazos y se le secaba la garganta. Aun así, su actitud de después la había hecho crecer más rápido de lo normal y asumir que no había sido más que un beso tonto para un chico que aquella noche había bebido. Un chico que la apreciaba y que solo quiso regalarle un primer beso bonito y memorable. Un chico que ya había cumplido los dieciocho años y que estaba más cerca de ser un hombre que de seguir jugando con dos niñas a juegos que ya les quedaban muy lejos.

Dio igual la edad que tuvieran y la diferencia con Sara, porque los tres lo echaban de menos y lo disfrutaron aquel verano.

Volvieron a darse largos baños en el lago, a lanzarse desde la cuerda que el joven había colgado del árbol partido, a reírse a carcajadas, a visitar una cueva que ya no lo parecía tanto y a ver anochecer tumbados en el embarcadero, el chico en el centro y una de las chicas a cada lado. Volvieron a correr descalzos, a escucharse cuando lo necesitaban y a compartir silencios, a ser ellos mismos y a demostrarse que eran tres piezas que conectaban a todos los niveles que consideraban importantes. Volvieron a ser ellos tres sin necesitar nada más, olvidándose de todos los problemas familiares de los Mauer, de la presión de los estudios, de las decisiones que comenzaban a tener que tomar al hacerse mayores, de lo que existía fuera de ese lago, y la felicidad los azotó con fuerza y no los abandonó en todo el verano.

Qué lástima que fuese el último.

—¡Vamos, Sara! No quiero llegar tarde.

Vera se asomó a la habitación de su hermana y la vio observándose en el espejo de cuerpo entero con semblante serio.

—Es que este vestido... dame un minuto.

—¿Qué le pasa al vestido? —La mayor la miró de arriba abajo y alzó las cejas, sorprendida; estaba preciosa, parecía toda una mujer y no la niña flacucha y sin formas que había sido hasta entonces—. Vaya.

—Eso es lo que le pasa al vestido —dijo, refiriéndose a la reacción de su hermana. Se negaba a que los chicos la mirasen de ese modo; menos aún, delante de Alex—. Me pondré los vaqueros.

—¡No! Ponte el vestido, te queda perfecto. Ven, déjame que te peine.

La obligó a sentarse y le peinó la larga melena. Rara vez se cortaban el pelo.

—Vera, ¿crees que todo seguirá igual entre nosotros?

—¿Por qué no iba a hacerlo?

—No lo sé. Se le ve tan... mayor.

—Es un chico, Sara. Son grandes. Pero que no te engañe su apariencia, siempre somos nosotras las que crecemos antes de aquí —le explicó, dándole dos toquecitos en la frente—. ¿Qué estás rumiando, enana?

—Nada.

El cepillo dejó de hacer su función y Sara notó que la respiración de Vera había cambiado. Se giró y se encontró con su hermana boquiabierta.

—Sara, ¿te gusta Alexander? No me lo puedo creer...

Y no, Vera no podía creer que no se hubiera dado cuenta hasta aquel preciso instante, cuando todo encajó en su cabeza, conectando las pistas de un acertijo que durante mucho tiempo no había comprendido.

—¿Qué dices? ¡No! ¿Cómo va a gustarme Alex?

Cogió ella el cepillo y se peinó con fuerza, electrizando sus cabellos.

—No pasaría nada, a mí me gustaba un montón, ¿sabes? Nunca te lo dije, pero fue él quien me dio mi primer beso. El de verdad. Antes de ese, ni siquiera recuerdo ya si hubo otros.

La imagen sobrevoló la memoria de Sara con tanta nitidez que fue como si no hubieran pasado ya dos veranos de aquello. También recordó el que le dio a ella, el contacto suave de su lengua enredándose con la suya y sus dientes apresando la carne un segundo para después soltarla.

Siempre que recordaba el secreto de Vera se enfadaba, pero después rememoraba el suyo y se calmaba en el acto.

—¿Por qué no me lo contaste?

—No lo sé, siempre estábamos los tres juntos. De repente me sentí mal por haberlo hecho, como si te hubiéramos traicionado. No tiene mucho sentido, pero preferí esconderlo, me dio miedo que pudieras enfadarte conmigo.

Pese a todo, Sara entendía a su hermana. Hay uniones, ecuaciones, piezas de un puzle que no pueden separarse, y ellos formaban un trío único y especial que debía permanecer unido. Y Sara estaba enamorada de Alex, pero nunca pondría en peligro aquello que compartían por conseguir dar un paso más en su relación con él.

Ellos tres juntos formaban algo más grande.

Además, ella también había convertido en un secreto su primer beso.

—No lo hubiera hecho, Vera —dijo, consciente de que era una verdad a medias—. ¿Qué razón tendría?

—No lo sé. ¿Me perdonas?

—Claro.

—Si te gusta, sabes que puedes decírmelo.

—Lo sé.

Lo sabía, aun así, hubo algo que a la pequeña Sara le impidió confesarle a Vera lo que sentía en su interior cuando pensaba en Alexander Mauer.

Bajaron corriendo las escaleras cuando estuvieron preparadas y se acercaron a la camioneta. Él ya las esperaba dentro.

—Ya estamos, guapo. ¿Le importaría acercarnos al pueblo? Tenemos una cita —bromeó Vera.

—De acuerdo, a cambio de su inestimable compañía.

—Solo podemos prometerle un rato, lo de la cita es cierto.

Vera se puso a toquetear los botones de la radio buscando una emisora que le gustara y Alex analizó la mirada de Sara, que iba sentada atrás, por el espejo retrovisor.

—¿Tenéis una cita? ¿Sara también?

—Se está quedando contigo —contestó ella, mirando por la ventanilla para así evitar sentirse tan observada.

—¿No va a estar Gonzalo allí?

La miró frunciendo el ceño, intentando comprender qué pretendía Vera diciendo algo como aquello, y la vio reírse mientras tarareaba *My Girl* con gesto pícaro, uno de los grandes éxitos de The Temptations. Últimamente parecía gustarle en especial esa vieja canción.

Sara había salido un par de veces con Gonzalo, aunque, después de haberse besado y no haber sentido nada, sabía que no le gustaba más que como amigo. Era guapo, vivía en el pueblo todo el año y la respetaba, pero... pero no era Alex.

—Sí que estará.

—Entonces, tendrás una cita.

Sara tuvo que aguantar toda la noche las miradas desdeñosas de Alex cada vez que el chico en cuestión se acercaba, sus consejos paternalistas sobre que era demasiado joven para hacer según qué cosas, y las carcajadas de Vera, que los observaba como si supiera un secreto que ninguno de los dos aún conocía.

Una tarde, Sara pintaba en la tranquilidad de su habitación cuando escuchó un fuerte portazo. Se asomó a la ventana y vio a Alex salir dando grandes zancadas con los puños cerrados y respirando de forma entrecortada.

Se asustó.

Seguía molesta por lo mal que se había portado con el tema de Gonzalo y por hacerla sentir de nuevo una niña, pero le pesaba más la preocupación por él.

Se puso unas chanclas y bajó corriendo sin que Vera la viese.

Se lo encontró en el bosque dando patadas a las piedras, pero la mitad se quedaban en el aire. Tuvo que morderse los labios para no reírse, porque la imagen era un poco cómica.

—¿Qué ha ocurrido, Alex?

Se quedó quieto y la miró un segundo, sorprendido de que ella estuviera allí.

—Nada.

—Nunca es nada.

Y el chico lo soltó sin más, porque, al verla con sus pantalones cortos viejos, su camiseta llena de pintura, su pelo rubio largo y enredado, las pecas de su nariz... se sintió repentinamente bien, calmado de un modo inexplicable.

—Mi padre engaña a mi madre. Ella lo sabe y no hace nada. Y si solo fuera eso, es su relación, pero es que encima la humilla teniendo que pasar tiempo en la misma sala que esa otra mujer. Es su socia, Sara.

—¿Quieres que demos un paseo?

—Claro.

Ambos echaron a andar y Alex no se contuvo y le cogió la mano. Notó que ella temblaba por el contacto, pero después lo agarró con firmeza. Le gustaba eso de Sara, que tenía miedo de muchas cosas, pero que siempre se enfrentaba a ellas con seguridad, como en aquel instante.

Caminaron en silencio sin soltarse en ningún momento. Disfrutaron de esa calma que los rodeaba, de esa complicidad, de sentirse bien, pese a todo lo que nublaba la mente del chico y a los nervios de ella por estar viviendo una situación de intimidad que nunca creyó compartir con él; menos aún después de haber ignorado aquel beso que se dieron el verano anterior.

Sara había llegado a la conclusión de que para Alex no había sido más que un regalo, una concesión que le había hecho para que fuera feliz. Porque él la quería, pero no de esa otra manera que había creído posible entre ellos alguna vez.

Charlaron, rieron y la pequeña de las hermanas consiguió, sin ser muy consciente del poder que tenía sobre él, que se le olvidaran todos esos problemas que se encerraban entre las paredes de su casa y que la ira que sentía se disipase. Sara lo serenaba, lo consolaba solo con estar a su lado, y eso era fascinante y preocupante a la vez.

—¿Estás nervioso por la universidad?

—No y sí. Me muero de ganas de que empiece para largarme de casa, pero, por otra parte, me da miedo no conocer a nadie, pasarlo mal... ya sabes, tonterías de esas.

—Vera mataría por estar en tu lugar.

—Vera está loca. —Se echaron a reír al pensar en ella—. Además, si no hubiese repetido curso, ella estaría a punto de marcharse. ¿Has pensado ya en qué vas a hacer tú?

—¿Yo? No. No me preocupa demasiado.

—Sara, debería preocuparte. El tiempo pasa volando. ¿Miraste lo de la universidad de Bellas Artes?

—Sí, pero está muy lejos de la abuela.

—¿Y qué pretendes? ¿Quedarte aquí para siempre por ella y no hacer tu vida?

Retiró la mirada y, doliéndole el alma, le soltó la mano, porque se sintió atacada también por él.

Había sido un tema de conversación recurrente durante los últimos meses, pero lo que la gente no entendía era que a Sara le gustaba vivir allí, pasar las horas muertas sola, pintar mirando la puesta de sol y contar los días cuando el verano se acercaba y con él la presencia de Alex. No soñaba con vivir en una gran ciudad llena de luces, de ruido, de gente empujándose al pasar. Tampoco tenía grandes pretensiones. Para ella la felicidad residía en esas pequeñas cosas que muchas veces no vemos, pero que son las que nos animan a seguir caminando. ¿Era rara? Quizá, pero no le importaba.

Vera soñaba con comprarse un teléfono móvil, a pesar de que en ese lado del lago no funcionaban; Sara, con que ese invierno el agua se congelara para poder patinar.

—¿Quién te ha dicho que sea por ella? Además, hay una buena escuela de arte a menos de dos horas de aquí. Podría apañármelas para no mudarme.

—¿Lo estás diciendo en serio? —le preguntó, asombrado por lo que Sara le estaba confesando.

—Claro que lo digo en serio. ¿Por qué os cuesta tanto a todos entenderlo?

Echó a andar en dirección contraria. De repente, ya no le apetecía estar con él; no, si iba a juzgarla y a decirle lo que debía desear como hacían todos los demás. Odiaba que le dijeran cuál era la decisión correcta con respecto a su futuro.

Alex la siguió con rapidez hasta ponerse delante de ella y conseguir frenarla. Pese a lo enfadada que estaba, el chico admiró una vez más la fuerza que irradiaba.

—Perdona. Es que... no quiero que...

Clavó sus ojos en ella; parecía inquieto y le costaba expresar lo que le estaba volviendo loco por dentro. Sara cruzó los dedos en su cabeza para que aquello fuera una señal de que Alex también sentía algo fuerte por ella; deseó que fuese sincero y que le pidiese que se marchase con él cuando pudiera. Al final habló, pero lo que dijo no se parecía en nada a lo que él quería decir ni tampoco a lo que Sara esperaba.

—Tienes posibilidades, enana. Eres buena. No deberías desaprovechar ese talento.

Tragó saliva y cerró los ojos unos segundos para asumir que se estaba comportando como una tonta otra vez. Se había imaginado por un instante que Alex iba a decirle que lo que él de verdad deseaba era tenerla cerca y que animarla a estudiar lejos de su hogar solo era una excusa para poder verla.

—Mi madre apenas se formó y era mucho mejor que yo.

—¿No piensas ir nunca a verme?

—¿Yo? —susurró, confundida; sentía que Alex le daba una de cal y otra de arena.

—Claro. Aún eres menor de edad, pero en cuanto tu abuela te deje, espero poder invitarte a un batido de fresa en una cafetería que hay al lado de mi residencia. Tenía buena pinta, pensé en ti en cuanto la vi.

—Tendrás una cola de chicas esperando a que lo hagas.

—Pero yo quiero invitarte a ti.

Sus miradas se enredaron, diciéndose todo eso que no eran capaces de expresar en voz alta por miedo, cobardía y por la incertidumbre de lo que pasaría en caso de hacerlo. Los ojos de él se deslizaron hasta los labios de ella, recordando un beso perfecto que se habían dado en ese mismo lugar hacía un año. Quiso besarla, pero no lo hizo, porque la intensidad con la que ella lo miraba lo asustaba demasiado. Giró la cabeza hacia el lago y la cogió de la mano de nuevo, tirando para que lo siguiera.

—Vamos, hoy hay luna llena.

Volvieron en silencio hasta el embarcadero y se sentaron con las piernas colgando sobre el agua. No hablaron demasiado, solo compartieron unas horas sintiéndose a gusto, cómodos, cómplices de algo que los rodeaba cuando estaban juntos a lo que aún no eran capaces de poner nombre.

—¡Otro chupito, Sara! —la apremió su hermana.

Ella se llevó el vaso a los labios y dejó que el líquido oscuro se deslizara por su garganta.

Estaban los tres en la playa con otros jóvenes del pueblo. Habían hecho hogueras y asaban patatas envueltas en papel de plata.

Vera había animado a Sara a probar el alcohol por primera vez, a pesar de las reticencias de Alex. Sara solo había aceptado como un modo de llevarle la contraria y demostrarle que no era una niña para que la cuidara con tanto ahínco.

—¿Has visto cómo te mira ese? Deberías acercarte.

Todo el grupo se giró hacia un par de chicos y comprobaron que había uno que no le quitaba los ojos de encima a Sara. Vera pensó que era normal, porque su hermana era preciosa. Alex pensó que cualquier chico querría estar cerca de ella, y después se prometió que no le permitiría quedarse a solas con ninguno mientras pudiera evitarlo.

—No pienso hacerlo.

Alex suspiró, aliviado.

—¿Sales con alguien? Vera nos contó que habías quedado con Gonzalo. Es muy mono —dijo una de las chicas.

—No. No es nada serio.

—Creo que le gusta otro —aportó Vera—. Esa cara la delata, ¿verdad?

—¿Quién te gusta, Sara?

—¿Está aquí? ¿Es el camarero de Joe? Creo que va un curso por delante de ti.

—¿Es el hijo de Joe? ¿Marco?

Sara sacudió la cabeza ante el interrogatorio incansable de las amigas de Vera y después se fijó en Alex, que la observaba con la mandíbula tensa.

—¿Es Yago? —dijo su hermana, fingiendo que no tenía importancia, pese a que todos sabían que entre Vera y ese chico había surgido algo especial.

—¡No! No me gusta Yago, ¿por quién me tomas?

—No pasaría nada, enana. No sería la primera vez que compartiríamos algo.

El silencio fue tenso e incómodo. Sara miró a su hermana y después a Alex. Mantuvieron una conversación sin necesidad de palabras, diciéndose demasiadas cosas que supuestamente eran secretos, pero que, de algún modo, nunca lo habían sido del todo. Hablaron de dos besos con el mismo chico como protagonista y se pidieron perdón por habérselo ocultado unos a otros.

—¿Está aquí, Sara? —preguntó Alexander.

Todos la miraban. Sus amigas expectantes, curiosas, deseando ser cómplices de un secreto a voces. Alex indeciso, esperanzado, tenso y cabreado, lo cual no ayudaba a discernir si la expresión de su rostro era o no una buena señal. Vera con una ceja levantada y una sonrisa ladeada. Sara podía escuchar sus pensamientos, gritándole a pleno pulmón sin abrir la boca:

«¡Díselo, valiente!».

Pero no podía. Menos aún, de esa manera.

—¿Dónde están esos chupitos?

Los ojos se le humedecieron.

—Os quiero.

—Nosotros también te queremos, Sara. Ahora intenta no vomitar.

Vera le palmeó una pierna por el hueco de los asientos de la camioneta.

—Os quiero mucho. A los dos. A Vera muchísimo, aunque a veces me saque de quicio. Y a ti también, Alex. Te quiero mucho. ¿No es genial todo? Aquí los tres, como siempre, como si nada fuera a pasarnos nunca.

—¿Qué podría pasarnos? —preguntó Vera, riéndose entre dientes de la mala borrachera que tenía su hermana pequeña.

Se sentía un poco culpable por llevarla a casa en ese estado, pero había sido ella solita la que había bebido como si le fuera la vida en ello.

—No lo sé. Prometedme que siempre estaremos juntos. Los tres. Somos un equipo. Un equipo de la hostia.

—Esa boca... —la reprendió el chico.

—No me corrijas, Alex. No eres mi padre. Yo no tengo padres.

—Hazle caso. Es lo más parecido a un hermano mayor que tienes, Sara.

—¿Un hermano? ¿En serio? —Estalló en carcajadas que intercalaba con lamentables hipidos—. Esa sí que es buena... «Un hermano», dice...

—Vale, Sara. Creo que es hora de que intentes dormir un poco. En cinco minutos habremos llegado —aconsejó él, mostrando tener una paciencia ilimitada.

Después fulminó con la mirada a Vera, porque le había repetido mil veces que no era una buena idea dejar a Sara beber alcohol, a pesar de lo hipócrita que se sentía, ya que ellos lo hacían constantemente.

—¿Tú me ves como una hermana? ¿Como tu hermana pequeña, Alex?

El chico apretó las manos en el volante hasta hacerse daño. Vera dejó la mirada perdida en la ventanilla. Ambos sabían que no era el momento de tener esa conversación, y no solo porque Sara estuviera en ese estado, sino por muchos otros motivos.

La incomodidad era palpable desde que había salido el tema unas horas antes frente a la hoguera; un tema que la pequeña desconocía.

—Sara, déjalo ya. Intenta descansar, ¿quieres?

—¿Tú también lo ves como un hermano, Vera? Que yo sepa los hermanos no se besan con lengua.

—Oh, joder...

Vera se tapó la cara con las dos manos, Sara se echó a reír y Alexander aceleró, deseando con todas sus fuerzas encerrarse en su casa y no ver a sus dos chicas favoritas al menos durante unas horas.

—¿A ella no la riñes por usar palabrotas? Ya veo, ya...

—¿Cómo te encuentras?

Sara tenía la cabeza apoyada en las rodillas y los pies enterrados en el agua. Siempre estaba fría, pero a ella le gustaba la sensación de hormigueo que le producía al sumergirse.

Se había levantado con un ligero dolor de cabeza que había terminado de disiparse en cuanto se dio un baño en el lago. Pensó que debería sentirse avergonzada por lo que había ocurrido el día anterior, pero, para su sorpresa, no lo hacía. Con Vera y con Alex las cosas eran distintas, por eso le gustaba tanto lo que habían construido y por eso tampoco se sentía cohibida al encontrárselos después de haberles declarado su amor hasta el fin de los tiempos.

Alzó la cabeza y sonrió a su vecino.

—Mejor de lo que merezco. Siento si metí la pata.

—Estabas de lo más graciosa y parlanchina.

Alex le revolvió el pelo antes de tirarse delante de ella y desaparecer en el interior del agua. A veces, cuando hacía esas cosas, a Sara le daba miedo que no volviese a la superficie.

—Lo cierto es que fue divertido —aportó Vera, sentándose a su lado y dejándole un beso en el hombro desnudo; después gritó para que el chico, que acababa de sacar la cabeza del agua, la oyera—. ¿Cómo decía, Alexander?: «Vera, deberías irte a vivir con Alex a la residencia de estudiantes. Podríais incluso casaros y adoptarme a mí, así estaríamos juntos para siempre».

—Oh, Dios mío... —Se tapó la cara con las manos y los otros dos se echaron a reír.

No recordaba ese momento y eso sí que la avergonzaba.

—No le hagas caso. Estuvo bien.

Alex le sonrió, salió del agua bajo la mirada de ambas, que aún se sorprendían del hombre en el que se había convertido en tan poco tiempo, y se sentó al lado de Vera. Esta apoyó la cabeza en su hombro; le daba igual empaparse el pelo, era demasiado tentador.

—Ya. En realidad, me acuerdo de casi todo.

Recordó decirles que los quería muchísimo; recordó también echarles en cara que se hubieran besado y que creyeran que Alex era como un hermano para ella. Vera solo lo había dicho para provocarlos, pero eso los otros dos lo desconocían.

También recordó otra cosa y no pudo evitar repetirla, porque para Sara aquello sí que tenía importancia y no había sido fruto del alcohol ni de nada más que de ese sentimiento que le llenaba el pecho cada vez que pensaba que algún día aquello podría acabar.

—No me lo prometisteis.

—No creí que hiciera falta —respondió Alex, estirando la mano por detrás de la espalda de su hermana y acariciando su cintura en un gesto rápido; tan rápido que Sara dudó de su existencia.

—Yo tampoco, pero es cierto, siempre seremos un equipo —asintió Vera con una sonrisa inmensa.

—Un equipo de la hostia. Eres adorable cuando se te ensucia la boca.

Los tres se rieron ante las palabras del chico, porque les hacía gracia que Sara, siempre tan educada, dulce y poco dada a decir palabras feas, los hubiese sorprendido diciendo algo como eso.

—¡Venga ya, Alexander! Eso ha sonado de lo más provocador. ¿No quedamos en que era como una hermana pequeña para ti?

La risa de Vera se hizo más fuerte; no la de los otros dos, que se quedaron muy quietos observando el lago, mientras la mayor se zambullía en él.

Alex suspiró y se frotó la cara, antes de levantarse y volver en dirección a su casa.

—Nunca te he visto como una hermana, Sara. Solo quería que lo supieras.

Los días pasaron y bajar al pueblo ya no le suponía un problema tan grande a Sara.

Le gustaba coquetear con otros chicos para desafiar

a Alex, que siempre fruncía el ceño y los asesinaba con la mirada. Aun así, él nunca decía nada. ¿Qué podía decirle más que tuviese cuidado?

Vera, en cambio, animaba a su hermana a experimentar, a dejarse llevar un poco por ese tonteo y a disfrutar de la noche. La cuidaba desde lejos, sabía que Sara aún era joven, pero le gustaba verla abriendo los ojos al mundo y descubriendo todas esas cosas que los adolescentes creen que forman el centro del universo.

Excepto una noche, en la que Alex había bebido más cerveza de lo normal y sentía que su ira se iba alimentando. Apretujaba una lata de cerveza entre sus dedos y rumiaba por lo bajo cada vez que veía la mano de aquel chico acariciar de forma disimulada la espalda de Sara. Después se llamaba estúpido por estar celoso, ya que ni tenía sentido ni entendía por qué le sucedía. O prefería no entenderlo.

Hasta que la vio levantarse de la mano con él y aceptar alejarse un poco del grupo, entonces no pudo refrenarse y la siguió hasta cogerla del brazo.

—¿Qué se supone que estás haciendo?

—¿A ti qué te importa? —Sara se soltó de su agarre bruscamente.

Estaba enfadada. Alex llevaba toda la noche reprendiéndola con la mirada cada vez que hacía un movimiento, se reía o hablaba. No entendía su actitud; menos aún, cuando ni siquiera le había dirigido la palabra en toda la tarde.

—Deberíamos irnos a casa. Solo tienes dieciséis años y no creo que debas estar aquí a estas horas.

—Me iré cuando me dé la gana, ¿me oyes? No eres nadie para decirme lo que tengo que hacer.

Se marchó con ese chico sin mirar atrás.

Lo que Alex no supo fue que, después de que el chico intentara besarla y ella se apartara, no hicieron nada más que hablar de él, de lo que Sara sentía y de lo complicado que era todo lo relacionado con las emociones cuando tienes dieciséis años. Se desahogaron ambos de lo que les preocupaba, como dos simples amigos, y después volvieron a juntarse con los demás. Al hacerlo, Sara apenas vio caras conocidas.

—¿Dónde está mi hermana? —preguntó a una de las chicas.

—Por ahí atrás con el rubio.

El rubio era Alex.

Se le revolvió el estómago cuando le señalaron la zona frondosa donde muchos iban a enrollarse; no podía ser, se negaba a creerlo, pero no pudo evitar echar a andar en esa dirección, aun con el riesgo de encontrarse algo para lo que no estaba preparada.

Lo hizo. Vio a Alex salir con Vera colgada de su brazo. Parecía bastante borracha.

Sin embargo, al levantar la cabeza y verla, la mayor reaccionó y posó los labios en la piel de su cuello. Él ni se inmutó por ese contacto.

Aquello fue suficiente para que Sara sintiera de nuevo ese dolor interno, se encaminase a la camioneta y se tumbara en la parte de atrás, esperando que aquella noche terminase cuanto antes y pudiera regresar a la seguridad de su casa.

Llevaban tres días sin dirigirse la palabra.

Aquella noche habían vuelto en un silencio sepulcral en la camioneta, después de que Alex llevara el suficiente tiempo sin beber como para conducir, y con

Vera dormida con la cabeza apoyada en el cristal de la ventanilla.

Al día siguiente, ella se había comportado como siempre y Sara no se había atrevido a preguntarle qué era lo que había ocurrido entre ellos.

No obstante, con Alex había sido incapaz de cruzarse. Se había dedicado a pintar, leer y maldecir contra los dos. Hasta esa tarde, en la que Sara miraba el lago con ojos turbios, la garganta seca y las mejillas húmedas por las lágrimas que no había podido contener por más tiempo.

—¿Qué haces aquí tú sola?

—Nada. —Se secó la cara en un acto reflejo y la giró para que él no descubriese que estaba llorando.

Nunca lo hacía, era de esa clase de personas que aguantaba con facilidad las lágrimas, aunque llorase por dentro. Vera era todo lo opuesto; tan expresiva, tan explosiva en emociones y Sara, en cambio, tan hermética en ese aspecto.

—Eh, mírame.

Alex le agarró el mentón y ella tiró con rabia hacia el otro lado, pero ya era tarde.

—No quiero.

—Estás llorando.

—Obvio.

Alex sintió que se le rompía algo al verla en ese estado. Se odió al pensar que pudiera ser el culpable de aquellas lágrimas.

—¿Qué ha ocurrido? Sabes que puedes contármelo, ¿verdad?

—No, no puedo. Ese es el problema.

—¿Qué pasa? Pensé que confiabas en mí, Sara.

—¿Te has acostado con Vera?

De nuevo demostró con su dureza ese carácter que a Alex lo encandilaba y se quedó mudo. ¿Aquello era por él?

—¿Qué? ¿A qué viene eso?

—Contéstame.

Pensó en su relación con Vera; era profunda, cómplice y verdadera, pero no era una relación emocional en ese sentido, por mucho que se hubieran besado una vez hacía siglos y que, en algún momento del camino, él hubiera creído quererla. Por mucho que Vera le hubiese confesado a principios de ese verano estar enamorada de él frente a una hoguera; pero Alex no había podido engañarla, porque había sido la pequeña de las dos la que había hecho que su corazón latiera más fuerte.

—No. Nunca ha pasado nada entre Vera y yo.

—No me mientas. No lo soporto.

El chico se dio cuenta de que ya no tenía sentido fingir después de la conversación silenciosa que los tres habían compartido días atrás.

—Nos besamos hace años, pero no fue nada, Sara. Éramos críos.

Aquello a Sara le sentó como una bofetada, porque cuando ella había recibido el suyo era aún un año menor que su hermana, y lo odió por quitarle importancia a algo que para ella había supuesto tanto.

—Lo seguimos siendo, Alex, por mucho que os empeñéis en no parecerlo. Yo lo sigo siendo.

Pensó que Sara tenía razón; por mucho que Vera y él ya tuvieran dieciocho años, seguían comportándose como niños la mayor parte del tiempo, y ella, en cambio, parecía la adulta de los tres cuando hablaba con esa madurez que no concordaba con su edad.

—¿Por eso has estado toda la semana evitándome?

—Puede.

—Joder, Sara... —Se sentó a su lado y sus brazos desnudos se rozaron—. Me voy mañana y he pasado los últimos días aquí sin hablar contigo. Sin verte reír, sin tenerte cerca. ¿Sabes lo que ha sido para mí?

—Puedo imaginármelo.

Para ella había sido una tortura constante.

—Ven.

Pasó el brazo por encima de sus hombros y ella se dejó caer contra su pecho, con nuevas lágrimas que mojaron su camiseta y que Alex quiso secar con los labios.

Sara se dejó consolar y le dijo lo que llevaba sintiendo desde aquel primer día en el que sus ojos se cruzaron; le confesó que cada verano se convertía en una cuenta atrás desde el momento en el que él aparecía por el camino subido a la camioneta. Porque que Alex llegara un día significaba que habría otro en el que se marcharía y ella se pasaría meses echándolo de menos. Eran demasiados kilómetros de distancia, vidas demasiado diferentes.

—No quiero que te vayas.

—Ya lo sé. Yo debería estar deseando largarme a la universidad, pero no dejo de pensar en todos los meses que pasarán hasta que volvamos a vernos.

—Cada vez me duele más decirte adiós. Es horrible.

Pasó los brazos alrededor de su torso sin un ápice de timidez y él suspiró complacido por esa muestra de cariño, de intimidad, de amor incluso.

Un sabor agridulce le llenó la boca, porque Sara había puesto voz a lo que él también sentía cada vez que se marchaba y le asustaba demasiado. A Alex le aterraba sentir desde que había comenzado a saber lo que significaba eso. Y no estaba preparado.

Le acarició el pelo y le dejó suaves besos en los cabellos.

—Hablaré con tu abuela. Nos las apañaremos para que vayáis las dos a visitarme. Vas a tener que meter a Vera en vereda para que se saque el carné de conducir echando leches —dijo con diversión, y la risita de Sara le vibró en el pecho—. Iremos a comer por ahí, a patinar, a ver algún espectáculo que te guste, lo que tú quieras, ¿de acuerdo? Y hasta que podamos organizarlo, pensaré en ti todos los días. Mira la luna, ¿la ves? —Alzó la mirada húmeda y lo hizo; observó la luna creciente que se reflejaba en las aguas calmadas del lago—. Quiero que, cuando la mires, pienses que yo estaré viendo lo mismo que tú y así, en algún momento, estaremos los dos haciéndolo a la vez, como si estuviéramos aquí, como hemos hecho siempre.

—Eso me gusta.

Sara sonrió y la mano de él se deslizó por su mentón y bajó hasta el cuello.

—A mí me gustas tú.

—Alex... —Intentó separarse de él, un poco cohibida, pero el joven no la dejó, sino que la apresó más fuerte entre sus brazos—. No deberías decirme eso.

—¿Por qué no? Es la verdad. No pensaba decírtelo, al menos no todavía, pero creo que es mejor así. Vas a prometerme una cosa. Necesito que vayas a verme para invitarte a cenar. Una cita de verdad. Tú y yo.

—¿Y Vera?

—Creo que infravaloras a tu hermana. En dos minutos tendrá comiendo de la palma de su mano a cualquiera de mis amigos y disfrutará de sus propias citas sin importarle un comino estar nosotros invitados o no. —Se echaron a reír—. Si es que hago alguno, claro.

—No seas bobo, harás tantos que te olvidarás un poco de todo esto.

—Nunca podría olvidarme de esto ni de ti.

Alex pasó un dedo por el perfil de ella, por su nariz, por las pecas diminutas que le cubrían los pómulos, por sus labios, y se fue acercando lentamente hasta cubrirlos con los suyos. Sara cedió, porque todo era demasiado idílico y, si Alex quería besarla, sabía que nunca se negaría. Abrieron la boca y juntaron sus lenguas y allí, con el lago como único testigo, lo hicieron durante un tiempo indefinido que para los dos fue absolutamente perfecto.

—Es el segundo beso que me das.

—Y estoy convencido de que habrá un tercero —le dijo con picardía; ella se sonrojó.

Caminaron de la mano hasta la puerta de la casa de las chicas y se miraron en silencio unos segundos para memorizar esa imagen antes de que el verano acabase.

—¿Bajarás a despedirte?

—Por supuesto.

—Hasta mañana, enana.

Sara se rio al escuchar el apelativo que tanto odiaba.

—Hasta mañana, Alex.

Se metió en la cama con una sensación nueva. Por una parte, era tristeza, porque la despedida era inminente, pero, por otro lado, por primera vez Sara tenía esperanza.

Minutos después, oyó que la puerta de casa se abría y que un cuerpo se golpeaba contra un mueble. Vera no tardó en aparecer en su habitación riéndose entre dientes.

—¡Vera! Vas a despertar a la abuela. ¿Qué estás haciendo? —Olía a cerveza y cigarrillos.

—¿Y Alexander? —preguntó, levantando la sábana para buscarlo y dejando las piernas de Sara al aire.

—¿Cómo va a estar aquí Alex?

—Oh, enana... ¡pensé que ya os habríais lanzado uno en brazos del otro!

—¿Por qué iba a pasar eso? —exclamó de forma muy mal disimulada. La mayor frunció el ceño, ofendida.

Sara sabía que estaba un poco borracha, pero además vio algo más enturbiando los ojos de su hermana.

—¿Me tomas por tonta? Sé que te besó el año pasado. —Sara abrió la boca, tan sorprendida como avergonzada—. Tranquila, no tengo derecho a enfadarme, porque yo no te lo conté en su momento. También sé que te gusta. Y que él está loco por ti.

—No... no... ¿Cómo lo sabes?

—Él me lo contó, pero no hacía falta. —Vera recordó una conversación que había tenido con Alexander semanas atrás y le dolió el pecho—. Sara, puede parecer que nunca me entero de nada, pero lo que se ve desde fuera es que tenéis algo especial. —La pequeña le retiró la mirada, sintiéndose incómoda por si para Vera aquella situación lo era, pero la mayor se acercó a ella y se tumbó a su lado, cogiéndole la mano y apretándosela con ternura—. Yo también lo tengo con él, no te agobies, pero es diferente. Alex y yo... Él es una pieza que me completa, pero que no necesito en el sentido en el que tú lo haces. ¿Me comprendes?

—¿Y qué esperas que haga?

—Tira una piedra a su ventana.

—¿Estás loca?

—Mira, yo solo sé que mañana se va y que no sabemos cómo le influirá este año. No te quedes con la espinita. Lleváis una semana de morros, haz lo que te apetezca en este instante, no pienses demasiado.

Y no lo hizo. Sara se levantó y, en pijama, salió a escondidas por la puerta trasera de la cocina en dirección a casa de los Mauer.

Vera se quedó tumbada en la cama de su hermana. Se dijo a sí misma que había hecho lo correcto animándolos a solucionar esa situación. Su juego había comenzado cuando le había besado el cuello a Alex días atrás para provocar los celos de Sara y la había alentado a ligar con chicos delante de él. Sabía que era lo que ellos merecían, pero nadie le había explicado qué hacer con todo ese dolor que sentía al asumir por fin que Alexander, su Alexander, no era para ella más que el primer chico que le había hecho sentir mariposas en el estómago.

Lloró, manchando de rímel las sábanas de su hermana, después se quitó el vestido y se durmió allí mismo, solo con la ropa interior.

—Sara... ¿qué estás haciendo aquí?

No tenía ni idea, solo sabía que sus pies habían tomado la decisión por ella y ahí estaba, lanzando piedritas a la ventana de Alex, como habían hecho miles de veces antes para que saliera a jugar.

—No lo sé. No...

—Espera ahí.

Un minuto después, la puerta de su casa se abrió, él le ofreció su mano y se colaron en la penumbra del interior.

—¿Adónde vamos?

Alex le tapó la boca con la mano y ella se dejó guiar. La casa era tan grande que el silencio era absoluto.

—Ven. No hagas ruido.

Entraron en el cuarto de él y cerraron la puerta con pestillo. Sara se fijó en la cama deshecha, en el brillo de la luna y de un par de luces del jardín que entraban por la ventana, en el olor de Alex que lo inundaba todo, en su ropa por el suelo, en las fotos de los tres colgadas en una pared... y habló, con los brazos cruzados y dándole la espalda.

—Me da miedo estar aquí. Me da miedo querer que me beses otra vez y echarte de menos antes de que te hayas ido, pero me daba más miedo aún que te marcharas sin decirte que me encantaría dormir hoy contigo.

Alex tragó saliva y tuvo que contenerse para no abrazarla y besarla sin más, dándole las gracias por ser tan bonita y valiente; por estar allí con él.

—Yo nunca te haría daño, Sara, ni haría nada que tú no quisieras.

—Lo sé.

Ella se dio la vuelta y se encontraron cara a cara.

Él llevaba una camiseta de tirantes dada de sí y unos calzoncillos de cuadros que a Sara le parecieron horribles. Ella, un pijama amarillo tan corto que no dejaba demasiado a la imaginación.

Se acercaron, hasta estar a un palmo de tocarse, y cuando ella puso sus pequeñas manos sobre el pecho de él, Alex no se contuvo más.

—Ven aquí. Oh, Dios...

La abrazó con fuerza. Metió la mano entre sus cabellos y aspiró su aroma; no quería irse sin tenerla tan metida dentro de sí como para no olvidar su perfume. Sara le palpó el torso, dibujando formas con sus dedos y pasó la nariz por su camiseta, disfrutando de esa sensación de plenitud en la boca del estómago.

—Alex, quiero que me des el tercer beso.

—¿Estás segura?

No contestó; Sara lo sujetó por las mejillas y se lanzó a su boca.

Aquella vez los besos fueron más allá. Hambrientos. Intensos. Perfectos.

Se tumbaron en la cama, ella debajo y él cubriéndola, sin dejar de besarse, percibiendo la excitación en cada movimiento, sintiendo que las prendas sobraban, que aquello era como debía ser y, sorprendentemente, sin ningún tipo de nervios ni dudas, porque era tan natural lo que estaban haciendo juntos que no podía ser de otra manera.

—Sara... —susurró él con la respiración alterada.

—¿Qué pasa?

—Si sigues así vas a volverme loco... Deberíamos parar.

La chica frunció el ceño y le cogió el rostro para clavarle la mirada al pronunciar esas palabras. Estaba tan segura de lo que tenían que quería que él disfrutara de ese momento, sin pensar en su edad, ni en el adiós del día siguiente, ni en nada que no fueran ellos dos.

—Pero yo no quiero parar, Alex. No, si es contigo.

—Repítelo —gruñó—. Lo último.

—No, si es contigo.

—Sara...

Sus labios se unieron de nuevo y después lo hicieron sus cuerpos, con delicadeza, con la torpeza del que no sabe lo que está haciendo por parte de Sara, pero que no quiere parar, y con la dulzura y el cuidado del que sabe lo que supone para una chica su primera vez por parte de él; con ternura, cariño y complicidad.

Alex y Sara hicieron el amor en la oscuridad del dormitorio del chico, en completo silencio y sin dejar de tocarse, de acariciarse, de conocerse como nunca antes habían hecho, y después se quedaron dormidos.

Poco antes del amanecer, Sara huyó de puntillas y se coló en su casa con el lago como único testigo de aquel encuentro. Se acostó al lado de su hermana, que dormía plácidamente entre sus sábanas.

Un par de horas después, se levantaron para decir adiós a su vecino y lo vieron marchar como ya habían hecho antes tantas veces, las dos con una sonrisa radiante, a pesar de la tristeza que siempre acompaña a las despedidas.

Aquella noche cenaron entre risas con la abuela y después se sentaron frente al lago bajo una manta, porque había refrescado. Sara pensó en la coincidencia de que el frío llegara justamente cuando él se había marchado.

Compartió con su hermana aquella maravillosa noche y Vera se alegró de que aquellas dos partes esenciales de su vida encajaran, a pesar de que en su interior un sentimiento de tristeza se había alojado porque su primer amor no hubiera sido correspondido. Lo hizo aún más al darse cuenta de que, en algún momento futuro, tendría que dejarlos volar solos.

Ya nunca volvería a ser lo mismo.

Se acostó intentando digerir el dolor que sentía al verse desplazada de una historia que siempre había sido de tres. Volvió a pedir perdón mentalmente a su hermana por no haberle contado lo de aquel beso ya tan lejano y la perdonó por no haber compartido el suyo con ella.

Sara se metió en la cama rememorando las caricias de Alex, sus besos, el calor de su cuerpo y lo que había sentido al tenerlo dentro. Le había dicho que la quería y ella se había quedado callada, acongojada por todo lo que estaba viviendo, aunque no importaba, porque Alex sabía de sobra que ella lo quería como nunca podría querer a nadie más.

Se durmió con la imagen del abrazo de despedida que se habían dado, ya de día y delante de ambas familias, y con las palabras que Alex le había susurrado al oído, para que solo escuchara ella, repitiéndose una y otra vez en su cabeza.

—*No sé cuántos besos van ya, pero sé que aún no te he dado el último.*

Y soñó cosas bonitas que le hicieron desear no despertar jamás.

Ojalá no lo hubiera hecho.

Ojalá todo hubiera sido diferente.

Ojalá pudiera decir que Alex un día regresó.

Ojalá pudiera decir que no tardó ocho años en hacerlo.

Ocho años tarde

Querida Vera:

¿Puede una cita que llega ocho años tarde convertirse en la mejor que has tenido nunca?

¿Puede una persona, regalándote una noche inolvidable, hacerte olvidar todo lo malo que te hizo sentir y lo sola que estuviste en su ausencia?

¿Puede tener sentido el perdón a cambio de volver a vivir algo tan bueno?

No lo sé.

El caso es que Alex lo ha hecho y yo no sé cómo voy a poder volver a sentir algo cuando se marche. Tengo tanto miedo que me aferro a que lo que me ha regalado no ha sido solo una noche preciosa, sino que me ha concedido un nuevo recuerdo. Uno bueno entre todos los malos que separan a los niños de entonces de estos supuestos adultos en los que nos hemos convertido.

Recordar. Olvidar.

Es como si esas dos palabras resumieran mi vida.

Y a veces pienso que no soy capaz de hacer ni lo uno ni lo otro, que me mantengo atrapada en un limbo extraño en el que ni quiero recordarle a él diciéndome adiós ni a ti siguiendo sus pasos, pero a la vez soy incapaz de hacer lo contrario, de olvidaros. Porque hacerlo sería como olvidarme a mí misma.

Olvídate tú del comienzo de esta carta.

No se puede.

No se puede pasar por alto el dolor, por mucho que las personas que te lo provoquen tengan también el poder de hacerte feliz. ¿Negativa? No, no es eso, Vera. Solo es lo que tú me enseñaste.

Te ibas, me dejabas sola y no solo porque no estuvieras a mi lado, sabes que no me refiero a eso, sino que te perdías un poco a ti misma en esos lugares, entre tanto viaje, entre tantas personas nuevas que nunca llegaban a aportarte lo suficiente.

¿Y luego qué? Pues después eras capaz de hacerme inmensamente feliz al abrir el buzón y encontrarme una triste postal con cuatro frases.

En aquella época me bastaba, pero un día dejaron de llegar con tanta frecuencia.

Hasta que llegó la última, una que me hizo pedazos.

Y después todo lo demás.

Y después solo quedaron mis cartas.

Podía haberte llamado de vez en cuando, como hacía Yago, y dejar de lado esa estúpida tradición de enviarnos letras escritas; al igual que podía haber buscado el número de Alex y preguntarle por qué no volvió a darme una maldita señal de vida, pero ¿sabes qué? Que fuisteis vosotros los que tomasteis la decisión de no regresar, no yo.

Por eso sé que no, no se puede perdonar sin más, porque yo aún no te he perdonado, por mucho que desee hacerlo; por mucho que tú quieras que lo haga.

Y, pese a todo, te quiero. Como siempre; puede que más.

SARA

S.

Abro los ojos y, cuando consigo enfocar la vista, me reciben unos azules sonrientes y un poco somnolientos.

—Buenos días, preciosa.

En un primer momento me asusto, porque no comprendo qué hago aquí, en la cama del Alex adolescente, y el *déjà-vu* es hasta doloroso, pero después todo fluye de nuevo y me relajo abrazada a la almohada.

Él me deja un beso en el hombro y me retira el pelo de la cara con delicadeza.

—¿Qué haces despierto antes que yo? Eso va contra tu naturaleza, Mauer.

Sonríe encantado de su supuesta proeza y se gira para coger una bandeja que apoya sobre la cama.

—Te dije que me pondría el despertador si era necesario, pero no lo ha sido. Su desayuno, señorita.

—Vaya. Gracias —le digo tan sorprendida como ilusionada—. Es perfecto.

Me incorporo y mi estómago ruge ante el olor del café recién hecho, bizcocho de chocolate y fruta cortada.

Le hago un hueco a mi lado y compartimos la comida. Corto trozos de bizcocho con los dedos y se los voy dando a él directamente en la boca; uno para Alex, uno para mí. Es un gesto íntimo, pero sé que le gusta.

Me imagino la escena vista desde fuera. Él está despeinado y solo lleva puestos los calzoncillos. Yo, con una camiseta suya encima de la ropa interior. Sudados, aún con el olor del otro en la piel, con las piernas enredadas entre las sábanas, acariciándonos a la mínima posibilidad y sonriéndonos como si hacer esto cada mañana fuera suficiente para toda una vida.

Cuando su lengua sale traviesa y atrapa mi dedo en vez del bizcocho, lo aparto; me encantan las sensaciones que me provoca, pero me recuerda que esto solo es un juego, un paréntesis, un amor de verano como lo que fue en su día y en lo que tuvo que quedarse.

Me giro y miro a la ventana. Está abierta y la brisa de la mañana revuelve las cortinas. Huele a verano, al lago, a la arena mojada y calentada por el sol, a flores, a todo eso que identifiqué como nuestro olor en el pasado.

—¿Qué te pasa?

Quita la bandeja de mis piernas y la apoya en el suelo. Me retira el pelo de la nuca y me deja besos húmedos, recorriendo a la vez la columna con ternura con un dedo, erizando mi piel a su paso. Es como si quisiera hacerme volver a su lado con su tacto, como si él intuyese que me está perdiendo. Me estremezco al ser consciente de nuevo de que no puedo acostumbrarme a esto, por mucho que lo desee.

—Un día, Alex. Mañana todo volverá a ser como antes.

—De acuerdo.

Sus manos se cuelan por debajo de la camiseta y, dos segundos después, la ropa desaparece y nos convertimos en uno.

—¿No es la mejor imagen que has visto en tu vida? —le pregunto.

Seguimos enredados de cara a la ventana, después

de habernos dejado llevar hasta olvidarnos de todo. Esta vez estoy desnuda y sus brazos me rodean por detrás y me aprietan contra su pecho.

—Oh, sí. —Me pellizca el culo y le doy un cachete en el brazo, aunque lo hago sonriendo.

—Me refiero al lago, pervertido.

Asiente y apoya su mentón en mi hombro. Permanecemos así unos minutos, mirando el paisaje y disfrutando de esa sensación de normalidad, una placidez que me aterra.

—¿Qué te apetece hacer? —me pregunta.

—En realidad, nada. Estar aquí. Escuchar música. Mirar por la ventana. Robar chocolate de tu cocina. Siento si el plan suena aburrido.

Puede que parezca algo de lo más normal y anodino, pero es en lo único que quiero aprovechar este día que nos hemos concedido, en no hacer nada junto a Alex, lo que supondrá hacerlo todo, de algún modo. Como cualquier pareja con esas rutinas y detalles que los que no los tenemos echamos en falta. Como esto, el poder estar abrazados sin mirar el reloj. Y después besarnos. Y dormir la siesta. Y poco más.

Alex me acopla a su cuerpo con mimo y cierro los ojos.

—No, si es contigo —susurra sobre mi pelo.

—No, si es contigo —repito, recordando esas mismas palabras que ya nos dijimos hace mucho tiempo.

Paso por casa al atardecer a ver a la abuela y a darme una ducha, a pesar de la reticencia de Alex a separarnos. Aprovecho ese momento de soledad y dudas para escribir a Vera como un intento de desahogo, porque tantas emociones van a volverme loca y siento la necesidad de compartirlo con ella.

Cuando pongo mi firma, oigo la puerta de abajo y a la abuela saludando con cariño a Alex. Me muerdo el labio sin poder evitar la sensación sosegada que me produce descubrir que no ha sido capaz de esperarme en su casa como habíamos acordado.

Suspendo la sesión del ordenador en el preciso instante en el que Alex entra en mi cuarto.

—¿Se puede saber qué haces aquí, Mauer?

Se acerca con una sonrisa lobuna y me besa, dándome así una respuesta más clara que cualquier explicación pronunciada. Enredo las manos en su nuca y le demuestro que yo también lo echaba de menos.

Cuando por fin consigo separar nuestros cuerpos antes de que sea tarde y continuemos con el asalto en mi cama, me deshago de la ropa sucia y Alex trastea por mi escritorio mientras yo preparo una muda limpia para llevarme al cuarto de baño.

Busco la ropa interior en los cajones, eligiendo concienzudamente uno de esos conjuntos que sé que le volverán loco, mientras lo observo sonreír con la vista clavada en una foto de Vera y mía disfrazadas de ángel y demonio. Yo tenía diez años y aún vivíamos con nuestros padres.

Meto la cabeza en el armario y dudo entre un par de vestidos, hasta que su voz rompe el silencio y, sin saberlo, un poco todo lo demás.

—¿Puedo preguntarte dónde está?

—¿De qué hablas?

Me giro rápidamente y lo veo de espaldas a mí. Está tenso y con los ojos fijos en la pantalla del viejo portátil, que muestra la carta que acabo de escribirle a Vera explicándole mis dudas, mi miedo y también mis sentimientos por Alex, tanto los buenos como los malos.

Siento que el aire me quema los pulmones y que estoy dejando de respirar.

Se da la vuelta con una lentitud exasperante y me mira con una mezcla extraña de emociones, entre las que están la comprensión, la ternura y el enfado. También alberga dolor. No entiendo el motivo de algunas de ellas y hace que quiera salir corriendo de aquí y que me arrepienta de haberle cedido tanto espacio.

—¿Qué te hizo Vera? —pregunta, comedido.

—No... ¿qué has hecho, Alex? ¿Por qué está encendido?

Me acerco nerviosa y cierro la pantalla de golpe, sin poder mirarlo a los ojos.

—Me apoyé en el teclado y se encendió solo. Te he hecho una pregunta, Sara.

Cojo el primer vestido que pillo y me lo pongo por encima, porque sigo en ropa interior y me siento demasiado desnuda en todos los aspectos en este instante.

—¿La has leído?

—¿Por qué deberías perdonarla? ¿Qué fue lo que te hizo? —insiste.

Le clavo la mirada, asustada, confundida, decepcionada y llena de rencor. Es obvio que ha leído la carta, pero necesito que me lo diga mirándome a la cara.

—Dime que no has sido capaz.

—La he leído, ¿vale? Lo siento. —Se acerca y doy dos pasos hacia atrás—. Hablas de mí, ¿qué querías que hiciera?

—¿Cómo te atreves? —Cierro los puños y después los ojos, intentando serenarme, pero no funciona.

No estoy preparada para esto.

Me paso las manos por el pelo y cojo unas viejas zapatillas de loneta y me las pongo a trompicones.

—Entiendo que estés dolida, pero reconoce que, después de lo que sabes que me ocurrió, ves las cosas de otra manera. Si no nunca habríamos llegado a estar así.

—Se refiere al motivo por el que no regresó, por el que se marchó a vivir a muchos kilómetros de aquí con su madre, al porqué de que su vida no fuese como siempre había pensado que sería y lo que le llevó a renunciar a mí antes siquiera de haber comenzado algo entre nosotros. Y tiene razón, pero eso no evita todo lo demás; mucho menos, el dolor—. Como dices en la carta, tú también pudiste buscarme, pero no lo hiciste.

—¡¿Por qué coño tocas mis cosas?!

Lo empujo, golpeándole el pecho, intentando así soltar parte de la adrenalina que me corre sin control por las venas, como un intento de serenar este ataque de ansiedad que me está consumiendo, pero no funciona.

Nada lo hace.

—Relájate, enana. —Cierro los ojos al oír ese apelativo que Vera siempre utilizaba conmigo y me tapo la cara con las manos, porque estoy a punto de llorar y no puedo permitirme hacerlo—. Sé que es algo privado, pero... tenía que saber, Sara. Te cierras en banda cada vez que quiero hablar de nosotros o de tu hermana. Cada vez que tienes que tocar el pasado.

—¡Lárgate!

—Baja la voz, por favor, tu abuela está en casa.

Me enfrento de nuevo a su mirada y, lo que veo, me rompe del todo.

Ahí está Alex. El de siempre. También el Alexander de Vera. El chico que me enseñó que tener miedo es normal, que me hizo creer que era valiente y que me prometió quererme siempre. Y no soy capaz de mirarlo sin odiarlo.

—¡He dicho que te largues! ¡¡Vete!! ¡No quiero volver a verte!

Lo empujo hacia la puerta, pero apenas se mueve. Su expresión es triste, conmovida y temerosa.

—¿Quieres parar y decirme qué te pasa?

—¡No tienes derecho, Alex! —Lo golpeo con los puños y él me los agarra y se los lleva a la boca, dejándome besos que me queman y que me enfurecen aún más—. Quiero que te marches. Vete. ¡Se acabó!

—Sara, mírame.

Me quedo congelada, con la respiración haciendo que el pecho me suba y baje a una velocidad vertiginosa, y con las palabras de esa carta flotando entre nosotros.

No se puede pasar por alto el dolor, por mucho que las personas que te lo provoquen tengan también el poder de hacerte feliz.

Lo hago; lo miro. Me hundo un poco en el azul de sus ojos y percibo la ligera humedad que cubre los míos. Los cierro en el mismo instante en que una sola lágrima se desliza sin remedio por mi mejilla.

Cuando los abro de nuevo, Alex comprende que no hay nada más que podamos decir, porque por primera vez soy yo la que le estoy diciendo adiós a él.

A.

Sara sale corriendo escaleras abajo y desaparece de la casa dando un sonoro portazo. Me muero por seguirla, pero sé que no debo hacerlo si no quiero estropear las cosas del todo.

Siento el enfado bajo la piel al pensar en que Vera pudiera hacerle daño en algún momento. Siempre fue impulsiva e irreflexiva, pero para ella Sara estaba por encima de todo. No comprendo nada y me odio más aún por no haber estado a su lado para apoyarlas o interceder entre ambas en la medida de lo posible.

—Alexander, ¿qué ha pasado? —Me encuentro con el rostro preocupado de la abuela al bajar las escaleras y niego con la cabeza, porque ni siquiera sé qué explicarle.

Oímos el sonido de la moto alejándose en dirección al pueblo.

—No... no lo sé. Leí una carta para Vera y...

Su expresión se descompone un solo segundo, pero lo suficiente para que yo sepa que la he jodido.

—Déjala. Ya volverá. Sigue muy enfadada con ella.

Me palmea la espalda y me guía hasta la puerta, dándome a entender que es el momento de volver a mi casa.

—Amelia, yo...

—Sé que la quieres de verdad, no soy ciega, por mucho que no vea muy bien de este ojo —dice, señalándose el derecho; no puedo evitar sonreírle—. Siempre lo hiciste. A las dos.

—Sí, pero con Sara...

—Lo sé. Con la pequeña siempre fue diferente.

—Entiendo que me odiara, pero la vida a veces te hace elegir y yo la fastidié.

—Lo bueno de la vida es que, en ocasiones, te da opciones para volver a intentarlo.

—¿Y fastidiarla de nuevo?

—Puede que sí, pero nunca pensé que fueras tan tonto. —Frunce el ceño y me recrimina con la mirada. Me siento un crío recibiendo una regañina.

—Gracias. Necesitaba hablar con alguien que no estuviera siempre en posición de ataque conmigo. —Pienso en la otra hermana y me desahogo del todo, aprovechando que hay alguien en este maldito pueblo que no parece querer matarme—. Ojalá Vera estuviese aquí. Me llevaría un sermón y algún golpe bajo, pero ella me entendería.

—Ojalá estuviese aquí, es cierto, pero, lamentablemente, te toca pelear solo.

—Quizá usted podría decirme dónde encontrarla.

—¿A qué te refieres? —me pregunta con rictus serio.

—Una dirección o un teléfono. Lo que sea, pero necesito hablar con ella o voy a volverme loco. Yo... —Me avergüenza mostrarme tan vulnerable, como si tuviera quince años de nuevo, pero supongo que la verdad siempre es la mejor opción, así que comparto mis sentimientos con Amelia—. La necesito. Necesito a Vera. Llevo demasiado tiempo haciéndolo y comienza a pesar.

Sus ojos se llenan de algo que desconocía hasta la fecha; es sorpresa, desconsuelo y el mayor dolor que nunca hubiera podido imaginar.

—Alexander, cielo, si...

—No se lo diré a Sara si no quiere, sé que están enfadadas por lo que sea que sucediese entre ellas.

—No es eso. No puedes hacerlo.

—Pero ¿por qué?

Me posa su mano huesuda y arrugada en la mejilla y cierra los ojos, como si así el dolor pudiera esconderse mejor o ser menos intenso.

—Porque Vera está muerta.

Siento que un agujero inmenso se abre bajo mis pies.

S.

Solo conduzco. Ni siquiera sé dónde voy. Me dejo llevar por inercia, sintiendo el frescor de la brisa nocturna en mis mejillas y el aire entrando en mis pulmones y limpiándolos.

Necesito a Yago, pero está trabajando y no quiero causarle problemas; de verme en este estado, dejaría cualquier cosa que estuviera haciendo y me llevaría a su casa. Solo quiero que pase el tiempo y serenarme lo suficiente como para pensar con claridad y dejar de ver en una sucesión de imágenes todo lo que supuso decirle adiós también a Vera sin tener a Alex a mi lado.

Cuando regreso y veo las luces de la casa encendidas, ya es noche cerrada. Sé que la abuela estará sentada en el sofá, esperándome preocupada, aunque respetando mi necesidad de espacio, como siempre ha hecho.

La casa de los Mauer, en cambio, está completamente a oscuras.

Aparco la moto y entro en mi hogar. Me encuentro con la abuela dormida sobre el sillón pegado a la ventana. La ayudo a levantarse y la guío hasta su dormitorio.

—Mi pequeña Sara, ¿estás bien?

—Claro, abuela. Solo necesitaba tomar el aire.

—Tienes que abrirte, Sara. Tienes que dejar que él sepa todo lo que llevas dentro, si no nunca podréis seguir adelante.

—¿Hablas de Alex? No hay nada que mantener entre él y yo, abuela.

—Las personas que quieres pueden hacerte daño,

ambos lo hicieron, pero solo tú misma tienes la capacidad de destrozarte. No dejes que eso te pase, Sara.

La ayudo a acostarse y dejo a Tango dormido a sus pies. Mando un mensaje a Yago y le susurro a la abuela que es posible que duerma en el pueblo. Cojo una chaqueta de punto y salgo de nuevo, dirigiéndome al embarcadero. Según avanzo por la pasarela, cuento las tablas, una manía que adquirí de pequeña y que nunca se ha marchado. Supongo que hay cosas que permanecen en nosotros de por vida, tatuadas por dentro como si fueran tinta sobre la piel.

Me siento en el borde, me quito las zapatillas y dejo las piernas colgando por encima del agua.

No tarda en aparecer. Lleva la misma ropa que antes y tiene los ojos enrojecidos. Se me encoge el corazón al pensar en que haya estado llorando.

Al pensar en que lo haya descubierto.

Se arrodilla a mi lado y habla, con la voz tomada y ronca de quien acaba de asumir que ha perdido a alguien que ama.

—¿Cuándo pensabas decírmelo?

—No lo sé. Cuando pudiera decirlo en voz alta. Cuando me lo creyera. Cuando considerase que te mereces saberlo después de desaparecer de nuestra vida durante ocho malditos años. ¿Quién sabe?

Me siento una persona horrible por seguir atacándolo incluso envuelto en dolor, pero no puedo evitarlo. Por fin ha descubierto que no solo le he estado reprochando que nunca regresara, sino también que me hiciese pasar por la pérdida de Vera a mí sola.

—Sara, no estamos hablando de un cabreo ni de una putada como la de no volver a llamarte. Hablamos de que Vera...

—No se te ocurra decirlo delante de mí. Tú no. —Asiente y respeta mi petición.

El silencio me resulta ruidoso por primera vez con él y tengo que hacer serios esfuerzos por no gritar.

—¿Por qué le escribes? —Sonrío con amargura ante su pregunta, teñida de sincera curiosidad.

Recuerdo cuando comencé a hacerlo, a escribir a una Vera que ya nunca leería esas cartas, pero que a mí me ayudaban a sentir que seguía conmigo, que no me había abandonado.

Afrontar las cosas siempre es la mejor manera de superarlas, pero yo me había estancado y esas cartas formaban parte de mi método para no aceptar que mi hermana, mi mejor amiga, mi mitad, había muerto.

Si pensar en ello me cuesta, pronunciarlo en voz alta se me antoja imposible.

—¿Por qué no hacerlo? No hay mucha diferencia entre lo que la veía antes y ahora. Desde que se marchó, no fue más que una sombra que de vez en cuando se paseaba por aquí. Como un fantasma. Ahora, básicamente, es lo mismo.

—¿Las envías?

—¿A dónde? ¿A un buzón celestial? —le digo, soltando una carcajada llena de sarcasmo; aunque omito que al principio las imprimía y me quedaba horas observando entre mis manos el sobre sellado y con los datos de un destinatario que ya nunca las leería—. No estoy loca, si es lo que me estás preguntando.

—No te estoy preguntando eso. —Se pasa las manos por el pelo y deja caer la cabeza entre sus hombros, apoyando los brazos en las rodillas. Su expresión y su postura son desoladoras—. No lo sé. Ni siquiera soy capaz de digerirlo. No entiendo que me lo hayas ocultado. Esto no es...

Y entonces oigo un clic interior que se activa y que hace que todo mi mundo rebose. Me levanto y empiezo a gritar fuera de mí sin poder contenerme, dejando que todo eso que tenía guardado y que llevaba su nombre salga a la luz y nos salpique a los dos. Consiguiendo que, después de soltarlo todo, ya no haya vuelta atrás.

—¡¿Qué te importa a ti, Alex?! ¿Acaso te importó ella cuando comenzó a salir más de la cuenta y a pasar por todas las camas del pueblo? ¿O cuando volvió embarazada un verano para luego perderlo? ¿Te molestaste en averiguar si se drogaba? ¿Con quién vivía? ¿Si era feliz? ¿Te importó en algún momento lo que sentí yo cuando las cartas dejaron de llegar? ¿O cuando llegó la última? ¿Se te pasó por la cabeza intentar saber qué tal nos trataba la vida cuando la policía la encontró días después en su bañera? ¿Lo que supuso para mí viajar allí e identificarla como Vera, mi hermana mayor, la persona más valiente que yo había conocido y no como un cuerpo irreconocible, cobarde y roto? ¡¿Te importó algo lo que se me acabó por romper a mí aquí dentro, cuando mis dos personas favoritas del mundo se marchaban sin mí?! —Me señalo el pecho y se me quiebra la voz, mientras su rostro se descompone y sus ojos se llenan de todas esas lágrimas que yo soy incapaz de dejar libres.

—Sara... —Se levanta de un salto e intenta acunarme entre sus brazos, pero he tocado fondo y sé que, si me roza, me destrozará del todo.

Estoy seca, rota y profundamente cansada.

—¡No! No necesito tu compasión ni tus palabras de consuelo, Alex. Solo necesito que comprendas de una vez por qué no puedo perdonarte. Necesito que sepas por todo lo que tuve que pasar sola y el motivo por el que no creo en nada que tenga que ver con ella o contigo.

—No puedes culparme, Sara.

Me mira con los ojos como platos, intentando asimilar todo el odio que le transmito, todo lo que me odio a mí por quererlo, cuando lo único que deseo es poder culparlo de sentirme así. Y soy consciente del daño que le estoy causando, pero por una parte siento que lo merece.

—No puedo, pero lo hago continuamente, porque para mí tienes tanta culpa como ella. Rompisteis la mayor de las promesas. Todo en lo que yo creía. Me dejasteis sola, y no hablo desde el egoísmo, entiendo que hicierais vuestras vidas fuera de este agujero. —Señalo el lago, abriendo los brazos—. Pero es que me abandonasteis, literalmente, aunque de distinta forma, y eso nunca os lo podré perdonar.

—Podrías haberme llamado cuando ocurrió. O buscado.

—¿Para qué? Es obvio que tú no querías.

Y evito decirle que, seguir siendo «Sara, la rara», la chica hippie un tanto extraña que no tiene ni teléfono en este pueblo, ha funcionado todos estos años como una necesidad para mí, para evitar la tentación constante de tener una forma de llegarles a suplicar que volvieran a buscarme.

—Sabes que, de haberlo sabido, habría venido antes, ¿verdad?

Habla compungido. Necesita que yo le confiese que sigo creyendo en él, pero es que no puedo, porque la realidad es que no lo hizo, no estuvo a mi lado, ni me sujetó cuando comencé a caer en este pozo en el que ahora hasta me siento segura.

Simplemente... no puedo.

—Quiero creer que sí, Alex, pero lo cierto es que no lo sé. No puedo saberlo. Te lo dije una vez, cuando me caí de la moto. Para mí estabas muerto, Mauer. —Se tensa y traga saliva con fuerza, pero sin intentar ocultar cuánto le afectan mis duras palabras—. Igual que Vera. No me gusta lo horrible que suena, pero fue el único modo de intentar olvidarte. Al fin y al cabo, llevabas ocho años desaparecido. Es lo mismo.

Me doy la vuelta cuando comienzo a oír el sonido de un coche que reconozco como familiar, pero su respuesta me frena.

—No. No lo es.

—Quizá no, pero el resultado sí que es el mismo. Adiós, Alex.

Y esa despedida implica mucho más.

Camino en dirección al deportivo negro que ha aparcado en la entrada de mi casa. Yago sale del coche y nos observa desde su posición. También oigo las fuertes pisadas de Alex, que se acerca a mí, me adelanta y me dedica una mirada llena de ira que me sorprende.

—¿También vas a abandonar el trabajo?

—¿Eso es todo lo que te preocupa?

—No, pero para ser una persona que da tanta importancia a las promesas, incumplir tu palabra no diría mucho a tu favor.

Lo dice con voz severa, cortante, y sé que tengo delante de mí a un Alex que no conozco, que nunca tuve que presenciar, pero al que me lo puedo imaginar peleando con su padre. Un Alex que, por un motivo que desconozco, me está retando.

Nos miramos con dureza unos segundos en los que ambos asumimos que nos hemos convertido en un Alex y en una Sara que quizá ya hayan superado ese limbo extraño en el que se mantenían y que están a un paso de convertirse en enemigos.

—Jugando duro, ¿eh, Alexander? —Chasquea la lengua y me fulmina con la mirada por llamarlo por su nombre completo; creo que es la primera vez en mi vida que lo hago y me cuesta, como si la palabra quedase atrapada en mi boca o sonara forzada, sin el significado que aguarda, vacía—. Dame tres días y habré acabado. Te lo prometo. Después podrás volver a irte por donde has venido.

Salgo del embarcadero. Cuando mis pies tocan tierra, me doy cuenta de que me he dejado los zapatos. Alex camina a mi lado y, antes de acercarme lo suficiente para que Yago pueda oírnos, me agarra del brazo y me susurra entre dientes con rabia, como si tuviera algún derecho de molestarse o de pedirme explicaciones por tener a mi amigo esperándome en su coche para llevarme con él:

—¿Qué está haciendo aquí?

Le sonrío con una maldad que me hace sentirme por un instante un poco más Vera y menos la Sara que ya no sé ni dónde se encuentra, porque no me reconozco.

—Lo que se ha ganado estando a mi lado en todos esos momentos en los que te necesité a ti y no te encontré.

Me acerco a Yago, le doy un beso en la boca dejándolo a cuadros y me subo al coche descalza, diciéndole adiós mentalmente a mi pasado, aunque solo sea por una noche.

Vera

Sara estaba pintando unas flores en la pared del dormitorio de su hermana, cuando oyó la moto del cartero.

Había elegido el color azul, porque era el favorito de Vera, y las hojas brillaban sobre un fondo crema, dándole al cuarto un aspecto renovado. Pensó en lo que le gustaría verlo cambiado cuando regresara, porque Vera odiaba las rutinas, y sonrió satisfecha.

Bajó las escaleras y avisó a su abuela de que salía a por el correo. El cielo estaba nublado y se avecinaba tormenta, pero no le importaba, porque adoraba el olor a humedad y a tierra mojada.

Abrió el buzón y dio un brinco al ver un sobre con una letra conocida. Hacía meses que no sabía nada de su hermana.

Corrió de vuelta a casa y buscó a la abuela. Se sentaron las dos en la cocina y Sara colocó la carta frente a ellas.

La abrieron y esperaron pacientes y con una sonrisa radiante a descubrir juntas la imagen que Vera había elegido en aquella ocasión, como hacían siempre, pero su expresión se transformó en una de confusión cuando se encontraron con una foto del mismo lago que ellas veían por la ventana todas las mañanas. Ni una playa paradisíaca, ni un monumento, ni una ciudad llena de luces y de gente por sus calles. Solo el lago. Para sorpresa de ambas, por primera vez no fue una postal lo que se deslizó de su interior, sino una fotografía y una hoja escrita.

La abuela a su lado ni respiraba y el temblor de sus manos le dijo a Sara que uno de sus malos presentimientos le recorría el cuerpo. Desdobló la carta y ambas leyeron sin poderse creer lo que sus ojos veían.

Sara releyó aquella despedida cruel una docena de veces hasta que fue capaz de interiorizar lo que realmente significaba; hasta que los sollozos de la abuela lo llenaron todo. La anciana se tapó los ojos con sus manos arrugadas y dejó que el dolor saliera hacia fuera en forma de lágrimas y lamento. Sara, en cambio, se quedó paralizada, con la hoja aún entre sus dedos, sin atreverse a parpadear siquiera, sin respirar por miedo a que todo aquello fuese verdad.

—Quizá aún estemos a tiempo. —Se levantó y se movió de un lado a otro de la cocina, con la cabeza trabajando a mil por hora, organizando un plan que ambas sabían que llegaba tarde—. Quizá sea una broma. Quizá... Puede que...

—Mi valiente Vera... —susurró la abuela, llorando con desconsuelo.

—Necesito un teléfono. —Sara odió no haber sucumbido a sus instintos y haberse comprado uno, aunque tuviese que recorrer unos kilómetros con la moto para hacerlo funcionar—. También dinero en efectivo. Tendré que coger un avión. —Abrió un cajón detrás de otro, sin saber muy bien qué estaba buscando, pero con la sensación de que, si dejaba de actuar, la realidad la aplastaría—. Abuela, ¿dónde está mi documentación?

—Sara, cielo.

—Iré al pueblo, llamaré a... —Chasqueó la lengua e insultó a su hermana entre dientes por haberse convertido en el verdadero espíritu libre de la familia, no como ella, cuyas supuestas rarezas solo se debían a su miedo a acabar suplicando a Alex que volviese a buscarla; no pudo evitar odiarlo por ello en aquel momento tan duro—. Condenada hippie de tres al cuarto... Creo que aún tengo apuntado por ahí el teléfono de ese último novio suyo, ¿cómo se llamaba? ¿Antoine? ¿Jean-Pierre? No lo recuerdo, maldita sea. Es igual, llamaremos a la policía y ellos se encargarán de todo.

—Mi niña, ya es tarde.

—No, no tiene por qué serlo, abuela, yo... Vera siempre hace cosas así, ¿no? Imprevisibles, caóticas, absurdas. Para escapar de sí misma y todo eso que siempre cuenta. Esto solo es...

«Escapar de sí misma».

Sara se dio cuenta de repente de que su hermana llevaba años buscando eso de alguna manera; en relaciones sin sentido, en nuevas experiencias, en viajes, drogas, sexo... lo que fuera que creyera que le aportase algo más que supliera ese vacío que siempre decía sentir.

Y en vez de odiar a su hermana por haber escogido la salida más cobarde de todas, se odió a sí misma con todas sus fuerzas por no haber sido consciente antes de lo que le ocurría a Vera, haber hecho las maletas y haberse ido con ella. A cuidarla. A decirle que no estaba sola. Quizá, a mostrarle todas las cosas que podían hacer la vida maravillosa y llenarla de instantes sin buscar mucho más allá, como una canción, un atardecer o hacer una locura, como *puenting*, pero hacerla las dos juntas.

Sara se odió, se dejó caer de rodillas en el frío suelo de cerámica y permitió a su abuela que la acunara entre sus brazos, aunque lo hizo sin soltar una sola lágrima.

—Mi pequeña Sara...

Los días siguientes fueron complicados, insoportables y se convirtieron en un recuerdo oculto de esos que nunca desaparecen, pero que guardas a buen recaudo para protegerte de ellos.

Sara tuvo que coger un avión por primera vez en su vida, y lo hizo para encontrarse en la comisaría de policía de otro país y ver un cuerpo que era el de su hermana mayor, pero que a su vez ya no lo era, porque aquella imagen no se correspondía a ninguna imagen que conservase de ella.

Regresó dos días después con las pertenencias de Vera en dos maletas, incluido su viejo ordenador portátil, y la abuela y ella las guardaron sin abrir debajo de su cama. Como si ambas mantuviesen la creencia de que ya se encargaría Vera de vaciarlas cuando volviera de visita.

Y la rutina las envolvió de nuevo, guiada por ese mantra de que el mundo sigue girando, aunque uno de los motores que mueven el tuyo deje de funcionar.

La abuela envejeció diez años de repente.

Sara dejó de pintar.

Solo lo hizo una última vez.

Entró una tarde en casa de Yago; le parecía atrevido hacerlo sin su consentimiento, pero él llevaba días sin dar señales de vida y Sara estaba asustada. Había tomado prestada aquella llave que él le había regalado a Vera como un intento de formalizar lo suyo y que ella había olvidado rápido, como todo lo demás.

Las persianas estaban bajadas y la estancia cargada de olor a cerrado, a sudor, a ropa sucia y a restos de comida. También a algo más oscuro que Sara reconoció como dolor y dejadez. Su casa olía a algo parecido.

Yago estaba tumbado en la cama, con unos calzoncillos oscuros y una camiseta blanca con manchas que parecían de alcohol por el hedor que desprendía. Tenía el pelo revuelto y los ojos apagados y tristes. Dos cuencas sin vida.

La miró un instante y después le dio la espalda y cerró los ojos. Que no la echara le dio a entender a Sara que él quería que se quedara, que necesitaba a su lado a alguien que pudiera entender su tormento, y ella era la única persona capaz de comprender lo que sentía Yago, el eterno novio de Vera que nunca consiguió de ella más que visitas esporádicas y promesas vacías.

No sabía qué hacer, así que se preguntó qué era lo que más ansiaba en ese momento. Se imaginó a Alex a su lado, abrazándola muy fuerte y consolándola, diciéndole que juntos lo superarían.

Saboreó de nuevo el desencanto.

Sin embargo, aunque Alex no estaba, Yago sí.

Abrió la ventana y la brisa cálida de finales de mayo oxigenó un poco la habitación. Se colocó detrás de Yago, se tumbó a su lado y lo abrazó por la espalda. Primero flojito, esperando que él volviese a respirar después de sentir su contacto; luego más fuerte, y sus manos se apretaron sobre las de ella y su sollozo llenó el cuarto.

Cuando Yago se calmó, se dio la vuelta y la miró con una sonrisa preciosa. Le pasó un brazo por encima y le dejó un beso en la frente. Era la primera vez que se tocaban de esa manera tan íntima, tan cercana, y fue condenadamente especial.

Tan reconfortante. Tan intensa. Tan sana. Tan bonita.

—Te he traído un regalo.

—¿A mí? —le preguntó Yago, sorprendido.

—Bueno, más bien al Yago que está debajo de esa capa de roña que comienza a extenderse por mi ropa.

Se quedaron fijos uno en el otro y se echaron a reír. Por primera vez en las últimas semanas, las lágrimas de Yago eran de alegría.

—Me doy una ducha, me lo das y te quedas a cenar.

Aquella fue la primera noche de muchas que compartieron, en las que Sara sintió que Vera aún estaba un poquito con ella, porque Yago tenía mucho de su hermana, detalles, aromas que la hacían viajar en el tiempo, cuando Vera llegaba a casa a las tantas con ese perfume masculino pegado a su piel tras pasar horas con él, anécdotas que compartir.

Yago descubrió en Sara esa mano a la que agarrarse sin miedo, esa persona especial que podía hacer que la vida cobrara sentido de nuevo, sin necesidad de sentimientos desgarradores, sin celos, sin mentiras, sin vacíos que hicieran daño, ni dudas, ni temores. Una conexión pura, sosegada y sincera. Su propio «para siempre», aunque no fuese como les habían enseñado en los libros que debía ser.

La unión de dos corazones rotos que juntos formaban uno.

—¿Te gusta? Cuando lo terminé, pensé que deberías tenerlo tú.

Yago observó el retrato que Sara había realizado de su hermana. Llevaba aquel vestido rojo que le gustaba tanto, el de volantes que dejaba los hombros al descubierto, y bailaba descalza sobre una superficie de agua. Sobre el lago. Lo hacía con los ojos cerrados y una sonrisa ladeada. Era perfecto. Era Vera tal y como debía ser recordada.

Yago le dio las gracias en un susurro y lo colgó en la pared de su habitación.

Después cenaron, escucharon música y se durmieron en el sofá con una película de fondo. Sara abrió los ojos un instante para darse cuenta de que no estaba flotando, sino que eran los brazos de Yago los que la llevaban en volandas y la posaban sobre su cama. El olor a suavizante le dijo que él había cambiado las sábanas.

Sonrió, cerró los ojos y se durmió, con el cuerpo de Yago rodeándola por detrás, como si lo hubieran hecho antes cientos de veces, y sintiéndose mejor de lo que se habían sentido junto a otra persona desde hacía muchísimo tiempo.

5

Sobrevivir

Querida Vera:

Escapar ya no funciona.

Nada lo hace.

Me siento una idiota escribiendo esto después de que Alex haya leído la última carta, pero se ha convertido en una rutina tan aprendida que no hacerlo me duele.

Todo lo que lleve tu nombre lo hace.

¿Hasta cuándo, Vera? ¿Hasta cuándo voy a seguir viendo lo que te hiciste cada vez que cierro los ojos? ¿Hasta cuándo tu ausencia me dará tanto miedo como para ocultarla entre estas letras? ¿Hasta cuándo voy a permitir que tu recuerdo me haga olvidarme de mí misma? ¿Hasta cuándo, dime?

Empieza a pesarme demasiado y me da miedo que empiece a pesarme la vida.

Te quiere,

Sara

S.

En cuanto escribo mi nombre, suelto el bolígrafo sobre la mesa, arrugo la hoja entre mis dedos y la rompo en mil pedazos que acaban en la papelera de la habitación de Yago.

Él me observa, pero no dice nada; no pregunta, no pide explicaciones, no me consuela; solo rebusca en su armario, me tiende una camiseta suya y me dice que me espera en la cocina. No tengo hambre, pero sé que, si no como algo, seguirá insistiendo.

Cuando se marcha, le robo también unos calzoncillos del cajón y me los pongo como si fueran unos pantalones.

Me lo encuentro en el sofá; hay una bandeja con sándwiches y zumo apoyada en la mesa. Me siento a su lado y como, aunque cada trago es igual que estar ingiriendo arena y me cae como una pesada losa en el estómago.

—Siento lo del beso —le digo con una mueca.

—No pasa nada. ¿Quieres hablar de ello?

—¿Alguna vez quiero?

—No, pero quizá pueda ayudarte a insultar a Mauer. A mí se me da bien.

No puedo evitar reírme, aunque tampoco soltar una pregunta que desde siempre ha sobrevolado mi cabeza.

—¿Por qué lo odias tanto?

—¿En serio me estás preguntando eso? —dice, pasmado.

—Sí. Sé que me quieres lo suficiente para que te importe lo que me haga, pero también yo te quiero lo bastante a ti como para saber que hay algo más.

Su expresión de resentimiento me confirma que no

me equivoco. Yago siempre ha sido muy protector desde que Vera se marchó, pero ese sentimiento por Alex esconde algo más que no tiene nada que ver conmigo.

Aprieta las manos sobre su regazo y frunce el ceño.

—Ella lo quiso. Me refiero a que lo hizo de la manera en la que tú lo quisiste también siendo niña. ¿Lo sabías?

Recuerdo aquellos días en los que Vera buscaba cualquier excusa para pasar tiempo a solas con Alex y sonrío a medias. Me produce un sentimiento tierno, aunque también me trae el sabor del desengaño.

Miro a Yago. Su dolor es casi tangible. Y me vienen a la cabeza otros momentos, unos en los que Vera volvía a casa sonriendo como nunca, hablando maravillas de un chico de ojos verdes que la hacía sentir bien.

Fue una relación extraña. Vera iba y venía, y nunca permanecía demasiado tiempo por aquí siguiendo el papel de espíritu libre que se había autoimpuesto, por lo que Yago y ella vivieron una relación en un constante altibajo. El primer año que salieron juntos de modo formal, lo hicieron como cualquier otra pareja y sé que fueron felices. La llave que mi hermana guardaba en su habitación lo demuestra. Después Vera decidió marcharse para buscarse a sí misma y lo hizo sin Yago. Cuando regresaba, los brazos de él siempre estaban abiertos para ella, pero nada volvió a ser lo mismo. Ni Vera le prometía más que unos días de risas y cama juntos ni Yago volvió a pedirle nada, a pesar de que nunca dejó de estar dispuesto a dárselo todo.

Él es la segunda razón por la que alguna vez he creído llegar a odiar a mi hermana. La primera, obviamente, fue por lo que se hizo.

—Alex fue su primer amor, pero tú el último. El único que tuvo que de verdad significó algo.

—Ya lo sé. Y sé que me quiso, de verdad, aunque lo hiciera a su manera extraña y enfermiza. Solo que... teníais algo especial que siempre primaría sobre todo lo demás. Si él hubiera vuelto antes, para Vera habría sido mucho más significativo que el hecho de dar otro paso en nuestra relación. Eso es lo que me jode. Que yo lo habría dado todo por ella y nunca me pidió que la acompañara. Siempre huía. Y él se marchó sin más y lo habría perdonado solo con que hubiese vuelto una vez.

Mi silencio dice demasiado. Y siento que quiero aún más a Yago por ser capaz de comprender que lo que nosotros teníamos era tan importante, pese a que eso a él le hiciese daño.

—Si te consuela, yo no puedo perdonarlo.

—Sí que puedes, solo que no has encontrado la manera de hacerlo.

Sus palabras me arañan por dentro. No quiero pensar ahora en eso, así que vuelvo a centrar la conversación en él.

—Yago, mi hermana te quiso. Cuando Vera te quiere, lo sientes, pase lo que pase y tome las decisiones que tome.

—Lo sé. Ese es el consuelo que me queda. Da igual lo que la gente de por aquí piense; ella y yo tuvimos algo grande, aunque acabara mal.

Le cojo la mano y entrelaza sus dedos con los míos. No siento nada más que calma. Qué pena, porque con él todo sería mucho más fácil.

Yago me sonríe y sus ojos brillan. Pienso en las palabras que mi hermana le dedicó alguna que otra vez.

—Tenía razón, pero nunca te lo he dicho. Supongo que me daba vergüenza.

—¿El qué?

—Vera siempre decía que tenías la sonrisa más bonita de este maldito pueblo. También lo dijo en su última carta.

Su expresión se relaja aún más y tira de mí, hasta que caigo sobre su pecho. Apoyo la cabeza en su hombro y con la otra mano me acaricia el pelo.

Después me susurra, con la voz muy bajita y los labios pegados a mis cabellos.

—Ojalá alguien inventase la fórmula para enamorarse de quien cada uno quisiera.

—Sí. Nos hubiese ido mucho mejor. Tú y yo, y que les jodieran a Vera y a Mauer. —Siento su sonrisa y yo también sonrío.

—Voy a chivarme a la abuela, te estás volviendo una malhablada. —Suelto una risita y nos mantenemos en silencio unos segundos más, disfrutando de la placidez del momento, de saber que dan igual las veces que los demás se marchen, porque nos tenemos el uno al otro; porque nosotros sí que tenemos nuestro propio «para siempre»—. Yo también te elegiría a ti con los ojos cerrados, Sara. Ojalá te me metieras bajo la piel, pero solo te tengo aquí —me dice señalándose el pecho—, compartiendo espacio con todas esas cosas que me mantienen sereno.

Suspiro y el aliento sale cálido sobre la tela de su camiseta. Levanto la cabeza y lo miro, tan cerca, tan guapo, con una sonrisa tan bonita y los ojos colmados de todo eso que le ha tocado soportar.

—Creo que es la declaración de amor más bonita de toda mi vida. Aunque no se trate de esa clase de amor.

—Ojalá todo fuera tan fácil como eso.

—Ojalá.

Apoyo la frente sobre la suya y nos damos un beso en los labios. El segundo del día, que también es el segundo de nuestra vida. Corto, dulce, sentido y que no responde a nada más que a la necesidad de decirnos de nuevo que nos queremos.

Eso nos aportamos Yago y yo, una serenidad perfecta a la que fue muy fácil acostumbrarse en su momento y de la que resulta muy difícil desprenderse a estas alturas.

A.

Paso la noche en vela. Me asomo a la ventana, me tumbo en la cama, paseo por la casa. Aunque da igual lo que haga: en cuanto consigo relajarme y cierro los ojos, la veo a ella. A ella diciéndome que la abandoné, que no cumplí mis promesas, que permití que pasara sola por el peor momento de toda su vida.

También veo a Vera, pero, para mi sorpresa, el dolor que me provocó saber que había muerto ha sido sustituido por sentimientos más cálidos al recordarla. Oigo su risa cada vez que nos tomaba el pelo a Sara y a mí, sus ojos pícaros cuando estaba maquinando travesuras, su forma de bailar frente a una hoguera, su manía de cantar todo lo alto que era capaz cuando íbamos en la camioneta de mi padre. La veo abrazándome con fuerza cada año cuando nos despedíamos y susurrándome: «como no vuelvas, te mato». La veo cuidando de Sara, siempre, incluso cuando su hermana creía que ya no la tenía en cuenta como antes. La veo confesándome sentir algo por mí, pero a la vez aceptando con valentía que no era nuestro destino, porque mi futuro llevaba otro nombre.

La veo feliz y eso me alienta.

Después de haber llorado su pérdida cuando me he enterado, supongo que me resulta más sencillo quedarme con ese recuerdo que con todo lo que Sara me ha contado que sufrió con los años. También es más fácil que interiorizar que su ausencia en mi vida ya es de forma permanente.

Aun así, eso no hace que me odie menos por no haberle puesto solución, por no haber intentado retomar el contacto y no haber pensado que quizá ellas me necesitaban de verdad.

Cerca de las siete de la mañana, oigo un coche que se acerca por el camino. Me asomo por la ventana y compruebo que es el de Yago. Sara se baja y entra en su casa rígida, haciendo claros esfuerzos para no desviar la mirada hacia la mía. Lleva unas chanclas de él en los pies que le quedan enormes.

Bajo a la cocina y preparo café. Recojo un poco el salón, que es lo único que queda por restaurar, y pongo música. Subo el volumen para dejar de escuchar todas esas voces en mi cabeza que me dicen que estoy cabreado por un montón de cosas. Y no solo conmigo, sino con Sara también. Que estoy tocando fondo y no me gustaría por nada del mundo que ella me viera así.

Entra en casa antes de las ocho. No me he equivocado al pensar que iba a madrugar con tal de terminar el trabajo cuanto antes y acabar de una vez por todas con esto.

Me arde el pecho, me sudan las manos y siento que necesito desahogarme con algo, si no quiero que sea con ella. Estoy cabreado y no sé cómo canalizar esta situación sin destrozar lo poco que aún nos une del todo. En realidad, sí que lo sé, pero la solución no es otra que marcharme de nuevo y despedirme de ella me duele. Despedirme de las dos.

La primera media hora transcurre en silencio. Sara trabaja de forma mecánica y yo me escondo en la cocina, donde supuestamente ultimo detalles, pero soy incapaz de hacer nada productivo teniéndola a ella, al parecer impasible, en el otro lado de la casa.

Al final, entro en el salón y me la encuentro intentando mover una caja, pero pesa demasiado para ella y le cuesta deslizarla por el piso. Está colorada por el esfuerzo y se le escapan unos mechones rebeldes de la coleta que acaban pegados a su frente por el sudor.

Al verme, frena y coge aire con fuerza antes de hablar.

—¿Puedes ayudarme con la caja, por favor?

—Claro.

La cojo y la coloco donde me indica.

Después la miro y me quedo paralizado, porque no comprendo a quién tengo delante. No consigo discernir entre la Sara de la que me enamoré siendo un crío y en la que pienso cada noche, con la que tengo delante, una orgullosa, de rostro neutro, contenida, atada emocionalmente a su hermana de un modo que le impide seguir como haría cualquier joven de su edad y disfrutar de la vida.

Me doy cuenta de un modo doloroso de que una parte de Sara se fue con Vera y lleva mucho tiempo sin vivir de verdad, solo sobreviviendo a su pérdida.

—Creo que voy a sustituir esa lámpara por unas bombillas desnudas. ¿Es muy arriesgado?

—Como tú veas.

Mi respuesta hace que me observe con una ceja arqueada, confundida por la ausencia repentina de calidez en mi voz. Pero, de pronto, soy consciente de que contra esta versión de Sara no puedo luchar. De que solo depende de ella ser capaz de desprenderse algún día de ese dolor y continuar. Pese a ello, quizá yo aún pueda hacerla despertar de algún modo, aunque vuelva a odiarme de nuevo. Supongo que eso sería mejor a que siga dormida y tan encerrada en sí misma, siendo una Sara que no llega a ser ella del todo. Una Sara que no está anclada a este lago porque sea su particular refugio, sino porque se ha convertido en una cárcel.

Y me doy cuenta de que la prefiero libre a conmigo, y esa es la clave de todo.

—¿Y la...?

La interrumpo antes de que siga hablando de muebles como si nada hubiera ocurrido. Ahora mismo me importa una mierda la casa.

—Haz lo que te parezca. Estará bien, seguro. Tú siempre lo haces todo bien. Si me necesitas, estaré fuera. Tengo que tomar el aire.

Salgo de allí dando largas zancadas en dirección al embarcadero. Cuando llego al final del camino de madera y me giro, la tengo enfrente, con los puños apretados en sus costados y el rictus serio.

—¿A qué ha venido eso?

Su voz es calmada y parece sorprendida por que yo haya llegado al límite y quiera de una vez por todas gritarle lo que ya no soy capaz de mantener en silencio por más tiempo.

Recuerdo a Vera diciéndonos que los sentimientos se gritan, no se esconden, y la odio por lo que se hizo, por lo que sin querer nos ha hecho a todos, pero también siento un amor inabarcable por aquella chica de ojos vivos y tanta fuerza que sentía que un día nos arrastraría con ella.

Y aquí está Sara, mirándome sin pestañear, conteniéndose, intentando fingir otra vez que nada ha ocurrido, que Vera no está muerta, que su vida es esto y que le gusta. Fingiendo ser alguien que no es.

—¿El qué? Es la verdad. Yo soy un capullo integral, pero tú lo haces todo bien, Sara —replico, sin ocultar el matiz sarcástico de esa afirmación—. Incluso esconder algo como la muerte de tu hermana.

Su expresión se rompe al oír esa verdad de mis labios que sigue sin aceptar.

—No lo digas... —suplica, cerrando los ojos.

Verla así, tan vulnerable de pronto, me conmueve, pero no puedo dejar de provocarla ahora. Necesito que entienda que así no soluciona nada, que solo alimenta una situación con la que lo único que conseguirá es sufrir cada vez más.

—Sara, es que es la verdad, y comportarte como que no ha ocurrido no te hace ningún bien, ¿no te das cuenta?

—¡¿Te crees que no sé lo que pasó?! —Me mira con un desprecio que me mata—. No estoy loca, Alex.

—¿Y por qué...? —Su mirada de desdén es lo que hace que el vaso rebose y me atreva de una vez por todas a preguntárselo—. ¿Por qué no me lo dijiste? ¡¿Te crees que, por mucho que no nos hayamos visto en años, no me afecta?! Por Dios, Sara... ¡se trata de Vera!

—¿¿Me estás echando en cara que no te llamara

cuando ocurrió?? ¿Qué querías que hiciera? ¡¿Señales de humo, Alex?!

Nos gritamos. Nos retamos con la mirada. Nos hacemos daño.

Respiro hondo e intento calmarme, a pesar de que ella no me lo está poniendo fácil. Tiene motivos para odiarme, pero yo también los tengo para sentirme decepcionado después de haberme ocultado algo como esto.

—No te estoy diciendo eso. Asumo mi culpa, pero asume tú también la tuya. Yo no regresé, pero tú tampoco me buscaste; lo asumiste, sin más. No me has perdonado, porque según tú lo que hice es imperdonable, pero actúas como si lo hubieras hecho de algún modo. Me das una de cal y otra de arena, Sara, y no puedo más. —Alzo las manos en señal de rendición y ella suelta una risita falsa—. De verdad que lo he intentado, que acepto que no tengo derecho a pedirte nada, pero, joder, ¡sí que lo tengo!

—Ah, ¿sí? —pregunta con chulería.

—¡Sí! Tengo derecho a decirte que me parece fatal lo que estás haciendo con Yago, a pesar de que aún no comprendo qué tipo de relación mantenéis. A decirte que no me entra en la cabeza cómo puedes seguir con él después de lo que está pasando entre nosotros. Y no hablo de sexo, sino de todo lo demás. ¡De todo lo demás que sucede simplemente con estar juntos en la misma habitación, Sara! Tengo que decirte que nos culpas a Vera y a mí de haber huido, pero tú tampoco has dejado de hacerlo desde que he regresado. Que el pasado ni se borra, ni se edita, ni se puede cambiar, pero sí que puedes aceptarlo y superarlo, si no él acaba por superarte a ti. —Trago saliva al ver sus ojos brillantes, pero sin soltar una maldita lágrima; es como si estuviera encerrada bajo llave, como si viviera bajo una coraza—. Piensa en mí. Piensa en Vera. Y sé más lista y valiente que nosotros dos juntos. No tienes derecho a culparnos de nada si vas a repetir nuestros mismos errores.

Su expresión me dice que me he pasado y que estoy tocando hueso.

—No creo que seas el más indicado para decirme cómo vivir.

—Sara... —Intento acercarme a ella, pero se aparta y se cruza de brazos a la defensiva; parece una niña desvalida, está tan perdida en este instante que da la sensación de que de un solo toque podría romperse—. Yo tampoco tengo ni puta idea de cómo hacerlo, solo estoy improvisando, pero intento soltar mi pasado y dejarlo ir. Es la única manera de hacer algo con el presente.

—¿Me estás pidiendo que te perdone sin más? ¿Y luego qué? ¿Que te siga? —Habla nerviosa, de forma atropellada—. ¿Que deje mi vida por la de alguien que nunca me quiso en la suya?

—No. —Trago saliva y pronuncio las palabras que más daño me hacen, pero que ella necesita oír—. Sinceramente, ahora mismo ni siquiera sé si esta Sara me gusta.

—¿Qué...? ¿Qué intentas decirme?

Ahoga un gemido y me observa con los ojos muy abiertos, como si ella también empezara a ver otra parte de mí. Su piel está más pálida que nunca y percibo un temblor en sus manos que ya no se esfuerza por disimular.

La estoy destrozando y me odio por ello.

—Quiero que te des cuenta de lo que estás haciendo, de que tienes que asumir de una vez lo que ha ocurrido y superarlo para poder avanzar. Estás estancada en este lugar. —Señalo el lago y el bosque que nos rodea—. Congelada en tu propia vida. Vera se avergonzaría de ti.

No, me equivocaba. Sin duda, estas son las palabras que la rompen del todo.

Cierra los ojos un instante y los abre rápidamente, intentando averiguar si lo acaba de oír es real o no. Se tapa la boca con las manos y me contempla con los ojos más tristes que he visto nunca. Segundos después, su rostro se descompone y los cierra de nuevo compungida.

—No quiero que vuelvas a dirigirme la palabra. —Intenta que su voz parezca firme, pero no lo consigue, y entonces me doy cuenta de que, por fin, está totalmente rota. Ella. Mi Sara—. El viernes termino, me pagas y se acabó.

No es una orden, sino una súplica. Y yo acepto, porque querer a alguien no siempre significa necesitarlo contigo; a veces, uno necesita estar solo.

—De acuerdo, Sara, pero las cosas no se acaban porque tú lo quieras. Por mucho que sigas huyendo, te lo seguirás llevando contigo. Hazme caso, sé lo que digo.

S.

Las palabras de Alex retumban en mi cabeza de forma incansable.

Me siento fatal, perdida, confusa y eso significa que he tocado fondo. Que no encuentro cómo avanzar. Que estoy estancada, como si estuviera caminando sobre un sendero de fango y mis pasos fueran en vano.

Necesito gritar, romper cosas, llorar, desquitarme

de esto que me atraviesa el pecho y me hace tanto daño, pero soy incapaz. Me siento muerta por dentro, pese a todo lo que estoy sintiendo.

Alex se va a casa y cierra la puerta sin mirar ni una vez en mi dirección. Ha sido cruel conmigo y él lo sabe, pero también soy consciente de que, si lo ha hecho, ha sido para provocarme.

Me quema la garganta, me sudan las manos y tengo ganas de echar a correr y de hacerme una bola en el suelo a la vez. Esconder la cabeza y desaparecer. O explotar y dejar salir todo lo que llevo dentro, pero no. Estoy sola, rodeada por este lugar idílico que considero mi hogar y sintiéndome una extraña en mi propio cuerpo.

Es el pánico de saber que Alex tiene razón. El pavor a aceptar que no soy yo desde que aquella última carta llegó. El miedo más absoluto a asumir de una vez por todas que mi hermana ya no está. Que no va a volver. Que no escucharé nunca más su voz, ni su risa, ni la veré flotar en el lago. Que jamás recibiré otra llamada con interferencias al bar de Joe desde una ciudad desconocida, ni regalos de cumpleaños horteras y ridículos comprados en tiendas de nombres impronunciables. Que oírla cantar y pedirle que se calle ya no será una opción, ni observarla andar de puntillas por el embarcadero, como si fuera una funambulista sobre una cuerda entre dos rascacielos. Que echarla de menos ya no será algo eventual, sino una rutina de mi día a día, una constante. Que ya nunca seremos Vera y Sara. Que solo seré Sara, una chica que perdió a sus padres y después a su hermana cuando aún se sentía demasiado joven para cargar con un peso tan grande. El terror ante la evidencia de tener que digerir de una vez por todas que a Vera no le arrebataron la vida, sino que ella misma se la quitó.

Las piernas se me doblan como si fueran de papel y me dejo caer en el suelo antes de echarme a llorar por todos los años en los que me he prohibido hacerlo.

A.

—Nos abrazamos.

Sara abre la puerta de casa sin llamar pasado el mediodía. Lleva el pelo revuelto y los ojos rojos e hinchados de haber llorado.

En este instante, una certeza cae sobre mí. Rememoro, intento encontrar un momento en el pasado en el que lo hiciera, en el que llorase delante de mí o que supiera que lo había hecho, y no encuentro más que unas lágrimas traviesas mojándome la camiseta la noche antes de despedirnos hace tantos veranos. La misma noche que nos acostamos por vez primera.

Se pasea nerviosa por el salón después de decir esas dos palabras que no comprendo. Sin embargo, parece tranquila, como si se hubiera liberado de algo.

—¿Qué?

—Yago y yo. Solo nos abrazamos. —Me levanto del sofá y la miro extrañado por esa confesión tan desconcertante—. Suena patético, y en cierta manera lo es, pero nos hace bien.

Se abrazan. Vale. Saberlo me alivia y me enfurece al mismo nivel, aunque no debería.

—¿Desde cuándo?

—Antes de que Vera... cuando... —duda; es incapaz de decir en alto que su hermana ha muerto. Asiento con la cabeza, animándola a continuar—. Antes de que desapareciera, apenas nos dirigíamos la palabra. Nos llevábamos bien, pero nada más allá de charlar cuando ella estaba delante o sobre trabajo en relación con su tío. Después se marchó y..., bueno, nos apoyamos el uno en el otro. —Hace una pausa y su expresión se vuelve más cálida—. Él la quería, aún la quiere. No te imaginas cuánto. Me gusta estar con él, porque es como estar de alguna forma con Vera. Cuando todavía venía por aquí a pasar una temporada, siempre acababa oliendo un poco a Yago, porque esos días no se separaban, así que el simple hecho de aspirar su perfume me calma. —Ladea la cabeza y arruga la nariz—. Estoy loca, ¿verdad?

Le sonrío con ternura.

—No. Solo necesitas ayuda.

Asiente y se pasea por mi casa, imagino que reflexionando sobre cómo su vida ha ido encauzada a un hecho puntual que, por muy doloroso que sea, no debería permitir que la guíe por más tiempo.

—Él a veces la ve a ella cuando me mira a los ojos y eso le basta.

Pienso en Yago y, después de saber la verdad, siento lástima por él, aunque también una inmensa gratitud por haberse mantenido al lado de Sara y por haber querido con tanta intensidad a Vera.

—Sara, me alegro de que tengas a alguien con quien compartir eso, pero no es sano. No es una solución a largo plazo.

—Lo sé.

—¿Nunca os habéis...?

—No. —No me deja terminar la pregunta, y no son celos ni nada por el estilo, es simple curiosidad para poder comprender en qué se basa la relación que mantienen—. No consiste en eso. Ni siquiera nos hemos besado más que ayer, y lo hice para molestarte. —Sacudo la cabeza, divertido por su confesión, y ella pone los ojos en blanco—. Es algo más... interno, más limpio.

Aunque considero que no es algo que los ayude, lo entiendo. Lo que sigo sin comprender es por qué no me lo contó desde el principio e intentó que creyera que tenían una relación.

—¿Por qué me lo cuentas ahora?

Clava sus ojos castaños en los míos y habla con firmeza, recalcando las palabras para darles mayor importancia, con esa sinceridad aplastante que solo poseen las personas con coraje.

—Porque tienes razón. Yo no soy así y me he portado fatal contigo, pero no he sabido hacerlo de otra forma.

—Gracias por decírmelo.

Sara asiente y nos mantenemos la mirada unos segundos, reteniendo el sabor agridulce de este momento en la lengua. Después se coge una coleta, se acerca a la estantería y comienza a trabajar como si nada, como si no acabase de confesarse a sí misma que está cansada de cargar con todo el peso del mundo sobre sus hombros.

—Alex... —susurra sin girarse—, esto no cambia nada.

—Para mí sí. Hace que vea de nuevo a la Sara que conocí.

Seguimos trabajando durante todo el día, en silencio, sin parar ni para comer, en una sintonía plácida, hasta que comienza a anochecer y entonces Sara recoge sus cosas y sale por la puerta sin despedirse.

Hacemos lo mismo los dos días siguientes.

S.

—Yago, ¿tienes planes?

—No. Espérame, en media hora salgo, ¿vale?

Es viernes. Alex se marcha mañana y estoy tomándome un batido en el Joe's y cogiendo aire para lo que aún no estoy preparada.

Hemos pasado los últimos tres días trabajando como locos. Sin hablar, simplemente disfrutando de la satisfacción que aporta estar a punto de finalizar un proyecto. Al menos ese ha sido mi caso; el de Alex, no lo tengo tan claro. Aun así, él ha respetado esa tregua y ha ayudado a que el final no haya sido más complicado.

También he pensado mucho.

Es el poder del silencio, que te permite escuchar con la mayor claridad esa voz interior que todos intentamos callar. La mía me decía que Alex está a punto de marcharse de nuevo, pero que no es de él de quien debo despedirme. Por eso hoy estoy aquí, esperando a que Yago salga de trabajar y me lleve a su casa.

Cuando por fin llegamos, noto la garganta seca y un nudo en el estómago que se niega a desaparecer.

Nos comportamos como siempre, cenamos juntos, charlamos de banalidades y nos ponemos el pijama. Todo es familiar, rutinario, pero ambos sabemos que no lo es. Hay una neblina extraña envolviéndonos que ninguno ha pasado por alto.

Nos tumbamos y Yago nos cubre con la sábana. Observo el retrato de Vera colgado en la pared y la veo moverse, como si el dibujo cobrara vida, aunque solo sea el poder de un recuerdo tan nítido que cualquiera pensaría que ha sido formado hace apenas días. Pero no. Ya ha pasado mucho tiempo de la última vez que la vi con ese vestido rojo; era su favorito.

—¿Me equivoco al pensar que esto sabe a despedida?

—No, yo...

Sus brazos me rodean y apoyo la cabeza en su pecho. Su respiración rítmica me calma en el acto, y hablamos en susurros, como si nos estuviésemos contando un secreto.

—Lo sé.

—No podemos seguir así.

—Lo sé.

Pienso en Yago, en la vida que ha llevado desde que descubrimos que Vera nunca regresaría, y me entristece.

Los primeros dos meses fueron malos; apenas salía más que lo necesario para no perder su empleo e intentar hablar con él era un suplicio. Después, un día cualquiera, se levantó y volvió a ser el Yago sonriente y sociable, al que parecía que nada le afectaba, y comenzó a salir más de la cuenta, a beber por las noches, a acostarse en camas extrañas y a no recordarlo por las mañanas. Sin comprometerse con nada ni con nadie, sin establecer lazos, sin importarle nada más de esas chicas que tener un buen rato de sexo mecánico y vacío.

De vez en cuando, tocaba fondo y me llamaba. Otras veces lo llamaba yo a él.

—Deberías aceptar una cita con Paloma. O con otra. Algo más que un revolcón con una desconocida.

—Con sexo esporádico me vale, no quiero arrastrar a nadie a algo que no sé si puede ser.

—Tienes que dejar de culparte. —Trago saliva, porque ese consejo debería aplicármelo a mí misma—. Tienes que empezar a implicarte, Yago. Y no hablo con otra persona, sino con el mundo en general.

—La vida sigue y el espectáculo debe continuar, ¿no? —me dice divertido, y siento su sonrisa contra mi pelo.

—Exacto. Sabes que Vera nos mataría si viera lo que estamos haciendo, ¿verdad?

Percibo sin verlo que la sonrisa desaparece.

—No creo que sus palabras tuvieran mucha credibilidad.

Levanto la cabeza y lo miro, tan cerca que puedo analizar cada una de las motas verdes de sus ojos. Lleva razón, no tiene demasiado sentido lo que opine de nuestra pasividad en la vida una persona que puso fin a la suya.

Trago saliva y lo observo con decisión; comienzo a abrir los ojos y a darme cuenta de que Alex estaba en lo cierto; por muy bien que Yago y yo nos sintamos encerrándonos en su casa y compadeciéndonos, esto está mal. Muy mal.

Es hasta enfermizo.

—Bueno, entonces nuestro deber es demostrarle que la vida tiene valor. Que los valientes no son los que se atreven a ponerle punto final cuando desean, sino los que siguen luchando, aunque les pese.

—¿Y ese ataque motivacional?

—No lo sé.

—Dicen que los alemanes saben mucho de eso.

Pongo los ojos en blanco y él se ríe.

—Tiene razón, Yago. Él lo hizo mal, pero yo tampoco puedo basar todo lo que hago o dejo de hacer en función de las decisiones que tomen los demás. En él, en Vera... eso es de cobardes. Y también lo fui en su momento al aceptarlo sin más. Uno debe coger la vida por las riendas y hacerla suya, si no solo sobrevives, pero no vives. ¿Entiendes la diferencia?

Se queda callado unos segundos, meditando mis palabras, observándome con cariño y con sus dedos enredándose en un mechón de mi pelo. Es un gesto habitual que hace incluso cuando duerme, y sé que le sale porque a Vera le gustaba, pero ahora me doy cuenta de lo enfermizo que resulta también eso, pese a que sea infinitamente tierno y triste.

—Tú y yo llevamos sobreviviendo mucho tiempo —dice casi más para sí mismo que para mí.

—No volveremos a hacerlo. Esto. Por mucho que nos guste.

—Te echaré de menos.

—Yo también.

Me acuesto de nuevo sobre su pecho y nos abrazamos de este modo por última vez. No duermo demasiado, aunque Yago sí; siempre dice que lo hace mejor cuando está conmigo.

Por la mañana actuamos como siempre, como si no fuera más que otro día cualquiera. Desayunamos juntos y después me lleva a casa en su coche.

Sin embargo, cuando el motor se para, nos quedamos los dos congelados en el sitio. Noto el miedo subir por mi espalda como una serpiente que desea enroscarse en mi cuello y ahogarme. Supongo que esta despedida engloba muchas más cosas y bajar del vehículo se me presenta como una metáfora del comienzo de una etapa para la que sigo sin sentirme preparada.

Nos miramos de reojo y al final explotamos a reír. Las carcajadas vacían mis pulmones y me alivian.

—Anda, ve. Ya nos veremos, rubia.

Coge mi mano, la aprieta con fuerza y se la lleva a los labios, dejándome un beso sentido en la parte interna de la muñeca. Un beso que se convierte en el acto en uno de los más bonitos de mi vida. Yo le doy uno en la mejilla y bajo del coche, sintiendo un dolor desconocido en el pecho.

Despedirse siempre duele, pero, en ocasiones, sabes que es lo único que puedes hacer por el bien de ambas partes.

La despedida

Querida Vera:

Ya está. Ya le he dicho adiós a Yago.

¿Ves como no era tan difícil?

Es mentira, porque lo es.

Lo es con él, así que imagínate hacerlo contigo, Vera. Imagínate...

Te quiere,

SARA

A.

Cuando entra en casa, me quedo unos segundos de más mirándola, intentando alargar el momento todo lo posible y sintiéndome algo más sereno al ver en sus ojos que también está pensando en que no volverá a pasar el día trabajando conmigo; en que ya se ha acabado.

Lo revisamos todo por última vez, como habíamos acordado el día anterior, y admiramos orgullosos el buen resultado que hemos conseguido. Pienso en mi madre y sonrío, porque es absolutamente perfecta para ella.

Sara se muestra inquieta, su vena perfeccionista la empuja a comprobar las cosas más de una vez, pero también complacida y sonriente por lo que ve.

Entramos en mi dormitorio y pone los brazos en jarras. Es el único que apenas hemos tocado; pese a la insistencia de Sara, que me suplicó dejarla cambiarlo, mantenerlo como estaba en mi adolescencia me gusta. Me trae demasiados recuerdos bonitos como para taparlos. Como aquella primera noche que pasamos juntos.

Incluso con eso, no he podido evitar que lo pintase, le diera unos retoques y me comprara sábanas nuevas que no fuesen de superhéroes.

—Creo que tenías razón. Está bien así.

—Me alegro de que la profesional dé su beneplácito.

—Pero falta una cosa.

Mete la mano en su bolsa de herramientas y saca algo. Es una lámina enrollada de unos cincuenta centímetros de ancho envuelta en papel de embalaje. Me la tiende y la abro curioso, porque no me esperaba un acercamiento por su parte, después de todo.

La desenrollo y me encuentro con un dibujo, un instante congelado en el tiempo a través de sus dedos. En él aparecen tres figuras de espaldas que reconozco en el acto. Somos Vera, Sara y yo sentados en el embarcadero, admirando la puesta de sol y saboreando la felicidad que compartíamos en aquel pasado.

Le doy la vuelta y leo la dedicatoria. La letra es temblorosa y más infantil que la que he visto estos dos meses en los bocetos y en sus notas de trabajo.

Para Alex, por ayudarme a no tener miedo.

SARA

Las ganas que tengo de abrazarla son demasiado intensas.

—Dijiste que ya no pintabas.

—Es que no lo hago. Ese lo hizo la Sara de hace muchos veranos.

—¿Y por qué no me lo dio?

—Habías besado a su hermana. Comprende que estuviera resentida.

Una media sonrisa se dibuja en sus labios. Yo se la devuelvo y asiento, aceptando esa señal de que mi pequeña Sara aún sigue aquí, atada a mí de algún modo. Que está volviendo y, quizá, solo sea cuestión de tiempo que lo haga del todo.

Coloco el dibujo sobre el escritorio y asiento complacido, porque es verdad que faltaba algo. Faltaba ese momento congelado gracias a un pincel, en el que tres adolescentes, hace ya mucho tiempo, formaron un lazo entre ellos irrompible.

Cuando salgo, ella ya está en el salón. Está mirando por la ventana y parece ausente, con la mirada fija en el lago.

—Sara, si no me voy ya, no llegaré. Tengo aún horas hasta el aeropuerto.

—Sí, claro.

Se levanta, se frota las manos en el pantalón y se acerca a mí sin apenas mirarme. Cojo el sobre que descansa en el aparador de la entrada y se lo ofrezco.

—Esto es tuyo.

Lo observa confundida, hasta que cae en la cuenta de que es el dinero que habíamos acordado por su trabajo.

—Gracias. Ha sido el mejor encargo que he tenido hasta la fecha.

Se lo guarda en el bolsillo trasero de sus pantalones cortos, agarra una de mis bolsas y sale de casa; yo cojo el resto del equipaje y la sigo.

Abro el coche y metemos mis pertenencias en el maletero entre los dos, como si fuera lo más normal del mundo que nos estuviésemos despidiendo de nuevo.

—¿Cuándo vendrá tu madre?

—No lo sé, pero no la ata nada allí, así que intentaré convencerla para venir cuanto antes.

Duda y se muerde el labio, pero no se contiene.

—¿Volverás? Con tu madre.

—No. Es ella la que tiene que enfrentarse a esto sola. —«Como tú», pienso, pero no se lo digo, porque ella ya lo sabe—. Quizá con el tiempo. Y siempre que a ti no te importe.

—Le encantará.

No me dice ni que sí ni que no, pero su expresión me transmite que está complacida por mis palabras.

Miro el reloj y maldigo, porque se me acaba el tiempo y parece que aún queda demasiado por decirnos, pero que a ambos se nos atasca en la garganta. Al final, rompo el silencio metiéndome una mano en el bolsillo y tendiéndole una llave, la misma que estuvo cuatro años aguardando en su casa a que alguien volviese a buscarla.

—Una última cosa. ¿Te importaría quedártela tú? Para imprevistos.

—Claro. Limpiaré un poco de vez en cuando.

—No tienes por qué.

—Pero quiero hacerlo. Quiero que esté perfecta cuando llegue.

Sonrío y, al dejarle la llave en la mano, cierro la mía

sobre la suya y entrelazamos los dedos con el trozo de metal entre ambas.

Quiero abrazarla. Quiero besarla. Quiero susurrarle que ha vuelto a conseguir que viva uno de los mejores veranos de mi vida, pese a todo. Quiero decirle que la esperaré siempre. Quiero poder quererla sin todos esos obstáculos que nos separan, sin miedo a que salga corriendo, sin la necesidad constante de tener que pedirle perdón.

Quiero suplicarle que nunca deje ella de hacerlo.

Sus ojos se encuentran con los míos, aún cogidos de la mano, pero sin atrevernos a dar un paso, y me habla con la voz tomada.

—Nunca te he odiado.

—Ya lo sé.

—Bueno, quizá un poco, pero se me pasaba enseguida.

Me río y ella también lo hace. Es reconfortante recordar una despedida en la que su risa forme parte del adiós.

—No voy a pedirte nada, pero me gustaría que supieras que mi puerta siempre estará abierta para ti.

Asiente y me aprieta la mano antes de soltarla del todo, diciéndome con los ojos que ya está, que ya me puedo ir.

—Gracias.

—Cuídate mucho, Sara.

—Tú también.

Me monto en el coche, arranco sin darle más vueltas ni darme más tiempo para arrepentirme, bajarme y apretarla contra mi cuerpo, y veo su imagen cada vez más pequeña en el retrovisor según avanzo por el camino pedregoso.

Juraría que, antes de desaparecer esa visión de forma definitiva, me tira un beso que se queda flotando en el aire. O quizá sea el recuerdo de Vera despidiéndose de mí.

S.

Verlo marchar otra vez me resulta angustioso. Es un momento tantas veces vivido que me da la sensación de que nunca he dejado de despedirme de él.

Cuando su coche desaparece al final del camino, levanto la mano y le tiro un beso, sintiéndome una estúpida, pero respondiendo a un impulso tonto más propio de Vera que de mí.

De repente, echo a correr en su dirección. Segundos después, soy consciente de lo irracional de mi actitud y me doy la vuelta con la intención de irme a casa. Sin embargo, al pasar por delante de la antigua casa de los Mauer, ahora de la señora Beckett, me paro en seco y observo la llave que aún cuelga en mi mano.

Siento una necesidad brutal de entrar allí y de enfrentarme sola a la ausencia de Alex.

Abro la puerta y me paseo por la casa como si fuera la primera vez que la veo, pese a que he estado aquí hace apenas unos minutos y podría describir cada rincón de memoria con los ojos cerrados.

Subo al piso de arriba y acabo en el dormitorio de Alex. El equipo de música vuelve a ocupar su sitio en una de las estanterías y pulso el botón de encendido. Llevamos dos meses jugando a esto; tenía razón cuando decía que me estaba aficionando a descubrir con qué música me iba a deleitar cada día y, de ese modo, no dejaba de mandarme señales a través de canciones que parecían estar escritas para nosotros.

Es el poder de la música, capaz de albergar entre sus notas y letras todas las vidas posibles.

Sin embargo, cuando pulso el botón descubro que no hay ninguna canción esperándome.

Solo estoy yo.

Siento un estremecimiento que comienza en mis pies y que sube veloz por mi espalda hasta recorrer cada centímetro de mi piel. Como si me resquebrajase de repente; como si fuera una flor que se abre tras descubrir el tipo de luz que es capaz de despertarla.

Me siento en la cama y me abrazo las rodillas.

Estoy sola. Sola conmigo. Y eso debería ser suficiente.

Hoy no hay música, ni ruido, ni nada que me evite tener que escucharme.

Y lo comprendo todo. Que esta vez Alex se ha ido, pero que si yo quisiera esto no tendría que ser un adiós, sino un hasta luego. Que me quiere y que soy la única que tiene el poder de tomar una decisión que nos atañe a los dos.

Que echarnos de menos durante más tiempo no tiene sentido.

Y lloro.

Las lágrimas salen solas, fáciles, liberándome y permitiéndome respirar de nuevo, como si llevara años sin hacerlo de verdad, solo a medias.

Lloro por él, por lo que sucedió en este mismo cuarto ocho años atrás, por lo que sufrí después, por lo que nos hemos querido este verano y por no haber sido capaz de perdonarlo.

Lloro por Vera, por haberla creído cuando me prometió a mis doce años que siempre estaríamos juntas, por haberme hecho creer que era feliz, por no haberme permitido despedirme de ella como me habría gustado y decirle que era una cobarde, pero que eso no es malo, como en su día me explicó frente a una tabla de güija.

Rememoro sus palabras y me parece tenerla a mi lado susurrándolas.

—*No importa tener miedo, Sara. El miedo es bueno. El miedo nos hace intentar ser valientes. Si no tuviéramos miedo, ¿qué tendría de valiente un acto? El miedo nos activa y nos ayuda a sobrevivir, no lo olvides nunca. El miedo te hace sentir viva, Sara. ¿No lo sientes ahora? ¿No te sientes más viva que nunca?*

Y me siento muerta de miedo en este instante, pero también viva por primera vez desde hace años, a pesar de que ella no está aquí para darme la mano.

Y lloro por mí. Por la Sara que un día dejó de pintar y de vivir al mismo tiempo.

Lloro durante horas, hasta que ya no me quedan lágrimas.

Cuando me despierto, me encuentro abrazada a la almohada de Alex. Huele a él. Me estiro, recojo la habitación hasta que queda impecable y vuelvo a casa.

Al entrar, la abuela me espera en el salón con un evidente pesar en su rostro.

—Mi niña, ¿estás bien?

—No, pero lo estaré. Te lo prometo.

Me mira con cautela, examinando mi cara con detenimiento, leyendo más allá de lo que mis ojos hinchados y mis labios fruncidos le dicen. Al final, sonríe y asiente. Es todo lo que necesito para saber que sí, que por fin estoy haciendo lo que debería haber hecho hace mucho tiempo.

Me doy una ducha, me pongo ropa vieja, cojo unas cajas de cartón del cobertizo, algunas herramientas y entro en el cuarto de Vera. La abuela me observa, pero no pregunta, solo asiente, como si ya conociera con antelación lo que está pasando por mi cabeza.

Guardo en una caja media docena de cosas que quiero conservar, como fotos, un par de pulseras, algunas prendas y su perfume favorito, y arramplo con todo lo demás.

Cada trasto que tiro, cada mueble que muevo, cada cambio que se produce en esa habitación que lleva congelada más de dos años, es como si me clavase una punta en el pecho. Una tira arrancada en mi corazón.

Tiro de los pósteres de conciertos que llenan las paredes, sin preocuparme si acaban hechos pedazos, mientras las lágrimas vuelven a asomarse con más fuerza, y sollozo sin importarme hacerlo a un volumen demasiado alto. Destrozo el cuarto de Vera que ha permanecido intocable desde que tomó esa decisión de huir para siempre, y cada movimiento, cada lamento, funciona como el mejor de los consuelos.

Cuando está vacía, abro los botes de pintura y comienzo a dibujar en las paredes sin pensar, dejándome llevar, llenándolas de trazos firmes, de un colorido que me hace revivir un montón de sensaciones entremezcladas. Me dejo la piel en exteriorizar todo lo que lleva años acumulado en mi interior a través del único modo que sé, sobre el lienzo en blanco que supone el dormitorio de mi hermana.

Al terminar, ya ha amanecido. Me levanto y observo el resultado a mi alrededor, un mundo de color caótico y sucio que me hace soltar la última lágrima que le dedico.

—¿Cómo se llama tu obra?

La voz de la abuela me sobresalta por primera vez después de horas respetando esa especie de terapia que he comenzado sin ser muy consciente de ello. Asumo que solo puede llevar su nombre.

—Vera.

Me giro y la abuela sonríe, aunque no oculta que está llorando, con su camisón largo y su trenza canosa cayéndole por un lado de los hombros, y me agarra por las mejillas para besarme en la frente. Me sabe mal el esfuerzo que le habrá costado subir a ella sola, pero me alegro de tenerla a mi lado. Después me acompaña a mi cuarto y me arropa, como si volviese por un momento a ser una niña.

Una niña con la capacidad de reiniciarse a sí misma con la ayuda de un pincel.

Duermo catorce horas seguidas. Cuando me despierto, la abuela está preparando la cena y tuerzo el gesto, porque sé que me espera una noche en vela. La cocina huele a especias y se me hace la boca agua.

—Pensé que nunca despertarías.

—Estaba agotada.

—Es normal. Llevabas años sin dormir en condiciones.

Nos sentamos, ella me sirve y comemos una frente a la otra.

—¿Qué vas a hacer ahora?

—No lo sé.

La abuela sonríe mirando su plato; sabe que estoy mintiendo. Me meto la cuchara en la boca y el líquido templado disipa levemente el nudo de mi garganta.

La voz me sale tímida, porque me cuesta un esfuerzo enorme decir las cosas en voz alta, hacerlas reales y convertirlas en objetivos.

—Voy a pedir ayuda profesional. Creo que sería bueno, ya sabes, para reconciliarme con todo esto. Quizá incluso vuelva a pintar. Y después... no lo sé. El tiempo lo dirá.

—El tiempo no. Lo harás tú, Sara.

—Lo haré yo.

Repito su afirmación con la intención de intentar creérmela y me prometo a mí misma que lo voy a hacer, que voy a conseguir despedirme de la Sara que lleva tanto tiempo atrapada, de aquel Alex que un día se olvidó de volver y de Vera.

Sí, sobre todo voy a despedirme de Vera.

Creo que, si alguien es capaz de despedirse de la persona que más quiere en el mundo, será capaz de superarlo todo. Y yo me he pasado la vida haciéndolo. Primero con mis padres, luego con Alex, aunque solo fuera de un modo metafórico, y después con Vera.

Pero ¿y qué pasa conmigo?

Hasta la vuelta de Alex no había sido consciente de que, en algún punto del camino, me perdí a mí misma. Es posible que aún no sea tarde, que pueda pasar página, practicar el arte de soltar eso que tanto me pesa y que ha llegado a hundirme, perdonar y dejar ir.

Tengo que dejarte ir, Vera. Tengo que hacerlo.

Tengo que empezar a vivir sin ti.

—¿Estás segura? —me pregunta Yago con cara de niño, intentando sin éxito que me arrepienta de mi decisión.

—No.

—Sabes que esa es la respuesta correcta, ¿verdad? —Paloma me abraza—. Por mucho miedo que dé.

—Lo sé.

Estamos en la estación de tren más cercana al pueblo. Apenas hay otra docena de personas a nuestro alrededor, porque el frío ha llegado con ganas y tenemos los dedos entumecidos y las pestañas congeladas.

Yago agarra mi maleta con fuerza, como si por tenerla él pudiera quitarme la idea de gastarme lo poco que queda de la herencia de mis padres de la cabeza.

—Como nos mandes postales, cojo un avión y te mato con mis propias manos.

Me echo a reír ante la amenaza de Paloma.

—Tranquila, ella no es Vera. —El tono de Yago es casi de alivio—. La he obligado a llevarse el ordenador y le he hecho una cuenta de correo electrónico.

—Y me he comprado un móvil.

Se lo muestro con una sonrisa radiante y ella da saltitos en el sitio.

—¿En serio? Sara, ¡bienvenida al mundo real!

Nos reímos y vemos que el tren abre sus puertas y los pasajeros comienzan a subir.

—¿Sigues sin un plan?

—Sí, Yago. Solo sé que necesito salir de aquí. Y necesito hacerlo sola.

Le doy un abrazo rápido y le susurro que me regale una sonrisa antes de irme. Él lo hace. A su lado, Paloma deja escapar una lágrima.

—¿Volverás?

—Pues claro, tonta. Yo no soy Vera, ya te lo he dicho.

La abrazo del mismo modo y le susurro que cuide de Yago.

—Ya he empezado a hacerlo.

La miro anonadada y ella me sonríe con malicia. La voz de Yago nos interrumpe.

—No es Vera, es Sara, y es mucho más valiente.

Subo al tren y les digo adiós con la mano por la ventanilla. Cuando comienza a moverse y desaparezco para ellos, me levanto y corro al vagón posterior para seguir viéndolos. Ambos se giran, ajenos a mi gesto, y salen; juraría que lo hacen cogidos de la mano.

Vuelvo a mi sitio y cierro los ojos, disfrutando de la sensación de comenzar el verdadero viaje de mi vida.

Despedirme de la abuela, de Yago, de Paloma, de Tango, del lago.

Coger un avión y aterrizar en otro país. Valorar la música, en apariencia inapreciable, que siempre acompaña a la soledad.

Aprender. Escucharme.

Mirarme en un espejo y verme. Hablar con desconocidos. Hacer un amigo en un pueblo perdido entre montañas al que sé que no voy a volver. Colarme en un museo. Observar el amanecer en una playa cuyo nombre nunca recordaré. Viajar en autobús compartiendo asiento con un anciano que me enseña que la juventud no entiende de edades.

Descubrir que me gusta el té con canela en la plaza de un París bohemio que solo había visto en las películas. Comprar pinturas de artistas desconocidos. Pintar en servilletas, en puertas de lavabos públicos, en folletos de publicidad y en cualquier sitio en el que puedo posar un lapicero. Pararme frente a una casa de tejado rojo y paredes grises y observar durante minutos un buzón de correos.

Es turquesa.

Coger un tren y dedicar las horas del viaje a insultar a Vera, a decirle todo aquello que siempre callé y a recordar todas las veces que me abrazó muy fuerte.

Conocerme. Perdonarme.

Perdonar a Alex. Perdonar a Vera.

Reiniciarme.

Respirar.

Cojo la última carta que recibí y le doy vueltas hasta sentir que las esquinas se doblan. La leo con calma, a pesar de que me la sé de memoria, pero lo hago analizando la caligrafía redondeada de mi hermana.

Sara.

Me equivoqué. No debía volar lejos para encontrar lo que estaba buscando. Lo tenía delante de mis narices y no supe verlo, pero ahora estoy vacía; llevo tanto tiempo estándolo que soy incapaz de sentir nada.

¿Sabes? Nunca fui la más valiente de las dos y no tengo fuerzas para seguir fingiéndolo.

Espero que algún día me perdones por esto, pero que nunca llegues a comprender el porqué de esta decisión.

Sé que no tengo derecho a pedírtelo después de romper todas las promesas que te hice, pero prométeme que seguirás siendo la valiente de las dos.

Prométemelo, Sara.

Cuida mucho de la abuela y si, por un casual, el lazo de aquella cueva vuelve a tirar de ti... salta, Sara. Solo consiste en coger aire y saltar, como hiciste en aquel puente.

Acuérdate también de sacar de vez en cuando a la luz la sonrisa más bonita de ese maldito pueblo.

No sufráis por mí, este es el único camino que sé que me hará sentir de nuevo en casa.

Os quiere, para siempre,

VERA

Saco del sobre por última vez la foto del lago que la acompaña. Después enciendo una cerilla. El sonido del fósforo ardiendo me rodea y el olor a quemado lo sigue enseguida. La contemplo desaparecer lentamente, convirtiéndose en cenizas, hasta no ser más que una pequeña montaña gris bajo mis pies.

—Vera está muerta.

Lo pronuncio en alto en mitad de la nada de la campiña francesa. Huele a lavanda y a las galletas caseras que la chica de la casa donde me alojo me ha obligado a meterme en la mochila.

Me levanto y piso las cenizas, limpiando el sitio de cualquier resto de una afirmación que me ha costado mucho tiempo llevar a cabo, antes de darme la vuelta y marcharme.

Saco una galleta y me la como, mientras camino con lentitud. Es una noche fría y húmeda de noviembre, pero me gusta la sensación del aire helado en la piel. La luna ilumina el camino oscuro y la observo, recordando las veces en las que me sentaba en el embarcadero a mirarla, pensando en un chico que me rompió el corazón en su momento, pero que, después, me ayudó a recomponerlo.

Me pregunto si se verá igual de bonita en Dublín.

Al día siguiente, hago las maletas y regreso a casa. El viaje es largo, pero por primera vez dedico todas esas horas a mí, a pensar en lo que quiero hacer, en qué es lo que viene a continuación, en que ahora es mi momento.

Yago y Paloma me van a buscar a la estación y nos abrazamos con fuerza. Han pasado cuatro semanas desde que me dejaron en ese mismo lugar rumbo a encontrarme a mí misma, y siento que han transcurrido años.

Después de darles sus regalos y de ponernos al día, me dejan con mis maletas sobre ese camino de piedras que tantas veces he recorrido.

Ya es de noche, el sol se mete demasiado pronto en esta época del año, y una fina capa de hielo cubre el lago por algunas zonas. Hay luz en la casa de al lado; veo la silueta de la madre de Alex en la cocina y sonrío. La abuela está en el salón. Todo está en calma, como siempre, bajo el influjo de esa serenidad conocida, familiar, plácida.

Sin embargo, contemplo lo que me rodea con dedicación y me doy cuenta de que todo es diferente, de que lo he conseguido.

Supongo que no hay nada como volver a un lugar que no ha cambiado para asumir que tú sí que lo has hecho.

La última carta

Querida Vera:

Esta es la última carta que te escribo. Y no voy a decirte adiós, porque ahora sé que siempre te llevaré conmigo. Esto solo es un hasta luego. Un simple hasta pronto. Un nos volveremos a ver, pero, mientras ese momento llega, tengo que seguir viviendo y no solo sobreviviéndote.

Quizá no sea la mejor carta de todas, pero necesito decirte que fuiste una cobarde, que me decepcionaste y que te llegué a odiar mucho y muy fuerte.

Siempre he pensado que nunca sería capaz de odiar a nadie, pero precisamente te odié a ti, la persona a la que más quería en este mundo. Y es que he aprendido que el amor y el odio van de la mano. Son dos caras de una moneda que a veces se superponen. Como nosotras. Como cuando me decías que no hay luz sin oscuridad.

Te odié en silencio y ahora, por fin, soy capaz de gritártelo y sacarlo de dentro.

No obstante, también te digo que te quiero, que siempre lo haré, pero que, por hacerlo de este modo, dejé de quererme a mí misma y eso no tiene perdón.

Comienzo a hacerlo, comienzo a perdonarme y es una sensación indescriptible.

También te he perdonado a ti.

También he perdonado a Alex.

Tuve que marcharme y reconciliarme con todo lo que cargaba del pasado para poder comenzar a vivir el presente. Y es que la vida, en algunas ocasiones, nos pone en la tesitura de tener que elegir si seguir huyendo o plantarnos cara a nosotros mismos de una vez por todas.

Yo lo he hecho y ahora me gusta lo que veo, Vera.

Me miro al espejo y no veo a la Sara niña que buscaba tu protección constante. Ni a la Sara adulta que miraba a Alex con rencor y lo culpaba por cómo de insípida era su vida cuando la única culpable ella era misma. No. Veo a una Sara que conoce sus taras y sus defectos, y se quiere, incluso con ellos.

Te lo he dicho, Vera, esta es mi última carta. A partir de ahora solo voy a escribir en este lienzo en blanco al que llamamos *vida*.

Te quiere, por siempre,

SARA

S.

Me asomo a la ventanilla del tren y sonrío. Me encuentro bien. Relajada. Cómoda, a pesar de que las butacas no son muy confortables, pero es que no es una sensación física, sino que proviene más de dentro.

Abro el portátil, busco la carpeta donde pone «Vera» y mis dedos vuelan veloces hasta que aparece en la pantalla el mensaje de «borrar archivo».

Solo es un clic, no es nada más, así que lo hago. Borro las cartas que llevo tanto tiempo escribiéndole a mi hermana, diciéndome que es el único modo de despedirme de esa parte de mí que ya es pasado.

Pasado. Presente. Futuro.

Qué simple parece y qué difícil resulta discernir entre ellos cuando uno se levanta por las mañanas. Tendemos a atarnos a lo que hemos sido, a soñar con lo que seremos y rara vez nos paramos a saborear lo que somos a cada instante.

A mi derecha, un chico habla por teléfono en mi idioma. Parece estresado. Es joven, con un rostro atractivo y con los ojos llenos de dudas y miedo. Me recuerda un poco a Alex.

Cuando cuelga, suelta un suspiro profundo y me pilla observándolo sin ningún pudor; mi expresión de disculpa le confirma que he entendido su discusión y él la aprovecha para iniciar una conversación.

—¿Te puedo hacer una pregunta?

—Claro.

—¿Por qué algunas personas quieren avanzar a pasos agigantados en las relaciones? Hacer planes a largo plazo que no sabes si podrás cumplir. Ni siquiera sé dónde voy a estar dentro de un mes, ¿cómo voy a planear el año que viene?

De algún modo, me siento identificada con sus palabras, lo que me indica que no estoy sola, que hay muchas personas a mi alrededor confundidas y viviendo en el tiempo incorrecto.

—Algunas personas también vivimos en el pasado.

Su sonrisa se transforma en una mueca de desagrado.

—Eso es peor. Si ya resulta difícil vivir al día, ¿cómo haces si te estancas en algún punto? —pregunta con curiosidad.

—Sobrevives, hasta que te das cuenta de que eso no significa vivir. Entonces vas al psicólogo y comienzas a quitarte capas de encima, hasta que estás desnuda del todo y admites quién eres y qué es lo que quieres. Te marchas de viaje sola un mes por ahí para cerrar lo que aún queda pendiente. Después vuelves a casa y comprendes que esta no es solo un hogar ya construido, por muy cómodo y seguro que sea, sino que *hogar* también es estar con quien tú quieres formar uno nuevo, pese a que no sepas si saldrá bien, mal o fatal. Coges un autobús, un avión y un tren para ir a buscarlo, y te sientas al lado de un chico que tiene miedo de que su pareja lo vea en su futuro.

Abre la boca, sorprendido no solo por lo que le he contado de mi propia vida, sino también por haberlo ayudado a abrir los ojos y a ver sus conflictos internos desde otra perspectiva.

—Vaya. No lo había visto así. Es bonito que alguien te incluya en sus futuros posibles. —Asiento y se queda mirando unos segundos a la nada, pensando en sus cosas. Quiero creer que lo hace en esa persona capaz de haber sembrado el caos en su cabeza, en su corazón y en su vida. Después se gira de nuevo y me regala una sonrisa preciosa—. Gracias.

—De nada.

—Pero que tampoco se emocione, que el amor consiste en el día a día, no en suposiciones futuras. —Suelto una carcajada y él me acompaña; supongo que no todos estamos hechos para los compromisos. Después vuelve a centrar su atención en mí—. ¿Así que recorriéndote un montón de kilómetros huyendo de tu pasado?

Quizá pueda verse así desde fuera, que estoy huyendo, por fin, de lo que me mantenía atada a un lugar congelado en el tiempo, pero no consiste en eso. Ya no soy la pequeña Sara cobarde y frágil que esperaba que alguien volviera a buscarla, sino que me he convertido en una Sara valiente que hace las maletas y va en busca de lo que quiere.

Le sonrío con ganas, sintiéndome mejor que nunca, y siento que compartimos un momento íntimo y cómplice que nadie entendería.

—No. En busca de mi futuro.

El tren sigue su curso, acercándose cada vez más a nuestro destino.

Hacemos el resto del viaje en silencio, sumidos en una sensación plácida que nos acompaña hasta que el vagón se detiene. Cargando con nuestras maletas, descendemos hasta poner los pies en la estación que para mí puede marcar un comienzo o un final, según cómo se mire.

Nos quedamos quietos, uno frente al otro, como si no quisiéramos despedirnos aún ante el miedo a perder esa sensación tan cálida que hemos compartido. Finalmente, le digo adiós con la mano y comienzo a andar hacia la entrada.

—Mucha suerte...

Me giro y, ante sus dudas, cedo y le digo mi nombre.

—Sara.

—Suerte, Sara. Los valientes siempre la tienen. Y, si no, la buscan.

Me guiña un ojo y los míos se humedecen bajo su dulce mirada, como si supiese lo importantes que esas palabras son para mí.

—Gracias, igualmente.

No me dice su nombre y yo no quiero saberlo, solo nos damos la espalda y comenzamos a dar los primeros pasos en dirección a aquello que deseamos.

Como hacen los valientes.

A.

Me asomo a la ventana. El cielo está gris y pequeñas gotas comienzan a caer contra el asfalto.

Cojo el abrigo, una bufanda y salgo de casa. El viento es fuerte y enseguida siento que me corta la piel.

Bajo la calle en dirección a la cafetería donde he quedado con unos amigos, pero solo recorro unos metros antes de pararme y ser incapaz de dar un paso más.

Porque la veo.

Han pasado cinco meses, pero es inconfundible.

Arrastra una maleta enorme y lleva otra mochila colgada a su espalda. El pelo suelto, cayéndole en mechones por la cara, ondas perfectamente simétricas que le salen de forma natural. Lleva uno de sus vestidos bajo un abrigo de lana gris, que apostaría lo que fuera a que se lo ha cosido la abuela Amelia.

Se acerca con paso firme hasta que puedo comprobar que tiene la nariz colorada y los labios secos por el frío, mientras yo sigo paralizado, sin creerme del todo que esté aquí.

—Hola.

—Hola.

—Venía a invitarte a un café. Si no estás ocupado.

Lo dice resuelta, como si fuera lo más normal del mundo encontrármela en mi calle en pleno invierno y que me invite a un café.

—Vale —respondo como un idiota; ella sonríe aliviada y mira a su alrededor en busca de una cafetería. No puedo evitar reírme, porque ver a Sara lejos de ese lago es como ver una cebra paseando por Manhattan—.

¿Te has venido hasta Dublín a invitarme a un café? Puede que sea el más caro de la historia.

Se muerde el labio y suspira cabizbaja, con las mejillas sonrojadas esta vez por la vergüenza. Entonces levanta la vista y su expresión me desarma.

—Lo siento mucho, Alex.

Sus ojos se llenan de lágrimas y las deja ir, pero, en vez de parecer cohibida por esa muestra de vulnerabilidad, parece sentirse complacida. Solo ella sería capaz de sentir orgullo ante la posibilidad de llorar cuando algo la emociona, sobre todo después de haber estado tanto tiempo sin ser capaz de hacerlo.

—Yo también lo siento.

—Creo que tú ya lo sentiste demasiado, ahora es mi momento.

Agarra con fuerza la maleta y me la muestra.

Pienso en lo increíble que es que una persona pueda decírtelo todo con un gesto tan simple. Cómo puedes pedir perdón, decir «te quiero» o dar las gracias solo con intercambiar una mirada. La capacidad de ofrecerle un futuro a alguien solo con clavar sus ojos en los tuyos y verlo pasar dentro de ellos, como en un sinfín de diapositivas.

Y yo me veo en esta Sara.

Nos veo de niños, corriendo, aprendiéndonos, protegiéndonos.

De jóvenes, intentando querernos, pero sin saber hacerlo.

De adultos, reconociéndonos, perdonándonos.

Ahora, reencontrándonos.

Nos veo en un futuro, no sé cómo, pero juntos.

Señalo unos metros por delante y ella se fija en el letrero luminoso que nos informa de un local.

—¿Sabes que al final de la calle hacen las mejores pizzas de toda la ciudad? Y con berenjena, como a ti te gustan. También he descubierto una de las mejores puestas de sol que verás jamás, a excepción de la del lago, claro. Podríamos cenar y pasear hasta allí.

Sara se echa a reír y contempla el cielo encapotado, mientras sus lágrimas siguen empapándole el rostro. Yo, en cambio, me empapo de la felicidad que percibo en ella según le digo que sí, que también la he echado de menos, que la estaba esperando.

—Me encantaría, aunque la puesta de sol mejor la dejamos para otro día.

Se muerde el labio con picardía y me contengo para no mordérselo yo.

—Me parece bien. Podría llevarte a bailar, pero con hacerlo mal una vez creo que ya hemos cumplido, ¿no te parece? —Asiente, suelta la maleta y me abraza con fuerza, pasando los brazos por mi cintura y cerrando los ojos contra mi pecho. Por un momento, siento que el corazón me deja de latir—. Y no tengo piano en casa, lo lamento, pero nos las apañaremos, ¿no crees?

Me da con el puño en el estómago al recordar lo que hicimos sobre el piano de mi madre, y después yo la abrazo también, aspirando el olor de su pelo, a flores, al lago, a pintura, a los mejores días de toda mi vida.

—Gracias, Alex.

—Gracias a ti por volver.

—Nunca pensé que lo haría.

—Yo sí. —La seguridad de mi afirmación le gusta.

—Te confieso que hasta hace unos meses mi orgullo me decía que eras tú el que debía volver a buscarme. —Levanta la cabeza y me encuentro de nuevo con sus ojos abrasadores; le pongo una mano en la mejilla y ella se apoya sobre mi palma—. Esperé de nuevo, Alex. Como antes. Como siempre. Pero un día, quizá gracias a que pedí ayuda, no lo sé, abrí los ojos y fui consciente de que no consiste en esperar a que las cosas te lleguen; que, si las quieres, debes ir a por ellas. Que sin lucha la vida no es más que un lienzo en blanco.

Sonrío al escucharle utilizar una metáfora sobre pintura y me doy cuenta de que lo ha conseguido. Finalmente, y a pesar de que Vera siempre estará presente, ha logrado pasar página.

—Y tú has elegido pintar.

—Sí. Tú no volviste a por mí, Alex, pero yo tampoco hice nada por ponerle remedio. Ahora soy yo la que elijo venir a buscarte, aun a riesgo de que sea tarde. Porque te quiero; en realidad, nunca he dejado de hacerlo.

—Yo también te quiero, no te imaginas cuánto.

Cierra los ojos, digiriendo mis palabras antes de continuar con una declaración que parece necesitar mucho más que yo.

—Siento no haber venido antes, pero necesitaba perdonarme primero a mí. Necesitaba volver a encontrarme.

—Y aquí estás... —Paso la otra mano por su cintura y la acerco a mi cuerpo; ella asiente y sus ojos brillan.

—Tenías razón, de esto no puedo huir, porque eso no hará que desaparezca. —Posa su mano helada sobre la mía, que sigue sujetándole el rostro, explicándome que se refiere a mí, a nosotros, a esto que nos une desde que su hermana enlazó nuestros nombres en una cueva—. Ya eres parte de mí.

Apoyo la frente en la suya y le susurro unas palabras que llevo guardando mucho tiempo, a la espera de poder dejarlas libres.

—Vera estaría muy orgullosa de ti.

Sonríe lo más inmensamente posible y me besa. Entreabre los labios y busca mi lengua, con las manos en mi nuca y las mías en su espalda, con el sabor de sus lágrimas mezclándose con el nuestro, con los ojos cerrados, pero con el corazón, por fin, abierto.

El frío se cuela por debajo de la ropa y la fina lluvia comienza a empaparnos, así que nos separamos a regañadientes. Paso el brazo por sus hombros y la atraigo hacia mí. Con la otra mano, cojo su maleta y la arrastro en dirección a mi piso.

No tengo muy claro si esto es una visita fugaz o una decisión más importante, pero me da igual, porque ahora sé que la tengo de vuelta conmigo y que haré lo que esté en mi mano para no volver a dejarla escapar, ni siquiera de sí misma.

—¿Cuál es el plan?

Se encoge de hombros y me hace gracia su rostro descompuesto al darse cuenta de la locura que ha cometido haciéndose un montón de kilómetros solo para decirme que está dispuesta a intentarlo.

—No tengo ningún plan —me sonríe emocionada, y repite unas palabras que yo le dije hace meses—, solo estoy improvisando.

Y es que, al final, la vida es un poco eso, por mucho que nos empeñemos en intentar controlarla.

Cuando llegamos al portal, noto la preocupación en sus ojos.

—Mi madre cuidará de ella. —Me mira y sus labios se tensan, convirtiéndose en una fina línea—. Solo si tú quieres.

Mientras entramos y subimos en el ascensor, sé que piensa en su abuela, en que ella ya no estará allí para cuidarla durante el tiempo que tardemos en decidir cuál es nuestro siguiente paso y en la posibilidad de que mi madre, que ya se ha mudado definitivamente a la casa del lago, pueda darle la compañía y la ayuda que necesita. Sara me mira con gratitud, aunque con temor.

—Alex, ya lo he hablado con ella, pero no sé si...

La beso de nuevo, sellando así una especie de pacto silencioso ahora que sé que tengo a mi madre de nuestro lado.

—Me da igual el cómo y el dónde, pero no quiero que pasen otros ocho años sin ti. No podría soportarlo.

Me coge de la mano y tira de mí, poniendo por primera vez un pie en mi casa.

—¿Te parece si empezamos por que me enseñes la mierda de piso que tienes según tu madre?

—Esa boca...

Refunfuño, fingiendo estar molesto ante la posibilidad de que se hayan aliado en mi contra, aunque esté riéndome por dentro, y ella suelta una carcajada, se cuelga de mi cuello y me besa el mentón, la mandíbula, el lóbulo de la oreja.

—Lo demás..., ya lo iremos viendo —susurra traviesa, haciéndome estremecer.

Me lanzo a sus labios, nos deshacemos de su equipaje y acabamos hechos un nudo de brazos y piernas.

Un nudo que, pase lo que pase, nadie podrá romper.

—Mi valiente Sara...

Todo desaparece.

Dublín. El triste pasado. El futuro incierto.

Todo menos ella y yo.

Y un lienzo en blanco.

Epílogo

3, 2, 1...

Coge la fotografía entre sus dedos y relee la carta una última vez.

Sabe que la imagen le encantará a su hermana, pero no está muy segura de que algún día la perdone por las letras escritas en la hoja que la acompaña.

No lo piensa mucho más, mete ambas en un sobre y lo deja caer por la rendija del buzón.

Vuelve a casa caminando despacio, disfrutando del aire frío que aún refresca algunas noches de mayo. Nunca le ha gustado demasiado el frío, pero, de un tiempo a esta parte, se siente más cómoda con él; como si ella ya estuviera un poco congelada por dentro.

Vive en una casa adosada preciosa, de paredes grises y tejado rojo. Hay flores de colores en las ventanas y en la entrada hay un buzón de color turquesa que sabe que a Sara le fascinaría. Es el único de ese color en toda la manzana.

Abre la puerta y lo siente de nuevo pegándosele en la

piel, en los huesos, en sus rincones más internos. Un escalofrío le recorre la columna vertebral, pero no es capaz de sentir mucho más. Solo el frío, el miedo y la soledad.

Sigue siendo un puzle incompleto.

En la cocina, se sirve una copa; es vodka con un chorrito de licor de frambuesa. Se quita los zapatos y se la bebe de un trago. Ya se ha tomado dos antes, en el bar de la esquina, y nota el estómago caliente y un poco pesado.

Rellena la copa y entra en el baño un momento, lo justo para poner el tapón de la bañera y abrir el grifo. Sale el agua caliente, pero rectifica enseguida y lo cambia por el del agua fría.

En la habitación, termina de desnudarse del todo. Enciende el equipo de música y busca la canción que ya ha escogido con anterioridad por un montón de razones en las que no quiere pensar. Se le aparece en la mente una noche a la luz de una hoguera en la que abraza a un chico. Le susurra que la quiere con esa canción de fondo, y el recuerdo de sus ojos verdes clavados en los suyos le produce una calidez hermosa. Le dice «mi chica» al oído, como la canción, y ella se ríe a carcajadas.

Mira por la ventana y comprueba que ya está anocheciendo. Los últimos rayos de sol iluminan el cuarto y sonríe satisfecha por haber elegido el momento perfecto.

Es una adicta a la luz del atardecer.

Se enciende un cigarro y se lo fuma sentada en la ventana, con tranquilidad, dedicándose esos minutos para ella, sintiéndose bien. Lo apaga en un cenicero, coge la copa, la foto colocada en el corcho de una de las paredes y vuelve al baño.

La bañera ya está casi llena.

Coloca todo en el borde, el blíster incluido, y se mete dentro, sintiendo cómo su piel se eriza según el agua helada la toca, como en el lago.

Ya dentro, coge el blíster, comienza a sacar las pastillas y las deja sobre su mano.

Una, dos, tres... hasta llegar al final.

Después las va ingiriendo lentamente, ayudada por la copa, que descansa a su lado izquierdo. Cuando termina, suspira, dejando escapar el aliento contenido y un poco la vida.

Coge la foto y la observa con ojos suaves, dulces, tiernos, con un brillo especial que ya solo se despierta cuando recuerda un pasado que nunca regresará.

Nota los párpados pesados y el cuerpo ligero.

Mira la imagen por última vez antes de cerrar los ojos y sonríe al recordar.

Sara está en el centro, con su pelo alborotado y sus pecas oscurecidas por el sol del verano. Lleva un peto vaquero y luce un arañazo enorme en el brazo. Se había caído de la bici el día anterior y Vera se había reído de ella; después se había odiado por hacerlo.

A su derecha, Alexander, con las mejillas coloradas, los ojos azules brillantes y sus cascos de música colgados del cuello. Sale mirando a Sara con una sonrisa ladeada, dejando sus hoyuelos a la vista.

Al otro lado está ella, con un vestido rojo y el pelo recogido en una trenza. Abraza a Sara por la cintura y levanta dos de sus dedos haciendo el signo de la victoria.

Una foto como otra cualquiera de todas las que se hicieron a lo largo de los años, pero que se convirtió en su favorita sin una razón aparente para los demás.

Para ella sí que la hay.

La hicieron la tarde en la que estuvieron en la cueva del bosque y dejaron sus firmas talladas en la roca. El día en que Vera supo que algo los uniría para siempre.

Había vuelto hacía poco para marcarla de nuevo y que ese recuerdo no se perdiera; quién sabe, quizá algún día volviese a unirlos a ellos. Vera lo desea con el escaso corazón que siente que aún le queda intacto dentro del pecho.

Su respiración se ralentiza y su cuerpo se relaja lo suficiente para que la cabeza se deslice poco a poco y que el agua le cubra el rostro.

Primero la boca, después la nariz, más tarde los ojos.

Arruga la fotografía entre sus dedos, aunque le cuesta un esfuerzo sobrehumano, y, de repente, vuelve atrás en el tiempo...

Está subida en un árbol. Un rayo lo ha alcanzado en una tormenta y ha roto una rama que ahora les permite inventar un juego gracias a una cuerda que han encontrado en el cobertizo.

Alexander está en el agua y salpica a Sara entre risas, que a su vez la mira a ella con los ojos como platos, porque es su hermana mayor, la admira más que a nadie en el mundo y la cree capaz de saltar.

Vera tiene miedo, pero nunca lo confesaría, porque quiere que Sara sepa que estará siempre allí para protegerla.

El agua se mueve bajo ella, el color azul verdoso del lago es más intenso que nunca y el sol brilla con fuerza.

Su hermana y su mejor amigo la miran y le sonríen; eso es suficiente para creerse capaz de todo.

Vera descubre en ese momento que el lazo que los une ya es irrompible y se siente absolutamente feliz al colgarse de la cuerda, balancearse y saltar plantándole cara al miedo, desconociendo que nunca volverá a ser tan feliz en su vida como en ese instante.

«Tres, dos, uno... ¡salta, valiente!»

El agua la rodea, se le cuela en los pulmones y deja de luchar. Se deja llevar, mecida por la calma del lago, con las risas de Alexander y Sara de fondo y el sol escondiéndose tras las montañas, sintiéndose por fin en paz y flotando en mitad del paisaje más bonito que ha visto en su vida.

El único al que puede considerar un hogar.

Sus dedos rompen el nudo que aún los ata y la foto flota en la bañera junto a su cuerpo inerte.

Su rostro muestra la expresión de alivio y la sonrisa de quien ha vuelto por fin a casa.

Tres, dos, uno...

Agradecimientos

Escribí esta novela durante el verano de 2016 y la recuerdo como un amor vacacional. Un proceso dulce, sentido e intenso, de los que acabas recordando con una sonrisa en los labios. Tantos años después el sentimiento es el mismo y reencontrarme con ellos (y con la Andrea que era entonces) ha sido muy especial.

Hoy, después de poner a punto esta historia para su publicación con editorial, me doy cuenta de que aprendí mucho de Sara. Me enseñó a enfrentarme a mis propios miedos y fue reflejo de mí misma en muchas ocasiones.

Así que, aunque parezca ridículo, mi primer gracias es para ella: ¡Lo hemos conseguido, pequeña!

Gracias a mis hermanas, porque sin vosotras nunca hubiera podido escribir una historia como la de Sara y Vera.

A Alice Kellen, por querer poner su voz en este proyecto, acompañarme en esta aventura y convertirse en familia.

A los valientes con los que me he cruzado en mi vida

y que han inspirado el mensaje que quería transmitir con esta novela; ya os lo dije al empezarla, el mundo es vuestro.

Y a ti, si estás leyendo esto, gracias por darme alas.

www.booket.com

www.planetadelibros.com